George Tenner

Schatten über der Insel

Usedom-Krimi

Ein Fall für Lasse Larsson

Schardt Verlag Oldenburg

Originalausgabe – Erstdruck

Bibliographische Information der Deutschen Bibliothek:

Die Deutsche Bibliothek verzeichnet diese Publikation in *Der Deutschen Nationalbibliografie*; detaillierte bibliographische Daten sind im Internet über *www.d-nb.de* abrufbar.

Besuchen Sie Lasse Larsson im Internet:
www.lasse-larsson.de

Titelbild: Rainer Griese, Troisdorf

1. Auflage 2013

Schardt Verlag
Uhlhornsweg 99 A
26129 Oldenburg
Tel.: 0441-21 77 92 87
Fax: 0441-21 77 92 86
E-Mail: kontakt@schardtverlag.de
www.schardtverlag.de
Herstellung: TOTEM, Poland

ISBN 978-3-89841-707-5

Prolog

Lieper Winkel, Usedom,
Anfang Juni 2005

Der Juni war relativ trocken gewesen. Schon musste das Landratsamt die ersten Waldbrandwarnungen der Stufe drei auf der Insel Usedom ausrufen, und es stand zu befürchten, dass die Stufe vier in den nächsten zwei Tagen folgen würde.

Der junge Mann war in der anbrechenden Dunkelheit durch das Wäldchen gekommen, hatte sich im Schutz einer kleinen Baumgruppe niedergelassen und beobachtete seine Umgebung. Auf der angrenzenden Wiese grasten zwei Pferde. Eines hatte wohl eine leichte Bewegung am Waldrand bemerkt, hatte den Kopf gehoben und stand einen Augenblick wie erstarrt, den Wind schnaubend durch die Nüstern ausstoßend, da. Dann konnte es den Mann, der mit seinem Hintergrund verschmolzen war, nicht mehr erkennen. Es senkte den Kopf und begann mit dem, was einem Pferd am wichtigsten erscheint, dem Fressen des bereits angedörrten Grases. Der junge Mann wiederum lauschte den Geräuschen der anbrechenden Nacht. Das Uhh ... uhhh ... u uu uuuuu ... eines Waldkauzes ließ ihn ein wenig erschauern.

„No stillness out here – a dream
Here where the moon rules – a dream
I hate this wood
Where there is no danger“, flüsterte er, um sich zu beruhigen.

Als hätte sie auf den Ruf des Kauzes nur gewartet, antwortete eine Eule ugrrruuuu gruuuu gruuu uuuu.

Er stand auf und bewegte sich sehr langsam auf den Saum des Waldes zu. Dicht bei den zu einer großen, länglichen Miete aufgetürmten Rundballen Stroh aus dem letzten Jahr am Ende der Wiese, die man noch nicht verbraucht oder auch nur vergessen hatte, sah er ein Rudel Rotwild äsen. Vorsichtig und äußerst misstrauisch hatten die Tiere die Wiese betreten, und wenn eins ihn entdeckte, würde das ganze Rudel in großer Unruhe fluchtartig davonstieben. Die Pferde würden sich möglicherweise anstecken lassen. Die Unruhe der Tiere selbst war es nicht, die der Mann fürchtete. Vielmehr könnte einer der Förster oder ein Jagdpächter unterwegs sein und durch den Tumult auf den Vorfall aufmerksam werden. Eine vorzeitige Entdeckung käme einer Katastrophe gleich.

Geduldig hatte er gewartet, bis die Dunkelheit vollständig hereingebrochen war. Aufmerksam prüfte er jedes Geräusch, das er erfassen konnte. Vor geraumer Zeit hatte er das Knattern eines Motorrades vernommen, das von der Straße zu ihm herübergedrungen war. Es kam selten vor, dass sich zu nachtschlafender Zeit ein Motorrad zwischen Morgenitz und Krienke verirrte; die Wiesen und das Wäldchen lagen zu abgelegen, die Straße war zu schlecht, um einen Anreiz zur Benutzung zu geben.

Er hatte genau darauf geachtet, ob der Motor des Zweirads in der Nähe abgestellt wurde. Aber mit Befriedigung hatte er festgestellt, dass die Maschine über Krienke hinaus in Richtung Rankwitz gefahren war. Der leichte Wind hatte die Geräusche herübergetragen. Langsam schob er sich aus seiner Deckung heraus.

Er bückte sich, um zwischen den beiden elektrischen Drähten hindurch zu kriechen. Dann ging er gebückt und sehr langsam auf die Strohmiete zu.

Er stand jetzt zwischen dem Waldsaum und der Strohmiete, an die er sich nach einem weiteren Schritt nahezu anpresste. Aus seiner Umhängetasche nahm er eine Bierflasche mit Schnappverschluss und goss Flüssigkeit auf ein Polster aus Watte, das er zwischen zwei übereinander getürmte Rundballen drapierte. Dann nahm er ein Teelicht aus der Tasche, löste es aus der Aluminiumhülle und zündete es an. Die Aluminiumhülle steckte er in seine Hosentasche, die Bierflasche in die Tasche.

Er deckte mit seinem Körper das Licht ab und achtete genau darauf, dass der Schein der Kerze vom Wald aus nicht zu sehen war. Wieder drapierte er die Watte vorsichtig um die Kerze herum. Dabei passte er auf, der Flammen nicht zu nahe zu kommen. Das Feuer durfte nicht zu früh ausbrechen.

Leise, wie er gekommen war, schlich er zurück und verschwand zwischen den Bäumen des Waldes.

Als die Sirene durch den Ort hallte, war es kurz nach zwei Uhr in der Nacht. Seit er nach Hause gekommen war und sich in sein Zimmer und ins Bett geschlichen hatte, hatte er wach dagelegen. Schon glaubte er, es würde nie passieren. Als die Sirene losheulte, war es wie eine innere Befreiung. Gespannt wartete er auf einen Anruf seines Freundes Justus Rieck. Sie hatten sich geschworen, beim nächsten Brand dabei zu sein. Deshalb hatten sie vereinbart, ihre Handys am Bett zu deponieren.

Der Lebensgefährte von Justus' Mutter, Nico Horstmann, war bei der Feuerwehr in der Stadt Usedom tätig. Justus würde also merken, wenn er zu einem Einsatz gerufen würde. Die Feuerwehr Usedom gehörte dem Kreisfeuerwehrverband Ostvorpommern an. Und in dieser Eigenschaft gab es eine Sparte Kreisjugendfeuerwehr. Nico hatte versprochen, den beiden Jungen den Einstieg zur Kreisjugendfeuerwehr zu öffnen.

Fieberhaft wartete er auf einen Anruf von Justus. Er bemühte sich, seine Ungeduld in Zaum zu halten. Keinesfalls wollte er der Erste sein, der den Kontakt aufnahm. Sorgfältig vermied er es aufzufallen. Und ein übermäßig signalisiertes Interesse musste zweifellos irgendwann einen Rückschluss auf seine Bemühungen geben. Zweimal schon hatte er sein Handy in der Hand. Jedes Mal siegte sein Verstand, und er legte es auf den Nachttisch zurück.

Endlich klingelte sein Handy.

Justus war sehr aufgeregt, als er sagte: „Es brennt. Nico fährt gerade los. Er sagt, es sei hier ganz in der Nähe. Zwischen Krienke und Morgenitz, irgendwo auf einer Wiese im Wald."

„Und?"

„Nico konnte nicht auf mich warten. Aber wenn es so nahe ist, dann könnten wir mit dem Rad hinfahren."

„Einverstanden. Holst du mich ab? Ich zieh mich nur an, dann warte ich unten auf dich." Über das Gesicht des jungen Mannes huschte ein Lächeln des Sieges.

Er sah Justus in die kleine Straße einbiegen, in der er wohnte. Das Licht des Rads leuchtete hell.

„Endlich können wir mal ein Feuer ganz aus der Nähe sehen, Jörn", sagte Justus. „Ich bin schon ganz aufgeregt. Nico hätte uns mitnehmen können."

„Ja, hätte er. Aber wenn es hier in der Nähe ist, sind wir doch mit den Rädern schnell dort. Und wir sind beweglich und können zu jeder Zeit fahren, wohin wir wollen."

Die beiden machten sich auf fuhren die wenigen Meter, bis links die kleine Straße nach Morgenitz abbog. Sie mussten nicht allzu weit fahren, als die ersten Fahrzeuge der Feuerwehr und auch Zivilautos von Mitarbeitern der Wehr, die eiligst über Telefon verständigt worden waren, am Straßenrand standen. Über der Wiese in einer Rauchwolke, die vom Wald her kam. Sie bogen links in den kleinen Weg ein. Nur 200 Meter weiter sahen sie, wie die Flammen hochschlugen.

„Ihr könnt jetzt hier nicht weiterfahren", herrschte sie der uniformierte Mann an, der den Zugang unter Kontrolle hatte.

Die beiden Jungen drehten um, fuhren einige Meter zurück und legten ihre Räder in den Straßengraben. Dann umgingen sie die Straße, um von der Seite an den Brandherd heranzukommen. Es sah gespenstisch aus, wie die Feuerwehrleute die Schläuche ausrollten. Kurze Befehle hallten zu ihnen herüber. Man war dabei, einen kleinen Zulauf zum Achterwasser zu erreichen. Der lag etwas über 120 Meter vom Brandherd entfernt.

Die Entfernung zu überbrücken war eine Herausforderung, die mit sechs Schläuchen relativ zügig zu bewältigen war.

Die beiden Jungen sahen mit großem Interesse, wie schnell die Männer die Schläuche durch den Wald verlegten. Während Justus die allgemeine Situation um den Einsatz interessierte, schaute Jörn wie gebannt auf die meterhohen Flammen. Die Faszination des gespenstischen Flackerns und die Hitze, die von dem brennenden Haufen ausgingen, faszinierten Jörn Spielmann in ganz eigenartiger Weise. Wer ihm ins Gesicht gesehen hätte, würde die Gier in seinen Augen gesehen haben. Er war im höchsten Maße gefangen von der satanischen Flamme des Bösen. Inzwischen hatten die Flammen auf das Unterholz des Waldes übergegriffen.

Erst gegen fünf, als der frühe Morgen von Osten her aufzog, waren die Flammen soweit gelöscht, dass ein Teil der Mannschaft abziehen konnte. Dennoch blieb ein Zug der Usedomer Feuerwehr vor Ort, um einzelne kleine Brandnester zu ersticken. Auch die beiden Jungen machten sich auf den Rückweg. Vor dem Wohnhaus Jörn Spielmanns trennten sie sich, und Justus fuhr allein die wenigen Meter nachhause. Die Rückfahrt von der Brandstelle war relativ ruhig verlaufen. Beide Jungen waren auf ihre Art mit dem Feuer beschäftigt.

Justus dachte daran, wie nützlich es war, dass es Feuerwehren gab. Und er würde mit Nico noch einmal reden, damit sie schneller Zugang zur Kreisjugendfeuerwehr erhalten würden.

Jörn wiederum war besessen von dem Wunsch, bald wieder an so einem Feuer teilnehmen zu können. Und beim nächsten oder übernächsten Feuer würden sie vielleicht schon beim Löschen des Brandes helfen dürfen und hatten als Helden einen Platz in den Herzen der Bewohner. Diese Vorstellung begeisterte ihn.

1. Kapitel

Montag, 20. Juni 2005

Direkt südöstlich des Flughafens lag die Kliffküste des Stettiner Haffs; an dieser Stelle war in den letzten Jahren eine Reihe von reetgedeckten Häusern entstanden, die als Ferienobjekte für Anleger vermarktet wurden.

Die Dunkelheit war hereingebrochen. Die Lichter in den meisten Häusern der Anlage waren erloschen. Langsam quälte sich das Licht des Mondes durch eine dichte Wolkenbank. Am fünften Tag des zunehmenden Mondes, zwei Tage vor Vollmond, schlug der Zündler wieder zu. Wie bei allen Bränden der letzten Zeit kam er schon weit vor Mitternacht.

Im Schutze der Dunkelheit hatte die schwarz vermummte Gestalt zwischen den Bäumen gestanden und das etwas von der Gruppe abstehende Haus mit dem Namen Haffkieker beobachtet. Er sah, wie das junge Mädchen zuerst etwas gelesen hatte und sich später eine Sendung im Fernsehen ansah. Das wichtigste für ihn war, dass sie sich allein im Haus befand. Zwischendurch musste im Haus das Telefon geklingelt haben; sie war aufgestanden und kurze Zeit später mit dem Hörer am Ohr wieder ins Wohnzimmer zurückgekommen. Er schaute zur Uhr. Als sie den Hörer auf den Tisch legte, stellte er fest, dass sie mehr als zwanzig Minuten telefoniert hatte. Er war so dicht an dem Haus, dass er ihre Mimik analysieren konnte. Ihr Gesichtsausdruck schwankte zwischen Freude und Entsetzen. Sie schaltete das Fernsehgerät aus, und er sah, dass sie wieder telefonierte. Auch dieses Gespräch schien sehr intensiv zu sein, denn sie weinte.

Ich werde dich schon trösten, dachte er. Er spürte, wie der Gedanke daran ihn erregte. Mit seinen siebzehn Lenzen hatte er noch nicht allzu viel Erfahrung mit dem weiblichen Geschlecht gemacht. Einige kleine Tändeleinen hatte es gegeben. Mit Ines, einem Mädchen aus dem Rostocker Gymnasium, mit dem er sich hin und wieder traf, hatte es ein wenig Petting gegeben. Zu der von ihm gewünschten Erfüllung aber war es nicht gekommen. Die Eltern des Mädchens hatten ihm einen Strich durch die Rechnung gemacht. Eigentlich wähnte er sie in der Premiere von „Die Maske des roten Todes", einem Ballett von Wladimir Fedianin, die im Großen Haus stattfand. Doch gerade als sie sich ausgezogen hatten und in gesteigerter Erregung dem Ziel ihrer Wünsche näher kamen, ging die Tür auf, und wie eine Rächerin kam die Mutter ins Zimmer gestürmt. Nur kurz hinter ihr kam der Vater des Mädchens, und wenige Minuten später befand er sich splitternackt vor die Tür gesetzt. Erst nach einer Weile ging diese Haustür wieder auf, und seine Kleidung wurde auf die Straße geworfen. Das war ein Erlebnis, das ihn frustrierte. Sein ganzes Leben würde er an diese Schmach denken, die man ihm zugefügt hatte. Und genau daran dachte er jetzt in diesem Augenblick.

Mit dem Mädchen in diesem Haus wird es einen anderen Verlauf nehmen, dachte er. Langsam löste er sich aus dem Schatten des Baumes.

Kurz vor nach zwei hatte er sein Werk vollendet. Von Osten, über den Stettiner Hafen, zog der neue Morgen herauf. Aus einer Sprayflasche hatte er einen Benzinfilm über einen Teil des Reetdaches gezogen. Genüsslich erzeugte er mit seinem Gasfeuerzeug eine Flamme und hielt sie an das Reet. Fasziniert schaute er auf die Flammen, die nun auf der rückwärtigen Seite des Hauses langsam an Größe zunahmen. Er war sich im Klaren darüber, sich jetzt den Genuss des Anblicks nicht länger hingeben zu dürfen. Zu gefährlich wäre es, wenn man ihn hier entdeckte. Nur mit Mühe gelang es ihm, sich davon zu lösen und am Rande des Kliffs zu seinem Fahrrad zu gehen. Dann machte er sich auf, um die rund fünfzehn Kilometer zu seinem Heimatort zurückzulegen. Bewusst nahm er nicht die Straße über Zirchow, da er schlecht würde ausweichen können, wenn ihm ein Fahrzeug entgegenkam. Er fuhr parallel zur Kante des Kliffs in Richtung Dargen, nahm die Abzweigung nach Görke und fuhr ein Stück auf der B 110 bis zur Abzweigung der L265 nach Neppermin.

In seiner Hosentasche machte sich das Handy bemerkbar. Jörn zog es aus der Tasche. Es war Justus, der ihn sicher von dem Einsatz der Feuerwehr Zirchow verständigen würde. Er steckte das Gerät wieder in die Tasche, ohne zu antworten.

Kurz bevor er nach Mellenthin abbiegen würde, sah er, wie ein Kleinwagen aus Neppermin kommend krachend gegen einen Baum fuhr und Feuer fing. Wie behext trat er in die Pedale, um ja jede Nuance des Brandes in sich aufnehmen zu können. Doch was war das? Beim Hinkommen sah er, dass es der kleine Opel eines Bewohners seines Ortes war.

Ich könnte ihn herausziehen dachte er. Aber wenn ich das tue, wird man mich fragen, was ich mitten in der Nacht auf den Straßen zu suchen habe. Irgendein findiger Polizist könnte darauf kommen, dass ich etwas mit dem Brand in Zirchow zu tun habe. Außerdem ist es in dem brennenden Auto ein Mann, mit dem ich schon einigen Ärger hatte. Es ist nur gerecht, wenn er bestraft wird. Aus Richtung Usedom kommend, bog ein Fahrzeug auf die Straße nach Neppermin ein. Er schwang sich auf sein Rad, fuhr die wenigen Meter bis zur Abzweigung nach Mellenthin und verschwand im Zwielicht des anbrechenden Morgens.

Als er in seinem Zimmer war, gab das Handy wieder diesen unterdrückten Scharrton von sich, den er extra so eingestellt hatte. Dieses Mal nahm er den Anruf an.

„Was ist mit dir los“, sagte Justus aufgeregt. „Ich habe schon einige Male versucht, dich anzurufen. Es brennt in Zirchow!“

„Ich hatte mein Handy an der Ladestation in der Küche." Jörn versuchte einen ruhigen Ton anzuschlagen.

„Es brennt in einem der neuen Häuser, die am Kliff gebaut worden sind."

„Du meinst, oberhalb des Kliffs, wo wir geangelt haben?"

„Genau dort!"

„Das ist ja ein Ding. Und wie kommen wir jetzt dorthin?" Jörn Spielmann wusste, dass er jetzt die Nerven behalten musste. Auf der einen Seite zog es ihn magisch zu dem Ort des Geschehens, andererseits galt es äußerste Vorsicht zu wahren, um nicht aufzufallen.

„Ich habe schon meine Mutter gefragt, ob sie uns fahren würde", sagte Justus. „Aber sie muss morgen arbeiten und sagt, dass sie zu müde ist."

„Meine würde mich auch zum Teufel jagen, würde ich sie jetzt stören." Es ist besser, dachte er, wenn wir dort nicht auftauchen. „Wir werden morgen mal zusammen hinfahren und uns ansehen, was übrig geblieben ist."

„Gut, dann bis morgen", sagte Justus.

Jörn merkte, dass sein Freund geknickt war. Allzu gern wäre der nach Zirchow gefahren, um zu sehen, wie die Feuerwehren den Brand löschten.

Als er das Telefonat beendet hatte, suchte er sich einen DIN A 4 Zettel, den er von einem linierten Block abriss. Er lächelte, als er schrieb: Brucia in coloro che non hanno alcun affare qui! E ascoltare coloro che non vogliono sentirsi! Dann faltete er das Papier zu einem kleinen Boot und malte mit Rotstift einen Pfeil drauf, der zum Auseinanderfalten des Bootes ermunterte.

Als er schließlich ins Bett ging, umspielte ein diabolisches Lächeln sein Gesicht.

2. Kapitel

Mittwoch, 6. Juli 2005

Lasse Larsson bummelte die Heringsdorfer Friedensstraße entlang. Seit einiger Zeit hatte er etwas Luft. Die Aktenberge waren soweit abgearbeitet, dass Kriminalhauptkommissarin Inge Mohaupt mit ihrer Tochter zum Urlaub fahren konnte. Nach Bulgarien an den Sonnenstrand würde sie in der kommenden Woche fliegen. Larsson hatte das nicht verstehen können. Einen besseren Strand mit viel Sonne als den auf Usedom gab es seiner Meinung nach überhaupt nicht. Vor der Buchhandlung blieb er wie angewurzelt stehen. Die Gorki-Buchhandlung verkaufte auch Zeitungen, und genau eine solche hatte seine Aufmerksamkeit geweckt. Er schaute auf das Bild, das ihn von einem der Blätter entgegen starrte und auf die Bildunterschrift: Das beweist auch diese Satellitenaufnahme des Leibniz-Instituts für Ostseeforschung Warnemünde. Die gesamte Ostsee war abgebildet, und man konnte deutlich die grünen Schlieren sehen, die die Quallenbedrohung deutlich machten.

Wegen des warmen Wassers entstehen erste giftige Algen, las Larsson weiter; und aufgrund der anhaltenden Hitze dürfen die Wälder bei Warnstufe 4 auf Darß und Zingst nicht mehr betreten werden. Die für Usedom zuständige Landrätin Dr. Barbara Syrbe erwägt, diesem Schritt zu folgen. Ein riesiger Algenteppich, der inzwischen so groß ist wie Deutschland, hat auch Usedom erreicht! Droht Badeverbot in der Ostsee?

Als Larsson aufschaute, sah er, wie ihn eine Frau interessiert von der anderen Straßenseite beobachtete. Obwohl er ihr eine ganze Zeit den Rücken zugedrehte, hatte er ihren Blick instinktiv gefühlt. Bevor er die Straße überquert hatte, war ihm die brünette Frau schon einmal aufgefallen. Sie mochte Mitte vierzig sein, sah gepflegt und ordentlich gekleidet aus. Was sie von anderen Leuten unterschied, war die etwas laute Sprechweise, die sie zu ihrem Begleiter pflegte. Sie schienen einen Meinungsunterschied ausgetragen zu haben. Larsson hatte das nicht sonderlich interessiert. Aber nun stand die Frau auf der anderen Straßenseite und starrte ihn unvermittelt an.

Larsson ging einige Schritte weiter. Als er sich wieder nach der Frau umdrehte, sah er, dass sie schräg auf ihn zukam. Er blieb stehen und wartete, bis sie an ihn herangekommen war.

„Sie meinen nicht etwa mich", fragte Larsson und lächelte ihr entgegen.

„Ich habe eine Empfehlung von einem Freund erhalten, der mir sagte, dass sie ziemlich erfolgreich Fälle aufklären würden. Sie sind doch Kriminalhauptkommissar Larsson?"

„Ja, das bin ich."

„Haben Sie einen Moment Zeit für mich", fragte die Frau.

Larsson taxierte sie noch einmal. Obwohl er zuvor den Eindruck hatte, dass sie zu laut auftrat, hatte sie nun sein ungeteiltes Interesse. „Wer bitte hat mich Ihnen empfohlen?"

„Der Direktor des Flughafens."

„Hans J. Markmann?"

„Ja wir kommen mit dem Flugzeug von Köln. Einmal hatte ich ein Problem mit verlorengegangenem Gepäck und war völlig verzweifelt. Da hat er mir sehr geholfen. Wir hatten ein Haus gekauft, das unmittelbar am Flughafen lag. Es ist im vorigen Monat abgebrannt."

Larsson dachte an die Brandserie, die Usedom seit einiger Zeit heimsuchte. „Die Brände werden von den Anklamer Kollegen bearbeitet. Damit haben wir in Heringsdorf nichts zu tun." Aus den Augenwinkeln heraus sah er, dass ihnen der Mann, der mit der Frau gekommen war, in einigem Abstand folgte. „Gehe ich recht in der Annahme, dass der Mann zu Ihnen gehört?"

„Ja."

„Und warum reden Sie dann allein mit mir?"

„Weil er mir davon abgeraten hat, mit Ihnen zu sprechen."

Sie gingen langsam in Richtung des Maritim Hotels Kaiserhof, das nun nur noch wenige Meter entfernt vor ihnen lag.

„Haben Sie Zeit auf einen Kaffee?“ fragte die Frau.

„Ich würde allerdings gerne wissen“, sagte Larsson, „wer mit mir so unbedingt sprechen will.“

Die Frau lächelte ihn an. „Entschuldigen Sie bitte. Mein Name ist Inka Schröder.“

Sie gingen durch den Eingang in die Halle des Kaiserhofs. Die Tische im Foyer waren nur mäßig besetzt, so dass sie einen für sich allein hatten.

Kurze Zeit später kam ein Kellner an den Tisch.

„Nun, was für einen Kaffee möchten Sie, Frau Schröder“, fragte Larsson.

„Einen Cappuccino, bitte.“

Larsson gab die Bestellung auf. „Einen Cappuccino, bitte, und einen ganz normalen Kaffee.“

Der Direktor des Hotels ging durch das Foyer, sah zu Larsson herüber und nickte ihm grüßend zu. Die beiden Männer kannten und mochten sich.

„Sie hatten also ein Haus in unmittelbarer Nähe des Flughafens“, sagte Larsson, auf den Anfang ihres Gesprächs zurückkommend.

„In Zirchow, direkt am Haff. Eines dieser wunderschönen Reetdachhäuser. Wir haben es als Ferienobjekt gekauft und für die Zeit, in der wir es nicht selbst bewohnten, zur Vermietung freigegeben.“

„Und das lohnt sich?“ fragte Larsson.

„Na ja. Wir hatten einen Teil der Kaufsumme von 170.000 Euro finanziert. Und es reichte für den Zinsdienst und einen großen Teil der Abzahlung.“

Der Kellner kam und brachte den Kaffee.

Als er wieder weg war, sagte Larsson: „170.000 Euro für ein Ferienhaus ist auch eine Menge Geld. Das kann sich nicht gleich jeder leisten.“

„Das Haus war versichert. Und wegen des Brandes selbst will ich auch nicht mit Ihnen reden.“

„Wie ich schon sagte, für die Brandermittlung ist die Kriminalpolizei in Anklam zuständig“, sagte Larsson.

„Dafür hätte ich Sie auch nicht belästigt. Seit dem Brand ist meine Tochter Liisa verschwunden.“

Larsson dachte eine Sekunde nach. „Sie ist nicht in den Resten des Hauses gefunden worden?“

„Nein, man sagte uns, in dem Haus waren zur Brandzeit allem Anzeichen nach keine Menschen.“

„Und das haben Ihnen die Ermittlungsbehörden gesagt?“

„Ja.“

„Wie hat man reagiert, als Sie sagten, dass Ihre Tochter nach dem Brand verschwunden sei?“

„Man hat gefragt, wie alt meine Tochter wäre. Als sie hörten, dass sie zwei Tage vor dem Brand siebzehn geworden war, hat man eine Vermisstenanzeige aufgenommen. Der Beamte, der die Anzeige aufgenommen hat, meinte nur, dass Mädchen in diesem Alter sich des Öfteren selbständig machen würden.“

„Hat Ihre Tochter einen Freund? In diesem Alter machen die Mädchen gern ihre ersten Erfahrungen“, sagte Larsson.

„Genau das hat Ihr Kollege Schubert auch gefragt.“

„Und, hatte sie einen Freund?“

„Ja, aber der konnte nicht mit auf die Insel fliegen, weil er im Außenhandel beschäftigt ist. Er ist derzeit in den Staaten. Für Liisa ist das ihr erster Freund.“

„Und das wissen Sie sicher?“

„Ganz sicher“, sagte die Frau. „Wir haben vom Flughafen mit dem Hotel in Boston telefoniert. Man hat uns weiter aufs Zimmer verbunden, und Liisa hat mit ihm gesprochen.“

„Ich kann ja in Anklam noch einmal nachhören. Aber sonst kann ich nichts für Sie tun. Wo kann ich Sie denn erreichen?“

Die Frau nahm eine Visitenkarte aus der Tasche und sagte: „Über meine Handynummer erreichen Sie mich zu jeder Zeit. Wir haben uns eine Ferienwohnung in der alten Schule in Neu-Sallenthin genommen.“

Larsson winkte dem Kellner und verlangte die Rechnung. Obwohl sich die Frau dagegen wehrte, bezahlte Larsson die beiden Tassen Kaffee. Dann gingen sie gemeinsam zum Ausgang. Vor der Tür trafen sie auf den Mann, den er zuvor mit der Frau gesehen hatte.

„Der Kommissar Larsson kann auch nichts machen“, sagte die Frau.

„Das habe ich dir gleich gesagt. Du hättest es lassen sollen, den Mann zu belästigen. Schließlich haben die ja ihre Vorschriften.“

Mit einem „Einen angenehmen Aufenthalt noch“, drehte sich Larsson ab und ging die wenigen Meter zur Kriminalaußenstelle in der Seestraße. Kurz bevor er den Eingang zum Polizeirevier erreicht hatte, meldete sich sein Handy. Es war der Direktor des Heringsdorfer Flughafens.

„Weshalb ich dich anrufe, Lasse, ich habe dich einer Bekannten empfohlen, deren Tochter verschwunden ist. Vielleicht kannst du ja irgendetwas für sie tun.“

„Die Frau hat bereits mit mir gesprochen. Aber ich sehe eigentlich gar keine Möglichkeit, ihr zu helfen. Zuerst muss sie eine ordentliche Vermisstenanzeige aufgeben. Dann wird das von der zuständigen Fachabteilung in Anklam bearbeitet. Mehr kann ich dir gar nicht dazu sagen.“ Larsson merkte, dass seine Antwort den Anrufer nicht richtig zufrieden stellte. Aber was sollte er machen? Nach einigen lapidaren Sätzen über eine Flugvorführung des Clubs, die am Wochenende stattfinden sollten, beendeten sie das Gespräch.

In seinem Büro angekommen, wählte er die Telefonnummer Inge Mohaupts.

„Was machen die Urlaubsvorbereitungen“, fragte Larsson, nachdem Inge Mohaupt sich gemeldet hatte.

„Sie laufen noch. Aber deshalb rufst du doch nicht an.“

Larsson fühlte sich ertappt. „Nein, nicht wirklich. Ist Schubert im Raum?“

„Er ist beim Chef.“

„Ihr habt in eurer Abteilung den ersten Brand der Serie bearbeitet ... Es geht um ein Haus in Zirchow."

Inge Mohaupt holte sich die Informationen zu diesem Fall auf den Bildschirm ihres Computers. „Ja. Wieso interessierst du dich dafür?"

„Dabei ist ein junges Mädchen verschwunden", sagte Larsson lakonisch.

„Liisa Schröder. Der Fall ist abgeschlossen, Lasse."

„Ich weiß. Die Mutter hat heute mit mir gesprochen. Sie ist auf der Suche nach ihrer Tochter."

„Eine Ausreißerin, wahrscheinlich eine Ausreißerin wie viele Mädchen in diesem Alter."

„Daran glaubt die Mutter nicht."

„Sie ist vielleicht mit irgendeinem Jungen durchgebrannt. Ich muss dir ja wohl nicht sagen, dass das vorkommt."

„Nein, sie hat einen Freund, der derzeit in Amerika ist, und sie ist sehr verliebt, sagte die Mutter. Sie würde keinesfalls mit irgendeinem Jungen durchbrennen."

Inge Mohaupt überlegte einen Augenblick, dann sagte sie: „Du weißt, dass wir ohne die Genehmigungen des Chefs keine Ermittlungen wieder aufnehmen können, die abgeschlossen sind."

„Wer sagt dir, dass ich irgendetwas aufnehmen will. Ich würde mir nur allzu gern mal die Ergebnisse anschauen. Kannst du sie mir mailen?"

„Ich müsste Schubert fragen. Er war Leiter der Ermittlung."

Larsson lacht gequält auf. „Du weißt, wie er zu mir steht."

„Das beruht auf Gegenseitigkeit", stellte Inge Mohaupt fest. „Vielleicht fragst du ihn ja selbst."

„Vergiss es, Inge. Danke für deine Hilfe." Larsson legte den Hörer auf. Dass Frauen sich immer so unkooperativ verhalten müssen, dachte er ärgerlich.

Dann durchdachte er noch einmal die Zusammenkunft mit dieser Inka Schröder. Sie machte ihm nicht den Eindruck einer Mutter, die sich grundlos über das Verschwinden ihrer Tochter

Sorgen machte. Und der Mann, mit dem sie da war? Larsson hatte nicht gefragt, ob es sich um den Vater des Mädchens handelte, ob er der Ehemann oder ein Liebhaber war. Schön, er hatte keinen Auftrag, zu ermitteln. Allein auf den Wunsch der Frau hin, ohne einen jeglichen Tatverdacht, würde er kaum ermitteln können.

Gerade als er den Hörer des Telefons aufgenommen hatte, um mit Inka Schröder zu telefonieren, bemerkte er den Eingang einer E-Mail. Sie kam von Inge Mohaupt. Inge hatte ihm die kompletten Ermittlungsdaten im Fall des Hausbrands zugeschickt. So sehr er sich auch mühte, eine Fahndungslücke in den Unterlagen zu finden, musste er sich eingestehen, dass Schubert ordentlich gearbeitet hatte. Was die Anzeige der Frau bezüglich des Verschwindens ihrer Tochter betraf, so hätte er selbst auch nicht anders handeln können. Larsson fischte die Visitenkarte von Inka Schröder aus seiner Tasche und begann die Nummer zu wählen. Bevor er die letzte Zahl eingab, verzichtete er auf die Verbindung. Dafür aber wählte er die Nummer Inge Mohnhaupts.

„Bist du allein?“ fragte er, als sie den Hörer abnahm. „Es ist eine ordentliche Arbeit, da gibt's gar nichts dran zu rütteln. Aber dennoch“, er lachte, und sie hörte sein Lachen mit dem besonderen Unterton, den sie kannte, wenn er einen Fehler entdeckt hatte, „ihr habt einen Schreibfehler, der sich dauernd wiederholt.“

Inge Mohnhaupt wusste sofort, worauf Larsson hinauswollte.

„Du meinst Lisa?“

„Ihr habt sie mit zwei i geschrieben. Liisa, das habe ich so noch nie gehört.“

„Tja, mein lieber Lasse, einmal ist immer das erste Mal. Der Name ist richtig, denn ihr Vater ist aus Finnland, und dort schreibt man Liisa so.“

„Aus Finnland?“ Sie hörte seine leichte Verärgerung darüber, dass er das nicht selbst erkannt hatte.

„Na ja, Holopainen wollte sie nach der Trennung ihrer Mutter von ihrem Vater nicht heißen ...“

Er ging ins Büro der Kommissare. Andresen und Simons unterhielten sich über einen Sexskandal, an deren Aufdeckung sie beteiligt waren. Ein vierundvierzigjähriger Mann befand auf einem Campingplatz in Zempin und wollte über ein ungesichertes W-LAN-Netz ins Internet. Dort geriet der Urlauber durch Zufall auf den Inhalt des Notebooks eines anderen Urlaubers. Er fand kinderpornografisches Material. Es waren acht bis vierzehnjährige Jugendliche beider Geschlechter zu sehen. Weil Larsson zu einer Dienstbesprechung in Schwerin war, hatte Andresen den Einsatz geleitet. Sie konnten den siebenundvierzigjährigen Mann aus Bayern festnehmen und seine Speichermedien beschlagnahmen. Beim Verhör musste der Mann den Beamten zugegeben, dass er mehr als fünfzig kinderpornografische Dateien besitze. Sie wurden eingezogen und eine Wohnungsdurchsuchung des Mannes in seinem Heimatort veranlasst.

„Ich fahr mal für eine halbe Stunde außer Haus“, sagte Larsson. „Ich bin jederzeit übers Handy zu erreichen. Wer hat den Autoschlüssel?“

Simons nahm den Schlüssel aus seiner Schreibtischschublade und hielt ihn Larsson hin. „Fahr vorsichtig, wir brauchen den Wagen noch.“ Dabei kniff er ein Auge zu.

Larsson wandte sich ab. Er winkte seinen Männern noch einmal zu, verließ das Büro und ging hinunter zum Dienstwagen. Zum Frühjahr hatte man eine Reihe neuer Dienstfahrzeuge angeschafft. Im Gegensatz zu früher, leaste die Polizei die Fahrzeuge nun und erneuerte sie bei Bedarf. Das war ein wesentlicher Vorteil, der sich nun auch für seine Ermittlungsgruppe auszahlte. Langsam fuhr er vom Hof, bog rechts in den Setheweg ein um nach wenigen hundert Metern auf die Neuhoferstraße einzubiegen. Zehn Minuten später hielt er vor der Alten Schule in Neu Sallenthin. Vor dem Eingang des Hauses stand eine hölzerne Sitzgruppe, auf der sich ein älteres Ehepaar niedergelassen hatte.

Larsson stieg aus dem Wagen und ging auf das Haus zu. „Guten Tag. Mein Name ist Larsson, ich suche eine Frau Schröder. Können Sie mir weiterhelfen?"

„Wenn Sie am Haus hier vorbeigehen und über die Wiese, dann sehen Sie unten den Steg am Großen Krebs-See. Da wollte sie hingehen. Wir haben dort ein Boot liegen."

Larsson ging am Haus vorbei zwei Stufen hoch und sah vor sich eine lange Wiese, die abschüssig bis zum See ging. Linksseitig, etwa nach einem Drittel der Gesamtfläche stand wiederum unter einer großen Eiche eine Sitzgruppe. Er erspähte die gesuchte Frau, die in ein Buch vertieft war. Sie schien ihn nicht kommen zu hören, denn sie hob den Blick nicht.

„Entschuldigen Sie, Frau Schröder, wenn ich noch einmal ein paar Worte mit Ihnen sprechen möchte."

Die Frau hob den Blick und legte das Buch auf den Tisch. Larsson konnte sehen, dass es Max Frischs Roman „Montauk" war.

„Haben Sie schon etwas herausgefunden?"

„Nein."

„Und dann kommen Sie bis hierher?"

„Ich habe mir die Unterlagen von der Brandermittlung kommen lassen", begann Larsson, während er sich auf einen der Stühle am Tisch setzte. „Nur soviel dazu, die Polizei hat bisher formal ordentlich gearbeitet. Anders hätte ich auch nicht verfahren können, wenn Sie zuerst zu mir gekommen wären. Bei dem Brand ist ein Brandbeschleuniger benutzt worden. Die Analyse hat ergeben, dass es Benzin war."

„Und meine Tochter?"

„Eine Leiche wurde ja in dem Haus nicht gefunden. Das hatte man Ihnen doch schon gesagt. Also ist das eine zweite Baustelle", stellte Larsson fest. „Sie müssten jetzt noch einmal telefonisch nachfassen, damit eine Fahndung nach Ihrer Tochter erfolgt."

„Können Sie das nicht für mich erledigen?" fragte die Frau.

„Nein, in diesem Fall müssen Sie das selber machen. Ich bin nicht offiziell hier, aber da Sie mich angesprochen haben, möchte ich mir ein Bild von Ihrer Tochter machen."

„Warum? Wenn Sie doch nichts unternehmen können."

„Ich kann zumindest einmal mit dem für diese Ermittlung zuständigen Beamten sprechen. Aber erst wenn Sie die Vermisstenanzeige aufgegeben haben, wird eine Bearbeitung in der dafür zuständigen Fachabteilung stattfinden. Das ist das offizielle Prozedere. Das gilt allemal auch für mich."

Inka Schröder lud Larsson mit einer Handbewegung zum Sitzen ein. „Und wie sieht das offizielle Prozedere in der Praxis aus?" fragte sie.

„Ihre Tochter geht in die Fahndung. Haben Sie, als Sie mit den Kollegen sprachen, ein Foto Ihrer Tochter abgegeben?"

„Nein."

„Können Sie auf die Schnelle eins besorgen?"

„Natürlich. Wir haben eine ganze Serie Fotos auf dem Laptop."

„Dann sollten Sie die Erneuerung ihrer Vermisstenanzeige mittels einer SMS nach Anklam schicken. Dann können Sie gleich ein Bild anhängen. Umso größer ist die Erfolgsaussicht, Ihre Tochter zu finden." Larsson erläuterte in wenigen Sätzen die Arbeit der Kollegen bei der Suche nach einer vermissten Person. Man würde alle Kontakte nutzen, die ins Rotlichtmilieu gehen, um zu sehen, ob dem Mädchen etwas in dieser Art zugestoßen sei. Aber es gab auch andere Kontakte, die es zu nutzen galt. Vor allem war nötig, das Umfeld des Mädchens zu beleuchten. Mit wem hatte sie Kontakt, zu Hause am Rhein und auch hier auf der Insel. Aber das würden die Kollegen erst machen, wenn die Anzeige bei ihnen ordnungsgemäß vorliegen würde.

„Das Entscheidende dabei", sagte Larsson, „sind die Details. Wenn man die übersieht, ist man verloren, und wenn man die Details nicht versteht zu interpretieren, wird man sie auch nicht erkennen."

Die Frau erkannte, dass Larsson recht hatte. Es gab nichts, was es in dieser Welt nicht gab. Und einem jungen Mädchen konnte allemal alles passieren.

„An wen soll ich die SMS schicken?"

„Sie hatten mit dem Hauptkommissar Schubert gesprochen ..."

„Ja."

„Dann sollten Sie ihm diese schriftliche Vermisstenanzeige direkt schicken. Der wird das dann an die Abteilung Personenfahndung weitergeben."

Inka Schröder bedankte sich für sein Kommen und das Gespräch.

Larsson stand auf. Er verabschiedete sich mit Handschlag. „Ich möchte noch eine persönliche Frage stellen."

Die Frau schaute ihn irritiert an. „Bitte."

„Der Mann in Ihrer Begleitung, ist das der Vater Ihrer Tochter?"

„Er ist mein derzeitiger Lebenspartner. Und nein, Martin Horowitz ist nicht der Vater meiner Tochter. Ich lebe von meinem Mann getrennt. Jeder geht seine eigenen Wege."

„Was für ein Verhältnis hat Ihre Tochter zu Ihrem Lebenspartner?"

„Sie hat ihn mehr oder weniger akzeptiert."

„Und er? Was für ein Verhältnis hat Ihr Lebenspartner zu Ihrer Tochter?"

Die Frau lachte auf. „Sie glauben nicht etwa daran, dass Martin etwas damit zu tun haben könnte?"

„Es geht nicht darum, was ich glaube. Bei Ermittlungen zählen immer nur die Fakten. Und da wird das Umfeld von Ihrer Tochter, von Ihnen, von Ihrem Lebenspartner und ganz sicher auch von Ihrem Mann angesehen werden."

„Da liegen Sie sicher ganz falsch. Wir sind eine glückliche Familie. Auch wenn mein Mann aus dem gemeinsamen Haus ausgezogen ist. Wir haben uns eingerichtet. Meine Tochter lebt in der Hauptzeit bei uns, und hin und wieder fährt sie mit ihrem

Vater mit seiner Yacht den Rhein entlang. Und es hat deswegen noch nie Krach gegeben.“

„Sie haben gesagt, dass Sie nicht glauben, Ihre Tochter sei weggelaufen. Fast hoffe ich aber für Sie, dass es so ist ...“

Larsson ging zurück zu seinem Fahrzeug. Vor dem Eingang der Alten Schule saßen noch die beiden älteren Leute. Er winkte ihnen noch einmal zu, und der Mann winkte zurück. Rückwärts ließ er den Wagen aus der Einfahrt gleiten und fuhr den Berg hinunter durchs Dorf Neu Sallenthin. Er wählte die Handynummer Inge Mohaupts.

„Ich habe noch eine Frage, Inge“ sagte er.

„Im Augenblick habe ich keine Zeit für dich, Mutter“, antwortete Inge Mohaupt. „Ich werde dich später zurückrufen.“

Larsson verstand, dass sie im Augenblick nicht allein im Büro war. Wahrscheinlich saß ihr Schubert genau gegenüber, und es war schlau von ihr, das Gespräch auf diese Weise zu beenden.

Kurz vor zwei meldete sich Inge wieder.

„Ich war vorhin nicht allein, Lasse.“

„Ich weiß.“

„Es war nicht nur Schubert, auch der Kriminaloberrat war hier im Raum.“

„Verstehe.“

„Es gibt einen Bekennerbrief zu den Bränden.“

Larsson stieß einen leichten Pfiff aus. „Einen Bekennerbrief. Und was gedenkt Schubert damit anzufangen?“

„Das ist es, was mich aufregt. Er weiß es nicht. Schubert überlegt, ob er ihn veröffentlichen soll.“

„Aber doch wohl nicht zu diesem Zeitpunkt“, warf Larsson ein.

„Ich habe ihm das auch gesagt.“

„Was steht in diesem Brief?“

„Das ist ja das Kuriose. Er ist in Italienisch verfasst.“

„Und? Habt ihr schon die Übersetzung?“

„Brucia in coloro che non hanno alcun affare qui! E ascoltare coloro che non vogliono sentirsi! Es brennt bei denen, die hier nichts zu suchen haben! Und jene, die nicht hören wollen, müssen fühlen“, sagte Inge Mohaupt.

„Kannst du mir das jetzt rübermailen?“

„Ich schicke es dir gleich rüber.“

„Sieh zu, dass Schubert erst einmal in dieser Frage gar nichts unternimmt.“

„Hast du eine Idee?“

„Ich denke schon. Aber schick es her.“

Sie beendeten das Gespräch, als Schubert, der offensichtlich im Haus unterwegs war, wieder zu seinem Arbeitsplatz zurückkehrte und Inge auflegen musste.

Kurze Zeit später war die E-Mail mit der Kopie des Briefs eingetroffen. Larsson druckte die Nachricht aus und legte sie vor sich auf den Schreibtisch. Er las es wieder und wieder: ‚Brucia in coloro che non hanno alcun affare qui! E ascoltare coloro che non vogliono sentirsi! Es brennt bei denen, die hier nichts zu suchen haben! Und jene, die nicht hören wollen, müssen fühlen‘.

Larsson versuchte ein erstes Täterprofil anhand des kurzen anonymen Textes zu erstellen, und die erste Einsicht war schnell gewonnen: Es handelte sich eindeutig nicht um eine Beziehungsangelegenheit. Als Tatmotiv schied also verletzte Eitelkeit und Eifersucht aus. Es war eine Warnung für all diejenigen, die nicht einheimisch auf der Insel lebten, aber Gebäude als Geldanlage aufkauften und die Häuser dann nur selten nutzten.

Aufgrund der Schrift schätzte er das Alter des Schreibers zwischen sechzehn und zwanzig. Höchstwahrscheinlich entstammte der Verfasser der Mittelschicht und verfügte über einen angemessenen Bildungsstand. Darauf ließ jedenfalls die

Wortwahl schließen. Er legte das Papier in die obere Schublade seines Schreibtischs, die er sorgfältig verschloss. Nichts ist interessanter, dachte er, als dem Code des Bösen zu folgen und aus diesem seine erfolgreichen Schlüsse ziehen zu können. Profiling gehörte neuerdings ins absolute Interessengebiet Lasse Larssons. Aber das behielt er erst einmal für sich.

3. Kapitel

Mittwoch, 11. Juli 2005

Die Tagesarbeit hatte die Kommissare in der Außenstelle Heringsdorf wieder eingeholt. Routinefälle meist, die Larssons Ausbildungsstand weit unterforderten.

An diesem Montag änderte sich das schlagartig. Eigentlich hörte es sich auf den ersten Anblick gar nicht so übermäßig spannend an. Gleich am Morgen hatten Angler zwar einen grausigen Fund gemacht. Ein menschlicher Arm, der durch das Aufwirbeln des Wassers durch die Schiffsschraube an die Oberfläche gekommen war, wurde durch den Eigner des Bootes sichergestellt. Dieser hatte dann auch über die 110 in der Notrufzentrale in Anklam Bescheid gesagt. Die Notrufzentrale schickte sofort einen Streifenwagen. Die beiden Polizisten nahmen eine Reihe von Aussagen auf und informierten sodann die Kriminalbereitschaft. Der KDD benachrichtigte, wie es allgemein üblich ist, die Staatsanwaltschaft und telefonierte kurz mit der Rechtsmedizin in Greifswald; parallel dazu wurde der Chef der Mordkommission im Haus benachrichtigt, und Kriminaloberrat Kruse beauftragte dann seinerseits die Kriminalaußenstelle Heringsdorf mit dem Fall.

„Wir haben eine neue Leiche", sagte Andresen, nachdem er an der Tür Larssons angeklopft hatte und schließlich vor dem Schreibtisch seines Chefs stand. „Na ja, nicht ganz, aber den Teil davon, nämlich einen Arm."

„Wo?"

„Querab Ostklüne im Usedomer See."

„Dann lass uns eben hinfahren. Sagst du bei Karl Bescheid?" Larsson trank den letzten Schluck seines Kaffees. Er stand auf, verschloss sorgfältig die obere Schublade seines Schreibtisches und nahm sein Sakko, das über der Stuhllehne hing, während Andresen im Büro der Kommissare vorbei ging und Simons instruierte.

Sie fuhren bis Welzin, sahen die kleine Verbindung zum Wasser, fuhren aber weiter, bis nach Ostklüne, wo man den aufgetriebenen Arm aus dem Wasser gefischt hatte. Direkt am Ufer stand der Funkwagen der Polizei, und wenige Meter im Wasser lag ein Cranchi Clipper 760, ein schnittiges Boot mit 280 PS. Die beiden Polizisten des Streifenwagens waren im Gespräch mit dem Bootseigner, als Larsson auf sie zufuhr.

„Hallo Herr Larsson“, begann der ältere der Polizisten das Gespräch. „Herr Magnus Dollinger, der sein Boot in Balm liegen hat. Er und seine Begleiterin haben den Arm gefunden.“

Der Fund des Leichenteils hatte sich bereits wie ein Lauffeuer herumgesprochen. Gierige Voyeure waren dabei, jede nur mögliche Lücke in der Absperrung wahrzunehmen, um an Informationen aus erster Hand zu kommen.

„Sie müssen die Neugierigen besser zurückhalten.“ Larsson sah auf das am schmalen Schilfgürtel liegende Fragment eines Armes. Er ging näher und beugte sich herab. „Das sieht aus wie ein Frauenarm“, sagte er. „Jedenfalls den Fingernägeln nach.“ Dann drehte er sich zu den beiden Polizisten um. „Es wäre angezeigt, den Arm abzudecken. Schon haben sich Fliegen darauf niedergelassen. Haben Sie einen Bestatter mit der Abholung des Armes beauftragt?“

Einer der Männer verneinte das, und Larsson beauftragte Andresen, einen Leichenwagen zu bestellen. Dann wählte er die Nummer der Einsatzleitung, schilderte kurz den Fall und bat bei der Abteilung 2, im Dezernat 21 besondere Dienste des Landeskriminalamtes in Schwerin den Tauchertrupp anzufordern, um nach dem Resttorso suchen zu lassen. Als er sich umdrehte, sah er den alten T4 der Spurensicherung kommen.

„Spät kommt ihr, doch ihr kommt“, begrüßte er Paul Maier, der diese Redensart Larssons kannte und der den Satz vollendete: „Der Weite Weg, Graf Isolan ... ich weiß, Lasse, aber es ist unser zweiter Einsatz.“

„Was veranlasst Sie eigentlich, mit dem wunderschönen Boot in diesem versotteten Wasser zu fahren, Herr Dollinger?“ fragte Larsson über den Usedomer See sehend mit einem Lächeln.

„Es ist kein Wunder, dass der See bei dieser Wärme blüht. Aber allen Ernstes werden hier noch einige abgesoffene, alte Schiffe vermutet und wir tauchen hin und wieder danach.“

Larsson sah die Sauerstoffflaschen für die Tauchgeräte und zwei Angeln. „Ich wette“, sagte er, „dafür gibt es sicher auch einen Verein. Für was gibt es eigentlich in Deutschland keinen Verein?“ Aus den Augenwinkeln heraus sah er, wie Maier den gefundenen Arm in Augenschein nahm und seine Arbeit begann.

Dollinger hob die Schultern und sagte: „Nicht der Verein ist das Wichtige, das Wichtige ist, dass wir ab und an etwas sicherstellen können, was der Nachwelt sonst verloren geht.“

„Wann genau heben Sie den Fund gemacht?“

„Wir waren zeitig unterwegs. Ich denke, es war kurz nach sieben.“

„Wer außer Ihnen hat den Fund des Armes gesehen?“ fragte Andresen, der inzwischen den Abtransport des Armes zur Rechtsmedizin nach Greifswald organisiert hatte.

„Niemand. Wir beide waren allein. Um die Zeit frühstücken die meisten noch“, sagte Dollinger.

„Um die Uhrzeit ... noch ganz allein? Bei diesem Wetter?“ warf Andresen zweifelnd ein.

„Jedenfalls hier in dieser Ecke. Ich weiß nur, als wir den Arm herausfischten, dass eines der Fischerboote hinaus ins Stettiner Haff gefahren ist. Aber die haben sich nicht um uns gekümmert. Und wir haben uns auch nicht um andere gekümmert.“

Larsson schaute auf das junge Mädchen in ihrem äußerst knappen Bikini. Sie passt nicht ganz zum Alter des Mannes, dachte er, hütete sich aber, etwas zu sagen. Es wird zu allen Zeiten so gewesen, dachte er, dass die jungen Dinger sich einen

Kerl suchen, von wem sie glauben, er könne ihre Nachzucht ernähren. Aber dann stellte er für sich fest, dass mit zunehmender Kapitalisierung die Auswahlkriterien härter geworden waren.

„Der See ist wohl nicht besonders tief", sagte Larsson zu Dollinger.

„Ist er nicht", sagte der Gefragte. „Deshalb ist es auch so eine trübe Brühe. Man kann nur mit einem sehr flach gehenden Boot hier ungestraft fahren. Sonst hat man sich im Nu die Schraube abgeschert. Und das ist der ganze Spaß gar nicht wert!"

Larsson prüfte, was einer der Beamten des Streifenwagens aufgenommen hatte. „Haben Sie keine Bedenken, einmal einer Leiche in dieser trüben Brühe zu begegnen", fragte er Dollinger.

„Der Tod ist ein Teil des Lebens." Dollinger lächelte überlegen. „In meiner Zeit als Oberst-Arzt bei der Bundeswehr ist mir so manche Leiche begegnet. Speziell im Auslandseinsatz."

„Sie waren in Afghanistan?" warf Andresen ein.

„Auch. Zuerst im Kosovo. Später auch in Afghanistan."

„Das Leben ist ein ständiges Kommen und Gehen", sagte Larsson lapidar.

„Du solltest dir etwas überziehen, Angela", sagte Dollinger zu dem jungen Mädchen im Boot. „Sonst holst du dir noch einen saftigen Sonnenbrand."

Noch während sie über die Möglichkeit diskutierten, in diesem See auf ein weiteres altes, hölzernes Wrack eines Bootes aus der Wikingerzeit zustoßen, kam ein Halbgruppenwagen der Polizei mit mehreren Insassen angefahren.

Langsam kommt die Ermittlungskette in Gang, dachte Larsson, während er dem Wagen entgegen ging.

„Ich nehme an, einer von Ihnen ist Kriminalhauptkommissar Larsson", sagte ein Mann mittleren Alters.

Larsson war nun an den Kleinbus herangetreten und sagte: „Ich bin Larsson, Lasse Larsson. Sie gehören zu der Taucherstaffel, die ich angefordert habe?"

„Kurt Salomon, ich leite die Truppe", sagte der Mann und gab Larsson die Hand. „Wir sind eigentlich nur die Vorhut.

Vielleicht können wir schon ein wenig anfangen, denn das Taucherbasiskraftfahrzeug ist nicht ganz so schnell wie wir. Aber wir brauchen den Wagen, weil dort die gesamte Ausrüstung gebracht wird, einschließlich der Möglichkeit, die Flaschen nachzufüllen." Und mit einem Blick auf den blühenden See sagte er: „Das wird dir mächtigen Spaß machen, in diesem Dreck rumzusuchen."

Nur wenig später tauchte der dunkelgraue Leichenwagen einer Wolgaster Beerdigungsfirma auf und quälte sich durch eine Traube neugieriger Menschen.

Larsson sagte zu den Beamten des Streifenwagens: „Sie müssen die Zufahrt besser sichern. Es kann nicht sein, dass unsere Leute bei ihrer Arbeit behindert werden." Er wandte sich an die beiden Männer des Leichenwagens und wies sie an, sich mit Maier zu arrangieren. Eine Dreiviertelstunde später, nachdem die Spurensicherung den Arm freigegeben hatte, machten sie sich auf zur Rechtsmedizin nach Greifswald.

Der Fahrer des Halbgruppenwagens rangierte das Fahrzeug so, dass er dem nachfolgenden großen Kastenwagen mit Anhänger nicht im Wege stehen würde. Die Männer waren ausgestiegen und besprachen sich, wie sie den See systematisch absuchen würden. Schließlich maß er zweieinhalb mal gut zwei Kilometer. Da hieß es, zuerst einmal den Zugang zum Stettiner Haff abzusuchen und dann in Quadrate aufgeteilt den Rest des Sees.

Salomon war zu seinen Leuten gegangen und zeichnete mit einem Aststück ein Aufteilungsgitter in den Sand.

Sie wurden aufgeschreckt, als sie das Brummen eines Lastwagens hörten. Der grüne Mercedes mit dem Kofferaufbau und dem großen einachsigen Anhänger wurde sichtbar. Es dauerte eine halbe Stunde, dann hatten die Männer das Versorgungsfahrzeug soweit installiert, dass die Utensilien zum Tauchen uneingeschränkt genutzt werden konnten. Während die ersten Männer ins Wasser stiegen, um den Zugang zum Haft abzusuchen, telefonierte Larsson mit dem Institut für Rechtsmedizin in Greifswald.

„Ich habe eine Frage und eine Bitte, liebe Frau Dr. Beckert. Ich brauche die DNA des Armes, der Ihnen gebracht wird. Mir kommt da eine Vermutung, und ich werde das Vergleichsmaterial sogleich beschaffen.“

„Du hast also eine Vermutung“, sagte Andresen, als Larsson die Verbindung unterbrochen hatte.

Larsson nickte, sagte aber nichts, sondern suchte die Visitenkarte von Inka Schröder in seiner Tasche, fand sie und wählte ihre Nummer. Nach einigen Klingelzeichen kam die Verbindung zu Stande.

„Inka Schröder, guten Tag.“

„Larsson, guten Tag, Frau Schröder.“

„Wenn Sie anrufen, Kommissar, gibt es etwas Unerfreuliches zu berichten.“

„Das kann ich noch nicht mit Bestimmtheit sagen. Aber ich brauche etwas, um die DNA Ihrer Tochter feststellen zu lassen und für ...“

„Das bedeutet nichts Gutes“, wurde Larsson von der Frau unterbrochen.

„Frau Schröder, wir haben etwas gefunden, ja, und dazu brauchen wir einen Vergleich.“

„Sie haben die Leiche meines Mädchens gefunden?“

„Es wäre im Augenblick unverantwortlich, Ihnen das so zu bestätigen.“

„Warum wäre das unverantwortlich?“

Larsson schaute Andresen fragend an, aber der zuckte mit den Schultern, weil er wusste, dass er seinem Chef nicht würde helfen können.

„Weil es keine Leiche gibt. Jedenfalls noch nicht.“ Als die Frau nichts antwortete, fuhr er fort: „Wir haben einen Teil gefunden, genauer gesagt, einen Arm, von dem ich glaube, dass er zu einer Frau gehört. Aber auch das muss erst noch von der Rechtsmedizin bestätigt werden.“

Die Frau war erstaunlich ruhig, als sie sagte: „Ich werde Ihnen eine Haarbürste meiner Tochter schicken. Glauben Sie, dass das reicht?“

„Bestimmt.“

„Ich schicke es mit der nächsten Maschine, die von Köln nach Heringsdorf liegt. Und sollten Sie sie finden ... sie hat ein Muttermal genau unterhalb des Nabels.“

„Ich danke Ihnen.“

Larsson zeigte ärgerlich auf die immer näher rückenden Menschen und sagte zu der Besatzung des Funkwagens: „Wenn Sie es nicht allein schaffen, die Leute fernzuhalten, müssen Sie Verstärkung anfordern.“ Er schaute einen Augenblick zu, wie die beiden Beamten sich damit abmühten, die jugendlichen Voyeure hinter ein Absperrband zu drängen, das sie gespannt hatten.

Dann drückte Larsson die Kurzwahl der Nummer des Flughafendirektors. „Kannst du mir sagen, Hans-Jürgen, wann die nächste Maschine aus Köln in Heringsdorf landet?“ fragte er Markmann, als dieser sich meldete.

„Gibt es für die Frage einen bestimmten Grund?“

„Du hast neulich eine Frau Schröder zu mir geschickt. Es gibt eine Entwicklung, die einen DNA-Vergleich notwendig macht. Frau Schröder wird eine Tüte für mich mit der nächsten Maschine mitschicken. Ich würde dich bitten, mich zu benachrichtigen, wenn diese Tüte eingetroffen ist.“

Markmann nannte Larsson die nächste Ankunft einer Maschine aus Köln und versprach ihm, ihn sofort zu informieren, wenn das Paket angekommen sei.

Gegen Mittag brannte die Sonne erbarmungslos auf das Land, und die Menschen, die ihr schutzlos ausgesetzt waren, wünschten sich einen schattigen Platz. Doch der war an der Stelle, an der die Suche nach dem Torso stattfand, nicht gegeben. Die Männer des Tauchertrupps hatten zwei große Schlauchboote aufgepumpt, mit dem die einzelnen Taucher an ihren Einsatzort gebracht wurden.

„Ich denke, wir können im Augenblick nichts ausrichten", sagte Larsson. „Vielleicht sollten wir in den nächsten Ort fahren und versuchen, etwas zu trinken aufzutreiben." Er ging hinüber zu dem Taucherbasisfahrzeug, an dem Salomon im Gespräch mit zwei seiner Mitarbeiter war.

„Ich denke, wir werden hier im Augenblick nicht gebraucht", sagte Larsson. „Wir wollen nochmal rüber nach Usedom Stadt fahren und im Hafen fragen, ob irgendjemand etwas gesehen hat." Er gab Salomon eine Karte mit seiner Handynummer. „Sie sind so freundlich, Hauptkommissar, und rufen mich an, wenn Sie etwas gefunden haben." Er deutete auf die Männer der Spurensicherung, die an ihrem Wagen standen und sich mit einem gekühlten Drink aus einer Kühlbox erfrischten. „Unsere Spurensicherung bleibt, bis Sie Ihren Einsatz beenden werden."

Er war noch nicht am T4 der Spurensicherung angekommen, als ganz aus der Nähe ein Pfiff erklang. Larsson drehte sich um und sah, wie von dem etwa zweihundert Meter entfernten Schlauchboot, das im rechten, dem nördlichen Teil des Sees des ersten ihm zugewiesene Planquadrats Unruhe aufgekommen war. Handzeichen wurden von dem Mann im Boot in Richtung Einsatzwagen abgeschickt und Salomon beantwortet die seinerseits ebenfalls mit Handzeichen.

„Wir haben etwas gefunden", rief Salomon Larsson zu.

Larsson und Andresen gingen zum Einsatzwagen und Salomon sagte: „Meine Leute haben mir signalisiert, dass sie einen Torso gefunden haben."

Wenig später hörten sie den Motor des Bootes und sahen, wie es Fahrt aufnahm und schnell auf sie zukam. Der Anblick war entsetzlich. Der Torso war unbekleidet. Die Arme und der Kopf fehlten. Brüste und Schambereich ebenfalls. Andresen musste sich abwenden, weil ihn Übelkeit erfasst hatte. Larsson wurde das Gefühl nicht los, dass es sich um die vermisste Liisa Schröder handelte. Dann sah er das kleine Muttermal, auf das Inka Schröder ihn aufmerksam gemacht hatte, und war sich nun sicher, dass es das vermisste Mädchen war.

Andresen rief noch einmal bei dem Bestatter an und orderte erneut einen Leichenwagen. Maiers Leute nahmen die Arbeit des Erkennungsdienstes wieder auf.

„Ein normaler Mensch könnte diese Arbeit wohl kaum aushalten“, sagte Larsson zum Einsatzleiter der Taucher.

„Meine Männer wissen, dass sie keinen Menschen mehr retten können. Wenn es um Menschen geht, bergen Taucher in der Regel Tote. Das ist das Spezielle an ihrer Arbeit. Zudem sind die Männer schon lange dabei und haben viel Erfahrung gesammelt. Jeder einzelne von ihnen hat seine Strategien gefunden, damit umzugehen“, sagte Salomon lakonisch.

„Aber es geht hier um ein grausiges Verbrechen, die Frau wurde nicht nur ermordet, sondern auch zerstückelt. Kann man das wirklich einfach ausblenden?“ mischte Andresen sich ein. Auch er war schon lange bei der Kripo und hatte in dieser Zeit so manches gesehen.

„Bei solchen Einsätzen kann man Emotionalität natürlich nicht zulassen, sonst könnte man nicht arbeiten. Die Kollegen gehen da sehr rational vor. Das hat auch eine schützende Funktion“, konterte Salomon.

„Wirklich keinerlei Emotionen?“ fragte Larsson und zog die Augenbraue zusammen.

„Emotionalität stellt sich ein, wenn es sich zum Beispiel um Kinder oder Personen aus dem Bekanntenkreis handelt, dann lässt sich Emotionalität nicht mehr verdrängen. Aber bei solchen Einsätzen wie hier gehört es absolut dazu, kein emotionales Verhältnis zu den geborgenen Person aufzubauen, sonst kann man das auf die Dauer nicht aushalten.“

„Aber Ihre Männer bergen ja keinen toten Körper, sondern zerstückelte Leichenteile. Ist es in diesem Fall nicht besonders schwer, die grausige Tat auszublenden?“ bohrte Andresen noch einmal nach.

Salomon zwang sich zu einem Lächeln. „Man findet ein Teil, keine Person. Und man ist nicht in der Lage, zu solch einem Teil eine Beziehung aufbauen. Das ist zwar besonders schlimm, aber ich denke nicht, dass das ein besonders belastender Moment wäre. Es ist ein Fundstück. Emotional wäre es etwas anders, wenn man, wie gesagt, Kinder findet oder einen kompletten junge Menschen. Bei diesem Torso können die Männer nicht einmal das Alter richtig zuordnen. Könnten Sie das?“

„Ich weiß nicht recht“, stellte Andresen fest.

„Sollen wir die Suche fortsetzen?“ fragte der Leiter der Tauchertruppe.

„Warten Sie einen Augenblick“, antwortete Larsson. Er rief seine Dienststelle in Anklam an und ließ sich mit der Leitstelle verbinden. Er schilderte kurz den Vorgang und fragte, ob man den See weiter absuchen solle. Nach einem kurzen Wortwechsel erhielt er den Bescheid, die Suche einzustellen. Das befriedigte Larsson nicht, und er ließ sich mit dem Kriminaloberrat Kruse verbinden. Dem schilderte er den Zustand der aufgefundenen Körperteile und empfahl, die Suche fortzusetzen, denn er war nicht der Meinung, auf den weiteren Einsatz der Tauchergruppe schon verzichten zu können. Nach dem Gespräch gab er an Salomon weiter, dass die Tauchergruppe noch warten möge und Bescheid bekäme, ob sie abrücken könne, bedankte sich für die bisherige Arbeit seiner Truppe und verabschiedete sich.

„Du bleibst bitte, bis der Torso abgeholt wurde, und lässt dich von einem Streifenwagen nach Heringsdorf bringen“, sagte er zu Rolf Andresen.

Er ging zu Maier, der mit seinen Leuten seine Utensilien wieder zusammen packte. „Und?“

„Bisher nicht der leiseste Anhaltspunkt, Lasse. Das Wasser hat alles vernichtet. Einzig die Hämatome am Hals lassen darauf schließen, dass die Frau erwürgt worden sein könnte.“

Larsson bedankte sich. Dann fuhr er zum Büro zurück.

Als er sein Büro betrat, stellte er fest, dass er das Fenster am Morgen geöffnet gelassen und die Jalousien nicht runtergelassen hatte, so dass die Sonne, die jetzt einen anderen Stand hatte, das Zimmer erbarmungslos aufheizte. Wütend auf sich selbst, schloss er das Fenster, ließ die Jalousien runter und ging zur Tür zurück, um sie weit zu öffnen. Dann ging er hinüber ins Büro der Kommissare, wo Simons dabei war, ein Telefonat zu führen.

„Wir haben wieder den Abgang eines jungen Mädchens", sagte Simons, als er das Gespräch beendet hatte.

„Wo?"

„In Ahlbeck. Das Mädchen ist seit Freitag überfällig. Die Frau war heute Morgen in der Wache und hat die Anzeige dort abgegeben."

Ohne direkt auf Simons einzugehen, sagte Larsson: „Überprüfe bitte mal, wie viele junge Mädchen der Insel als abgängig registriert sind."

„In welcher Zeit?"

„Im letzten halben Jahr."

Simons loggte sich in den Polizei-Computer auf die Listung der Vermissten ein, und Larsson dachte darüber nach, ob es ein Zufall wäre, dass gerade jetzt ein weiteres Mädchen abgängig sei.

„Wir haben derzeit vier weibliche Vermisste, inklusive Liisa Schröder", stellte Simons fest.

„In welcher Zeit?"

„Du sagtest, im letzten halben Jahr. Aber genau gesehen sind drei der jungen Mädchen erst in den letzten Wochen verschwunden."

„Seit es die Brände im Süden der Insel gibt?" fragte Larsson.

„Ja."

„Genau das habe ich befürchtet", sagte Larsson.

„Wenn du mich fragst, die Brände haben etwas mit dem Verschwinden der Mädchen zu tun", sagte Simons.

„Vielleicht."

„Dann würden die Brände von ein und demselben Täter gelegt worden sein", stellte Simons fest. „Und wenn das für die Brände zutrifft, dann müsste es zwangsläufig auch für die verschwundenen Mädchen zutreffen. Du weißt, was du damit sagst, Lasse."

„Ich sagte vielleicht. Möglicherweise ist das so. Behalte es einfach noch für dich, Karl. Ich muss noch einiges nachprüfen, bevor ich mich festlegen kann. Ruf die Frau an, sag ihr, dass wir in einer halben Stunde kommen, um mit ihr zu reden." An der Türe drehte er sich Larsson noch einmal um. „Und wann ist das vierte Mädchen verschwunden?"

„Lange Zeit vor dem ersten Brand. Im Frühjahr."

Larsson ging wieder über den Flur zu seinem Büro. Obwohl die Tür offen gestanden hatte, war die Hitze noch nicht aus seinem Büro gewichen. Er hängte sein Sakko über den Stuhl, schloss die obere Schublade seines Schreibtisches auf und nahm seine Aufzeichnungen und die Kopie der Nachricht, die bezüglich der Brände gefunden und in italienischer Sprache verfasst worden war heraus. Sorgsam las er noch einmal die Nachricht: ‚Brucia in coloro che non hanno alcun affare qui! E ascoltare coloro che non vogliono sentirsi! Es brennt bei denen, die hier nichts zu suchen haben! Und jene, die nicht hören wollen, müssen fühlen'. Es war keine dediziert rechte Verbindung daraus abzuleiten, obwohl er sie durchaus für möglich hielt. Dennoch fragte er sich, ob deutschnationale Kader ihre Warnung in italienischer Sprache schreiben würden. Er kam zu dem Schluss, dass das wohl eher nicht der Fall sein würde. Nun müsste er eine andere Spur zumindest in Betracht ziehen. Dazu wäre es nötig, die genauen Umfelder der verschwundenen Mädchen zu analysieren. Wer, wie, was, wo, wann, warum – das waren die sechs Standardfragen und nun käme die siebente dazu: mit wem?

Doch dann schweiften seine Gedanken ab, und er begann im Polizeicomputer nach den letzten größeren Bränden zu recherchieren. Die letzte große Brandserie auf der Insel lag erst zwei Jahre zurück. Damals hatten drei Jugendliche über Monate hinweg insgesamt vierzehn Mal Feuer gelegt. Und zuvor hatte das Landgericht Stralsund 1993 einen siebenudzwanzigjährigen

Mann aus Heringsdorf zu vier Jahren Freiheitsstrafe verurteilt, weil der ebenfalls über Monate hinweg auf Usedom vierzehn Brände gelegt und dabei einen Schaden von 1,2 Millionen Mark verursacht hatte.

Simons kam, und da die Tür offen stand, konnte er auch nicht klopfen. „Wir können jetzt zu Frau Koch nach Ahlbeck fahren", sagte er. „Sie war sehr aufgeregt."

„Wärest du nicht aufgeregt, wenn dein Kind verschwinden würde?" fragte Larsson. Wie immer, wenn er ging, packte er seine Aufzeichnungen in die oberste Schublade seines Schreibtisches und verschloss diese. Dann gingen die beiden Männer hinunter zum Hof der Dienststelle und bestiegen den Dienstwagen.

In Ahlbeck angekommen, fuhren sie langsam die Seestraße entlang. Sie überquerten die Kaiserstraße. Linksseitig lag das Hotel Meereswelle.

„Zu welcher Hausnummer müssen wir?" fragte Larsson.

„Dreizehn."

„Das Hotel hat die Nummer elf."

Vor der Staatsbuchhandlung Krüger hielt Simons an. „Das ist die Neunzehn", sagte er. „Da kenne sich einer aus."

„Fahr da rüber ... direkt an der Ecke Goethestraße, siehst du, dort ist die Dreizehn."

Simons parkte den Dienstwagen unmittelbar vor dem Haus mit der Nummer dreizehn, obwohl es eigentlich nicht gestattet war.

Larsson las das Klingelfeld. „Hainsfeld. Wir haben auf der Wache einen Hainsfeld arbeiten ...", stellte er fest.

„Ich weiß nur, dass er in Ahlbeck wohnt", sagte Simons.

Über dem Namen des Kollegen fand Larsson den Namen Koch, und er betätigte die Klingel. Wenig später standen die beiden Kommissare vor dem Eingang der Wohnung und wurden bereitwillig hereingelassen.

„Ich weiß nicht, was sich das Mädchen denkt“, sagte die Frau aufgeregt, während sie die beiden Männer ins Wohnzimmer bat und ihnen Platz anbot.

Larsson taxierte Sibylle Koch, wie er es immer zu tun pflegte, wenn er bei einem ersten Gespräch eine Einschätzung des Umfeldes einer möglichen Straftat abklären musste. Sie war eine Frau Anfang der Vierzig. Sie machte einen soliden Eindruck, ebenso die Wohnung, gutbürgerlich, gepflegt.

„Hatten Sie schon mal Schwierigkeiten damit, dass Ihre Tochter unangemeldet fernblieb?“ fragte Larsson.

„Noch nie. Chantal ist das, was man eine Traumtochter nennt. Freundlich, aufmerksam und eher eine gute Freundin als eine Tochter.“

„Das ist eine etwas eigenwillige Interpretation“, stellte Larsson fest. „Eher eine gute Freundin als eine Tochter?“

„Natürlich ist sie in erster Linie eine gute Tochter. Aber weil sie so wenig Probleme macht, beziehungsweise überhaupt keine, und ich alles mit ihr besprechen kann, ist sie eben auch eine sehr gute Freundin.“

„Sie ist also noch nie nachts weggeblieben?“

„Doch. Aber das war abgesprochen. Sie blieb dann bei den Bachs über Nacht.“

„Und der Vater von Chantal?“ ließ Simons sich vernehmen.

„Sie hat keinen Vater mehr. Mein Mann ist vor zwei Jahren einem Krebsleiden erlegen. Wir beide leben ganz allein. Chantal hat noch eine Großmutter, die Mutter ihres Vaters, Oma Friederike, die in einem kleinen Ort in Thüringen wohnt. Aber da ist sie nur einmal im Jahr hingefahren, immer in den großen Ferien für eine Woche. Und die Mutter meines Vaters war dann jedes Weihnachten bei uns.“

„Wir würden uns gern das Zimmer von Chantal mal ansehen“, sagte Simons.

„Sie können gern allein hingehen. Im Gange die letzte Tür rechts“, sagte die Frau und schaute Simons dabei an. „Chantal hat das einzige Zimmer, aus dem man auf die Seebrücke sehen kann."

Larsson nickte Simons zu, und der stand auf und ging zum Zimmer des Mädchens.

„Bei den Bachs hat Ihre Tochter übernachtet ...", knüpfte Larsson das Gespräch wieder an.

„Ja. Manchmal rief sie nur kurz an und sagte, dass sie dort bleiben wolle."

„Auch am Freitag?"

„Ja. Gleich morgens verständigte sie mich aus der Schule per Handy davon. Und ich hatte natürlich nichts dagegen."

„War das so üblich?"

„Seit kurzer Zeit schon."

„Und das hat Sie nicht beunruhigt?"

„Nein."

„Und deshalb haben Sie erst heute Vermisstenanzeige gestellt."

„Genau. Sie rief zwischendurch nicht an, wie sie es sonst getan hat."

„Ich brauche eine Aufstellung von allen Freunden, mit denen Chantal Kontakt hatte. Das betrifft die Schule, aber das betrifft auch zum Beispiel ihre beste Freundin", sagte Larsson, als Simons das Zimmer verlassen hatte.

„Gleich?"

Larsson nickte. „Wir werden sofort den Möglichkeiten nachgehen, das heißt also, wir werden jeden möglichen Kontakt nach Ihrer Tochter befragen."

Sibylle Koch stand auf ging zu dem kleinen Schrank neben dem Fenster zur Straße und entnahm ihm einen kleinen Block, der von einen Einkaufscenter als Werbung verteilt worden war, um die Kunden daran zu erinnern, wo man seinen Einkauf erledigen solle, und einen Kugelschreiber. Sie kam zurück zum Tisch und fing an, Namen aufzuschreiben. „Ihre beste Freundin war bisher Pauline Bach."

Während sie den Namen aufschrieb, fragte Larsson: „Wieso war?“

„Ich weiß es nicht, jedenfalls nicht genau, weil Chantal nicht so recht mit der Sprache herauskommen wollte. Ich könnte mir aber vorstellen, es ging um einen Jungen.“

„Das geht es in diesem Alter immer.“

„Die Pubertät ist wohl bei jedem Menschen ein schwieriges Alter“, stellte die Frau fest. „In der Beziehung war meine Tochter wahrscheinlich ganz normal.“

„Hatte sie schon Kontakte zu Jungs?“

„Wenn Sie meinen, ob sie mit Jungen befreundet war, muss ich das bestätigen. Wenn Sie mich aber fragen, ob es sich um sexuelle Kontakte handelte, muss ich das verneinen.“

„Das sind Sie sich sicher?“ fragte Larsson.

Die Frau hob die Schultern und machte ein bedenkliches Gesicht. „Chantal und ich hatten eigentlich keine Geheimnisse. Wir erzählten uns immer alles. Aber wenn ich genau es bedenke, habe ich meiner Mutter auch nicht immer alles erzählt.“

„Haben Sie die Telefonnummer von Pauline Bach?“

Die Frau nickte.

„Schreiben Sie sie bitte dazu. Und den Namen des Jungen, um den es ging, würde ich Sie auch bitten, aufzuschreiben.“

Die Frau nahm den Kopf hoch und sagte: „Den Namen des Jungen hat Chantal gehütet wie ein Geheimnis.“

„Naja, bestimmt weiß ja Pauline Bach, wie der Bursche heißt.“

Simons kam aus dem Zimmer Chantals zurück. Als Larsson in fragend ansah, schüttelte er den Kopf. „Nichts zu finden, was auf das Verschwinden des Mädchens hinweisen könnte. Aber sie hat einen Laptop, und den würden wir gerne mitnehmen.“

„Ich habe nichts dagegen. Nehmen Sie ihn mit.“

„Auf welche Schule geht Ihre Tochter?“ fragte Larsson, während Simons den Laptop holte.

„Darf ich Ihnen einen Kaffee anbieten?“ fragte die Frau.

„Nein danke, so lange wollen wir gar nicht bleiben.“

„Auf das Maxim-Gorki-Gymnasium in Heringsdorf."

„Das ist im Gothener Landweg", warf Simons ein, der mit dem Laptop unterm Arm der Tür stand. „Gleich um die Ecke von unserer Dienststelle."

Larsson wandte sich an die Frau. „Geht Pauline Bach auf die gleiche Schule wie Ihre Tochter?"

„Sie sind in einer Klasse. Die Mädels sitzen sogar zusammen."

Sibylle Koch hatte die Liste fertig und reichte sie Larsson. Es waren nur vier Namen, die auf der Liste standen.

„Ich gehe davon aus, dass Ihre Tochter ein eigenes Handy hat", sagte Larsson.

Die Frau bejahte das und Larsson schrieb die Nummer zu der Liste hinzu.

„Sie war zwar überall beliebt, meine Chantal, aber sie hat sich ihren Umgang sehr genau ausgesucht an", sagte Sibylle Koch, als sie Larsson fragendes Gesicht sah.

„Der erste Satz von Ihnen, als wir kamen, war: Ich weiß nicht, was das Mädchen sich dabei denkt! Halten Sie es für möglich, dass sie durchgebrannt ist?" fragte Larsson und schaute Sibylle Koch durchdringend an.

„Möglich, möglich ... Eigentlich halte ich es für unmöglich, aber wer kann das schon zu hundert Prozent beantworten."

„Wir werden in der Schule anfangen", sagte Larsson, „und mit dem Fräulein Bach reden. Ich brauchte noch ein Foto Ihrer Tochter."

Die beiden Kommissare verabschiedeten sich.

Unmittelbar vor ihrem Dienstwagen vor dem Haus stand ein Streifenwagen. Sie kannten die beiden Polizisten aus dem Kommissariat in Heringsdorf und konnten so mit einigen Worten Ärger bezüglich des Falschparkens abwenden.

„Was hast du ein Gefühl von der Frau Koch?" fragte Larsson.

Simons ließ das Fahrzeug anziehen, winkte den Streifenpolizisten noch einmal zu. „Wie meinst du das, Lasse?"

„So wie ich es sage."

„Sie macht einen ordentlichen Eindruck, wie die ganze Wohnung."

„So meine ich das nicht."

Simons kannte Larsson schon zu genau, um an seiner Stimme nicht herauszuhören, dass ihn die Antwort nicht befriedigte. Noch ehe er eine neue Antwort formulieren konnte, sagte Larsson: „Sie war konträr in ihrem Verhalten. Als wir kamen, begrüßte sie uns mit einem Vorwurf ihrer Tochter gegenüber. Als wir im Wohnzimmer saßen, stellte sie ihre Tochter als ihre beste Freundin vor, die vor einander keine Geheimnisse haben. Und als wir gingen, war sie sich gar nicht mehr so ganz sicher, dass sie nicht doch irgendein Geheimnis umgibt."

„Ich habe zwar keine Kinder", sagte Simons. „Aber wenn ich bedenke, was ich meiner Mutter tatsächlich gesagt habe", er lachte auf, „und das im Verhältnis zur Wahrheit sehe, glühen mir noch heute die Ohren."

Sie waren im Gothener Landweg angekommen und parkten neben einer Reihe von Autos, die wahrscheinlich den Lehrern gehörten. Vor ihnen lag das Maxim-Gorki-Gymnasium ein langgestrecktes, in T-Form erstelltes Gebäude. Auf dem Schulhof war keine Menschenseele zu sehen. Es war Unterrichtszeit. Sie gingen zum Büro des Direktors und wurden von seiner Sekretärin empfangen. Die Männer wiesen sich aus und verlangten, den Direktor zu sprechen.

„In welcher Angelegenheit?" fragte die junge Frau.

„Das werden wir selbst vortragen", sagte Larsson bestimmend.

Die Frau ging zur Verbindungstür klopfte und verschwand kurz im angrenzenden Raum. Dann kam sie zurück, lächelte süffisant und sagte: „Direktor Scharschmidt lässt bitten."

„Kriminalpolizei? Sie kommen wegen welcher Angelegenheit?" fragte Scharschmidt und zeigte auf eine Sitzgruppe.

„Wir untersuchen das Verschwinden Ihrer Schülerin Chantal Koch", sagte Larsson lapidar.

„Das Verschwinden von Chantal Koch? Davon weiß ich gar nichts.“ Sein Erstaunen war ehrlich. „Aber wenn eine Schülerin verschwindet, ist das immer eine Negativreklame für unsere Schule. Hoffentlich ist ihr nichts passiert.“ Er öffnete die Tür zum Sekretariat und sagte: „Schauen Sie bitte, wer der Klassenlehrer von Chantal Koch ist.“ Er wartete, bis die Sekretärin im Computer nachgeschaut hatte.

„Frau Admannshagen ...“

„Ist sie jetzt in der Klasse?“

„Ja.“

Scharschmidt schloss die Tür. Er schaute auf seine Armbanduhr und sagte: „Es sind noch sieben Minuten bis zur großen Pause, dann können wir mit Frau Admannshagen sprechen.“

„Können Sie veranlassen, dass die Klassenlehrerin Pauline Bach mitbringt?“

„Pauline Bach ...“, sagte er lang gedehnt. Er ging zur Tür zurück und wies seine Sekretärin an, zum Beginn der Pause die Lehrerin und die Schülerin Pauline Bach in sein Büro zu bringen.

„Sie haben sicher ab und zu Abgänge von Schülern oder Schülerinnen“, sagte Simons.

„Das kommt schon vor, dass Jugendliche für einige Zeit verschwinden, weil sie von zu Hause weggelaufen sind, oder weil sie untertauchen, um nicht an der einen oder anderen Prüfungsarbeiten teilnehmen zu müssen.“

„Aber sie tauchen immer wieder auf?“ fragte Simons.

„In der Regel schon.“

„In der Regel? Hatten Sie schon mal einen Abgang eines Schülers, der nicht wieder aufgetaucht ist?“ fragte Larsson.

„Nein. Bei uns ist das nicht vorgekommen. Aber es gibt sicher Schulen, denen das nicht erspart geblieben ist.“

Vor der Tür wurden Schritte laut. Es wurde geklopft, und die Lehrerin kam in Begleitung eines Mädchens zur Tür herein.

„Ich habe gehört, die Schülerin Chantal Koch sei nicht in der Schule“, stellte der Direktor in vorwurfsvoller Stimme fest.

„Seit Freitag fehlt Chantal“, sagte die Lehrerin, „aber das war noch kein Grund, beunruhigt zu sein. Ich hatte ohnehin vor, Frau Koch nach dem Unterricht anzurufen und zu fragen, warum Chantal unentschuldigt fehlt.“

Scharschmidt wandte sich zu dem Mädchen. „Pauline, was weißt du vom Verschwinden Chantals?“

Noch bevor das Mädchen antworten konnte, sagte die Lehrerin: „Das ist nicht Pauline. Das ist Rosalie Heber.“ Als der Direktor sie fragend anschaute, erklärte sie: „Pauline ist nach der ersten Stunde gegangen. Rosalie hat mitbekommen, dass sie ein Telefonat auf dem Handy entgegennahm und dann aufgeregt die Schule verlassen hat.“

„Hast du mitbekommen, über was sie gesprochen hat?“ fragte Scharschmidt.

„Nein. Das Gespräch war in der Pause, und da es relativ laut war, hat sich Pauline in eine Ecke verzogen, so dass ich nicht mitbekommen konnte, worüber sie sprach.“

„Du kannst jetzt gehen“, sagte der Direktor.

„Eine Frage noch“, sagte Larsson, und Rosalie drehte sich noch einmal um. „Du hast doch die Handynummer von Pauline.“

Das Mädchen nahm ihr Handy aus der Tasche, wählte die Nummer Pauline Bachs aufs Display und sagte sie an. Larsson und verglich die Nummer mit der, die er von Frau Koch bekommen hatte. Er tat das grundsätzlich, um auszuschließen, dass ihm eine eventuelle Zweitnummer entgehen würde. Dann war das Mädchen entlassen und verließ das Zimmer.

„Die Mädchen sind jetzt voll in der Pubertät“, sagte die Lehrerin. „Sie sind schwierig, und es ist nahezu unmöglich, an sie heranzukommen. Noch im Vorjahr war das anders. Aber das hat sich grundlegend geändert.“

„Wann haben Sie Chantal Koch das letzte Mal gesehen?“ fragte Larsson.

„Am Donnerstag war sie ganz normal zum Unterricht hier“, sagte die Klassenlehrerin.

„Das heißt also, Frau Admannshagen, dass sie noch gar nicht in der Lage gewesen wären, irgendetwas zu unternehmen. Sie hätten völlig pflichtbewusst gehandelt, wenn sie nach dem Unterricht Kontakt mit der Frau Koch aufgenommen hätten", stellte Direktor Scharschmidt fest.

„Ich brauche die Adresse von der Schülerin Bach", sagte Larsson.

„Die kann Ihnen meine Sekretärin heraussuchen."

Larsson drehte sich der Lehrerin zu, und fragte: „Was für einen familiären Hintergrund gibt es zu Pauline Bach?"

„Das ist eine ganz normale bürgerliche Familie. Pauline hat noch einen Bruder, der ein Jahr jünger ist und auch unsere Schule besucht."

„Und die pekuniären Verhältnisse?"

„Der Vater ist Ingenieur, und soviel ich weiß, arbeitet er auf der Neptunwerft in Rostock", sagte die Klassenlehrerin.

„Dann dürften sie finanziell der keine Sorgen haben", warf Simons ein.

„Finanziell sicher nicht. Das Problem ist nur, dass der Mann nicht jeden Tag von Ahlbeck nach Rostock fahren kann. Also ist er nur am Wochenende zu Hause."

„Diese Wochenend-Ehen", sagte Larsson, „stellen schon ein großes Problem im Zusammenleben einer Familie dar."

„So wie ich mitbekommen habe, hält die Familie wohl zusammen. Obwohl man schon überlegt hatte, ganz nach Rostock zu ziehen."

Larsson hob die Schulter. „Und?"

„Die Familie hat hier ein Haus, und weil das ein Erbstück ist, will man sich davon auch nicht trennen."

„Das eine was man will", sagte er, „das andere was man kann."

„Das Haus liegt in Ulrichshorst."

Larsson machte Anstalten zu gehen, und der Direktor brachte die Kommissare zur Tür.

„Suchen Sie die Adresse von der Schülerin Pauline Bach heraus", wies er die Sekretärin an. „Kann ich Ihnen sonst noch behilflich sein?"

„Ich denke wir haben alles", sagte Larsson.

Die Sekretärin schrieb die Adresse auf einen Zettel und reichte ihn Larsson. Der bedankte sich, und Simons lächelte der Frau noch einmal zu, während sie das Zimmer verließen.

„Zwei Schulmädchen kämpfen um einen Jungen. Das ist ein ganz normaler Vorgang", sagte Simons, während er den Wagen anziehen ließ. „Oder bist du anderer Meinung, Lasse?"

Larsson lächelte. „Die erste zaghafte Liebe, Karl, endet meist ein wenig schmerzhaft."

„Auch ich erinnere mich an solche Begebenheiten."

„Ich dachte, du wärst der Hahn im Korb gewesen."

„Mit der Zahnspange, die man mir verpasst hatte, war ich alles andere als einen besonderes Lustobjekt", sagte Simons.

„Willst du damit sagen, dass du keine abgekriegt hättest?" fragte Larsson.

„Das ist gar nicht die Frage, Lasse."

„Sondern?"

„Ob ich die bekommen habe, die ich wollte."

Larsson grinste breit, als er sagte: „Du bist doch so gut im Rennen, dass ich mich manchmal schon frage, wie du das überhaupt machst?"

„Der Mensch entwickelt sich. Die Zahnspange ist weg, und damit der Weg für alle Eventualitäten offen."

„Und in der Schule?"

„Wir waren zu sechst, drei Mädchen und drei Jungen. Und da alle drei Jungs das gleiche Mädchen wollten, musste gelost werden."

„Willst du damit sagen, dass ihr die Mädchen verlost habt?" fragte Larsson lachend.

„Genau. Habt ihr so etwas nie gemacht?"

„Nicht dass ich mich erinnern könnte. Und die Mädchen? Wussten die davon?"

„Natürlich“, sagte Simons. „Sie haben das genossen! Jedenfalls die Gutaussehenden.“

Sie mussten einen Augenblick stehen bleiben, weil die Schranken der UBB geschlossen waren. Langsam schob sich der blau-weiße Zug, der von Wolgast gekommen war, über die Gleise.

„Die Mädchen freuten sich höllisch, als ich das hässlichste Mädchen abbekam und mich wie ein Aal wand, um nicht mit ihr in Verbindung gebracht zu werden.“

Larsson griente. „War sie denn wirklich so hässlich?“

„Sie hatte Basedowsche Augen. Das war nicht gerade ein Zeichen besonderer Schönheit.“

Larsson ließ den Satz auf sich einwirken, bevor er antwortete: „Nein, das war es sicher nicht.“

„Es wäre bestimmt ein gutes Zeichen gewesen, wenn ich dem Spiel nachgegeben hätte“, sagte Simons, „aber in diesem Alter ist man eher grausam.“

Sie waren in dem Haus in Ulrichshorst angekommen. Pauline Bachs Mutter öffnete die Tür, und Larsson wies sich aus.

„Kriminalpolizei? Ist etwas mit Pauline?“

„Wir würden gern mit Ihrer Tochter sprechen, jetzt.“

„Aber um diese Zeit ist sie in der Schule.“

„Das sollte sie sein“, warf Simons ein, der inzwischen herangekommen war.

„Ihre Tochter“, sagte Larsson, „hat die Schule nach einem Telefonat nach der ersten Stunde verlassen. Ich dachte, sie hier zu finden.“

„Nein, hier ist sie nicht. Aber sie ist seit einigen Tagen wie ausgewechselt.“

„Das heißt was?“ fragte Simons.

„Dass sie an alles andere denkt als an die Schule.“

„Dürfen wir hereinkommen?“ fragte Larsson.

Die Frau führte die Kommissare in das Wohnzimmer und bot ihnen Platz an.

„Auf was ist das zurückzuführen?“

Die Frau zuckte mit den Schultern. „Die Mädchen in diesem Alter fangen an, sich zu verlieben."

„Und Pauline ist jetzt verliebt?" fragte Simons.

„Sie ist in der Pubertät, und das ist die einzige ganz schwierige Phase im Leben eines Mädchens."

„Haben sie mit ihr darüber gesprochen?" fragte Larsson und dachte daran, dass alle Mütter wohl den gleichen Standardsatz benutzten, wenn es um das Erwachsenwerden ihrer Töchter ging.

„Ja. Und diesmal hat mein Mann auch mit ihr gesprochen."

„An diesem Wochenende?" fragte Larsson.

„Gestern haben wir mit ihr gesprochen. Nachdem ich mitbekommen habe, dass sie sich vor einigen Tagen mit ihrer besten Freundin Chantal wegen eines Jungen gestritten hatte. Leider ist mein Mann zu seiner Arbeitsstelle nach Rostock zurückgefahren. Es wäre besser gewesen, wir hätten sie noch einmal ins Gebet genommen. Sie hat gestern aber einfach zugemacht, es war kein Herankommen."

„Haben sie mitbekommen, wie der junge Mann heißt?"

„Nein."

„Und das macht Ihnen Sorgen?" fragte Larsson lapidar.

„Ja, ganz erhebliche."

„Wieso?"

„Weil sie sagte, sie wolle mit Chantal nichts mehr zu tun haben."

„Wann hat sie das gesagt?"

„Gestern."

„Chantal ist seit Freitag verschwunden. Wussten Sie das?" fragte Larsson.

„Nein."

„Chantals Mutter glaubt, sie habe am Wochenende hier geschlafen", warf Larsson ein.

„Hat sie nicht!"

„Und Pauline hat auch nichts davon gesagt, dass Chantal verschwunden ist?" warf Simons ein.

„Nein.“

„Aber nach meinen Erkenntnissen“, sagte Larsson, „hat es Pauline gewusst, denn Chantal fehlte schon am Freitag in der Schule.“

Die Frau schüttelte ungläubig den Kopf. „Aber warum hat sie nichts davon gesagt?“

„Ja, das gibt wirklich zu denken“, stellte Simons fest.

„Sie glauben also, dass Pauline wusste, dass Chantal verschwunden ist und es absichtlich nicht gesagt hat“, sagte die Frau.

Larsson dachte einige Sekunden nach. „Nun, das wollen wir zu diesem Zeitpunkt nicht überbewerten. Pubertierende Kinder reagieren ganz unterschiedlich. Vielleicht hat sie schon gewusst, warum Chantal verschwunden ist. Möglicherweise hat sie sich das auch nur gedacht. Aber das ist noch lange kein Grund, dass Pauline zwangsläufig etwas damit zu tun hat.“

„Nein, das ist es sicher nicht. Bestimmt sogar nicht!“

„Wie würden Sie Ihre Tochter einschätzen?“ fragte Larsson. „Als eine loyale Freundin Chantal gegenüber?“

„Ich denke schon. Sie waren so etwas wie beste Freundinnen.“

„Das sind sie so lange, bis der Konkurrenzkampf um einen Jungen ausbricht“, warf Simons ein.

„Kann sein, muss aber nicht“, sagte Larsson, als die Frau schwieg.

„Ich werde jetzt bei all ihren Freunden herumtelefonieren, die ich von ihr kenne“, sagte die Frau.

„Gut“, sagte Larsson. „Tun Sie das. Aber versuchen Sie bitte jetzt, Ihre Tochter übers Handy zu erreichen. Ich möchte dringend mit ihr sprechen.“

Die Frau stand auf und holte von der Telefonablage im Flur ihr Handy. Dann klickte sie die Kurznummer Paulines an. Sie horchte einen Augenblick auf die Ruftöne, dann sagte sie: „Pauline geht nicht an ihr Handy.“

„Das kann ganz verschiedene Ursachen haben“, warf Simons wieder ein.

„Ich würde Sie bitten, mich sofort zu verständigen, wenn Ihre Tochter nach Hause kommt, Frau Bach. Ich muss dringend mit ihr sprechen“, sagte Larsson, stand auf und gab ihr eine Visitenkarte. „Hat Ihre Tochter einen Laptop?“

„Nein. Sie benutzt unseren stationären Computer, aber das ganz selten. Was wir nicht lesen sollen, wickelt sie ausschließlich mit ihrem Smartphone ab.“

„Ich brauche noch ein Foto Ihrer Tochter.“

Die Frau nahm ein Passbild ihrer Tochter aus ihrem Portemonnaie, gab es Larsson. Dann brachte sie die beiden Kommissare noch zur Tür und schaute ihnen nach, bis sie abfuhren.

Larsson gab die beiden Handynummern der jungen Mädchen zur Zentrale nach Anklam und bat darum, schnellstmöglich Handyortungen in vorzunehmen, da Gefahr im Verzug sei. Vor dem Hotel Pirol in Korswandt musste Simons hart bremsen, da eine schwarze Katze seelenruhig über die Straße lief und er es vermeiden wollte, sie zu überfahren.

„Katze von links nach rechts“, sagte Larsson, „was schlecht's, und auch noch eine schwarze.“

Die Katze hatte einen riesigen Satz gemacht, und so ihr Leben gerettet.

„Du wirst es nicht glauben, Lasse, aber ich überfahre so ein Tier nicht gern.“

Vor dem Hotel Idyll am Wolgastsee lud eine Familie gerade ihren Kombi aus. Ein kleines Mädchen hatte sich am Kinderwagen zu schaffen gemacht, und dieser rollte nun langsam in Richtung Fahrbahn. Wieder bremste Simons scharf. „Ich glaube, du solltest jetzt weiterfahren“, sagte er zu Larsson.

„Bist du abergläubisch?“

„Du nicht?“

Larsson hob die Schultern. Er sah, dass die Eltern des Kindes mit dem kleinen Mädchen schimpften, obwohl sie sicher die Schuld für den Beinaheunfall eher bei sich suchen müssten.

„Fahr schon weiter“, sagte Larsson.

Als sie von Korswandt durch den Wald in Richtung Ahlbeck fuhren, fiel Larsson ein, dass er die Rechtsmedizinerin noch nicht vom Fund des weiblichen Torsos unterrichtet hatte, und er wählte die Nummer des Instituts für Rechtsmedizin in Greifswald. Die Sekretärin verband ihn mit Frau Dr. Beckert. In wenigen Sätzen schilderte er, wie der Torso aufgefunden wurde und deutete an, den Namen des Opfers aufgrund des Muttermals zu wissen.

„Vergleichsmaterial zum Abgleich der DNA ist bereits per Flugzeug von Köln nach Heringsdorf unterwegs. Sobald es eingetroffen ist, werde ich es Ihnen bringen lassen. Haben wir noch eine Chance, irgendwelche Fremd-DNA festzustellen?“

„Wenn sie unmittelbar vor ihrem Tod Geschlechtsverkehr hatte und kein Kondom verwendet wurde, besteht die Möglichkeit.“

„Die Leiche hat wahrscheinlich einundzwanzig Tage im Wasser gelegen“, wand Larsson ein.

„Die Chance besteht“, sagte die Rechtsmedizinerin. „Aber es ist wie immer, abschließend kann ich Ihnen das wirklich nur sagen, wenn wir sie hier obduziert haben. Werden Sie bei der Obduktion zugegen sein?“

„Wenn Sie mir sagen können, wann sie die Obduktion vornehmen, werde ich versuchen, es einzurichten. Ansonsten schicke ich einen Mann aus meiner Abteilung zur Teilnahme zu Ihnen.“

Als Larsson das Gespräch beendete, bogen sie gerade in die Seestraße ein und hatten nur noch wenige Meter bis zu ihrer Dienststelle.

„Nehmen wir mal an, du kannst aus irgendeinem Grund nicht zu dieser Obduktion fahren“, sagte Simons, „wen von unserer Gruppe würdest du denn dann nach Greifswald schicken?“

Larsson wusste genau, worauf Simons hinauswollte. „Ich hatte dabei an dich gedacht, Karl.“

„Nein, nein, Lasse. Nur Leute, die bei der Mordkommission arbeiten, sind zu einer Teilnahme einer Leichenöffnung verpflichtet. Ich arbeite nicht bei einer Mordkommission."

„Dann werde ich dich in Zukunft, wenn wir solche Fälle zugeteilt kriegen, nicht mehr an dieser Arbeit beteiligen können."

Sie schwiegen einen Augenblick. Simons fühlte sich nicht wohl in seiner Haut. Larsson wusste das, und er dachte daran, wie er sich gefühlt hatte, als er das erste Mal den Obduktionsraum der Charité in Berlin betrat. Dieser bräunlich geflieste, mit den großen aus Edelstahl und Kunststein kombinierten Sezierwannen ausgestattete Raum hatte ihm großes Unbehagen bereitet. Und die Brandleiche strömte einen widerwärtigen Geruch aus, weswegen sein Magen so rebellierte, dass er sich übergeben musste. Er hatte vier Anläufe gebraucht, um seine Empfindungen soweit in den Griff zu kriegen, nunmehr unbeschadet an einer Leichenöffnung teilnehmen zu können.

„Es könnte ja sein", sagte er, „dass du weiter aufsteigen und eines Tages Leiter einer Mordkommission werden willst, Karl. Deshalb rate ich dir, jede Möglichkeit wahrzunehmen, rechtzeitig für diesen Einsatz zu üben."

Kurz hinter der Bahnschranke zur Ortseinfahrt Ahlbeck hielten sie an einer Imbissbude und ließen sich eine Rostbratwurst geben, die sie hastig in sich hineinstopften. Larsson hasste derartige Zeremonien. Aber letztlich musste er sich dem Hunger geschlagen geben.

Wenig später bogen sie in den Setheweg und zwanzig Meter weiter auf den Hof der Dienststelle ein.

„Monika ist scheinbar nicht mehr da", stellte Larsson fest.

„Sie hat halt pünktlich Feierabend gemacht", antwortete Simons.

Larsson sagte nichts, aber er ärgerte sich darüber, dass ihn Monika nicht angerufen und Bescheid gesagt hatte. Simons spürte das und hielt es für angebrachter, jetzt nichts zu sagen.

Oben im Büro trafen sie auf Andresen. Er war vor einer halben Stunde zurückgekommen und erwartete ungeduldig die Ankunft Larssons.

„Die Tauchergruppe bleibt noch einen Tag da“, sagte Andresen. „Die Anweisung kam aus Anklam schon kurz nachdem du weg warst.“

„Hat sich noch irgendetwas aus den Befragungen ergeben?“

„Nicht wirklich. Niemand hat gesehen, wie irgendjemand ein Paket im See versenkt hat.“

„In dieser Jahreszeit wäre es auch sicher zu auffällig, so etwas durchzuführen. Jedenfalls nicht am Tage, denn da gibt es genügend neugierige Augen, die beispielsweise ein Boot beobachten, wenn sie die leiseste Ungewöhnlichkeit bei so einem Fahrzeug feststellen würden.“

„Du meinst, die Ablage der Leiche sei nachts durchgeführt worden?“ fragte Andresen.

„Selbst das würde eine große Gefahr in sich bürgen. Bei dieser Jahreszeit treiben sich immer nachts Pärchen herum, und es wäre unmöglich, mit einem Boot ungesehen und ungehört zu bleiben.“

„Also gehst du davon aus, dass die Leichenteile über Land transportiert worden sind“, warf Simons ein.

„Selbst das wäre sehr gefährlich“, sagte Larsson, „ist aber eigentlich die einzig logische Schlussfolgerung.“

„Aber wie? Zu Fuß?“ Andresen schüttelte den Kopf. „Vielleicht mit einem Fahrrad?“

„Mitten in der Nacht? Da würde man die Lampe des Rades weit leuchten sehen“, ließ Simons sich vernehmen.

„Die Nächte sind kurz, und sie sind selten ganz dunkel“, sagte Larsson. „Wir könnten natürlich feststellen lassen, an welchen Tagen zu welcher Nachtzeit es völlig dunkel war, aber dazu brauchten wir erst einmal den genauen Zeitpunkt des Todes der Person. Nur dann können wir das so weit eingrenzen.“

Noch bevor einer der beiden Kommissare etwas zu Larsson sagen konnte, machte sich dessen Handy bemerkbar, und er hob die Hand, um etwaige Gespräche zu unterbinden. „Ich danke Ihnen für die schnelle Arbeit, Kollegin“, sagte Larsson. Dann steckte er das Handy in seine Tasche zurück.

„Das Handy von Chantal Koch ist nicht zu orten. Wir müssen also davon ausgehen, dass die SIM-Karte entfernt worden ist.“

„Das erleichtert unsere Arbeit natürlich nicht“, sagte Simons lakonisch.

„Aber das Smartphone von Pauline Bach hat sich heute Morgen bei einem Sendemast auf dem Lieper Winkel eingeloggt. Dann brach die Verbindung ab, und scheinbar wurde auch diese SIM-Karte entfernt“, sagte Larsson.

„Sollten wir dann nicht hinfahren?“ fragte Simons.

„Heute Morgen, Karl. Glaubst du wirklich, dass, vorausgesetzt wir haben es mit einer Entführung zu tun, der Mann jetzt noch am Lieper Winkel zu finden ist?“

„Und wenn er dort wohnt?“

„Du denkst an die Brände, Karl“, sagte Larsson nachdenklich.

„Karls Überlegung ist doch gar nicht so ganz falsch“, warf Andresen ein.

„Die Tatsache, dass das Smartphone von Pauline Bach nur kurz zu orten war, lässt darauf schließen, dass der Entführer sich dort mit ihr getroffen und bei irgendeiner Gelegenheit sich in den Besitz des Handys gebracht hat, um es entweder zu zerstören oder die SIM-Karte zu entfernen“, sagte Larsson.

„Das ist eine gewagte Schlussfolgerung, die möglicherweise überhaupt keinen Bestand hat“, beharrte Andresen.

„Ja, Rolf, möglicherweise ist das so. Aber um den gesamten Lieper Winkel umzukrempeln brauchen wir eine ganze Armee. Deshalb werden wir etwas ganz anderes machen.“ Larsson schob sich vom Schreibtisch ab und ging die wenigen Schritte zum Fenster. In diesem Augenblick machte sich sein Handy bemerkbar. Er meldete sich und antwortete dann, dass er pünktlich vor Ort sei. Es folgte eine Weile nachdenklichen Schweigens.

„Morgen früh um neun wird der gefundene Torso obduziert. Es wäre eine gute Gelegenheit für dich, Karl, endlich mal dabei zu sein."

Simons wurde blass. „Das kannst du mir nicht antun, Lasse. Du weißt, was ich dir gesagt habe."

Larsson ging nicht auf Simons Lamentieren ein. „Wir fahren also beide morgen nach Greifswald. Es wird etwa bis Mittag dauern."

Larsson erwartete neuen Widerspruch, aber der blieb aus. „Ich habe da allerdings einen Einfall, Karl ..." Alle warteten gespannt, was nun von Larsson kommen würde. Aber der genoss es, Simons ein wenig zappeln zu lassen. „Es gäbe eine Möglichkeit, wie du morgen noch einmal um dein Beisein bei einer Obduktion, und diese Leiche ohne Kopf ist bestimmt nicht ganz einfach zu verdauen, verschieben könntest."

Die Tür ging auf, und Monika kam herein.

„Ich dachte, du wärest schon nach Hause gefahren", sagte Larsson. Ohne auf eine Antwort zu warten, fuhr er fort: „Ich könnte mir vorstellen, Karl, dass wir bezüglich der Brände und damit vielleicht sogar hinsichtlich des Mordes und des Verschwindens der Pauline Bach der Sache näher kämen, wenn wir undercover ermittelten."

„Du würdest für so eine Aktion doch sicher die Zustimmung des Kriminalrats einholen", ließ Andresen sich vernehmen.

„Das habe ich versucht, aber er ist zurzeit in Schwerin und nicht erreichbar. Und hier ist Gefahr im Verzuge, und deshalb habe ich den ganz kleinen Dienstweg gewählt ... Ich habe selbst entschieden, dass wir das machen."

Andresen antwortete nicht. Larsson hat vollkommen recht, dachte er. Wenn wir überhaupt etwas erreichen wollen, dann geht es eigentlich nur mit Eigeninitiative. „An wen hast du gedacht? Ich scheide da wohl aus, denn mich kennt man durch die

Segelei auf dem Lieper Winkel sehr gut. Wir liegen oft mit unserem Boot in Warthe oder den anderen kleinen Häfen."

Larsson lächelte. „An dich, Rolf, habe ich auch gar nicht gedacht. Es gibt eigentlich nur zwei Möglichkeiten, nein, drei. Inge, aber die fällt aus, weil sie Urlaub hat und ins Ausland fliegt. Eine zweite Möglichkeit wäre", und er schaute Monika intensiv an, „wäre Monika. Aber da sie nicht zu uns gehört, sondern nur von der Schutzpolizei ausgeliehen ist, müsste ich eine Genehmigung ihres Vorgesetzten einholen, und genau das werde ich nicht tun. Also fällt auch sie aus." Er schaute Simons durchdringend an. „Da ich nicht weg kann, Karl, und auch durch die Bilder in der Zeitung nicht unerkannt bleiben werde, würdest nur du infrage kommen. Aber zwingen möchte ich dich dazu natürlich nicht."

„Und ab wann wäre das?" fragte Simons.

„Ab sofort, Karl."

„Dann könnte ich aber morgen gar nicht mit in die Rechtsmedizin fahren ..."

„Das ist zwar sehr traurig, Karl, ich bedaure das sehr. Aber die Arbeit auf dem Lieper Winkel geht vor."

Simons klang erleichtert, als er sagte: „Du kannst auf mich zählen, Lasse, ich bin dein Mann!"

Larsson nahm einen Zettel aus der Tasche und gab ihn Simons. „Es ist das Landhotel Lieper Winkel in der Dorfstraße 11 in Rankwitz, und die Telefonnummer ist auch dabei", sagte er. „Und du musst deinen Wagen nehmen, denn ich brauche den Passat für die Fahrt nach Greifswald."

4. Kapitel

Im Gegensatz zu seinen sonstigen Gewohnheiten war Larsson am Abend relativ ruhig gewesen. Sie waren in getrennten Wagen zu dem Haus nach Loddin gefahren; Monika mit dem neuen Benz und Larsson mit dem Dienst-Passat.

Wohl wissend, dass sie am Morgen zuerst das Haus verlassen müsste, hatte er Monika vor der Ortseinfahrt noch überholt, damit sie vor dem Haus hinter ihm zum Stehen kam. Wenig später hatte sie ein Abendbrot bereitet, das sie nahezu schweigend in der Wohnküche einnahmen.

Anschließend zog Larsson sich ins Wohnzimmer zurück, wo er eine CD mit Max Bruchs Violinenconcert Nr. 1 einlegte. Er schloss die Augen und ließ die bisherigen Erkenntnisse, auf die er bisher bei der Ermittlung des gefundenen Torsos gestoßen war, an sich vorüberziehen. Das von der Mutter beschriebene Muttermal von Liisa Schröder hatte er an dem Torso gesehen, deshalb war es für ihn zur Gewissheit geworden, dass das Mädchen getötet wurde. Sicher müsste er noch den DNA-Abgleich abwarten, bevor er offiziell dazu Stellung nehmen würde.

Dann dachte er an Chantal Koch. Die Möglichkeit, dass auch sie ein Opfer eines Verbrechens geworden ist, rückte für Larsson in eine noch nebulöse Nähe. Die Tatsache, dass das Handy Chantals nicht zu orten war, während das von Pauline Bach kurzzeitig auf dem Lieper Winkel kurz eingeloggt war, dann aber nicht mehr sendete, beunruhigt ihn. Er dachte an die Brände, nunmehr fünf an der Zahl, und das Verschwinden der Mädchen. Oberflächlich hatte es den Anschein, dass beides zusammengehörte. Was ihn aber stutzig machte, war der aufgefundene Brief in Form eines kleinen Faltschiffes, das in einem der Lokale in Warthe gefunden worden war, mit der Warnung in italienischer Sprache. Brucia in coloro che non hanno alcun affare qui! E ascoltare coloro che non vogliono sentirsi! Es brennt bei denen, die hier nichts zu suchen haben! Und jene, die nicht hören wollen, müssen fühlen! Und das wiederum deutete auf einen relativ jungen Täter hin. Die kleinen Schiffchen aus Papier; sein Vater hatte Lasse Larsson immer die Herstellung solcher Spaßschiffe gezeigt. Er würde prüfen lassen, wo das Schiffchen gefunden wurde, und noch einmal dort vorstellig werden.

Manchmal, wenn er an seine Zeit bei der siebten Mordkommission in Berlin zurückdachte, an die Probleme, die sie hatten, wenn sie in den Problembezirken bei den aggressiven jungen Türken im Wedding oder bei den libanesischen Verbrecherfamilien im Bezirk Kreuzberg zum Einsatz kamen und immer auch um ihre Gesundheit und ihr Leben bangen mussten, war er froh darüber, auf dieser Insel gelandet zu sein. Und immer hatte es sich, bisher zumindest, in der Regel um Aufklärung von Einzeltaten gehandelt. Nur seine Erfahrung, die er aus der Hauptstadt mitgebracht hatte, machte ihn sensibel für ein Gespür, dass es sich bei den Bränden, in Verbindung mit dem Verschwinden der Mädchen, um einen Serientäter handeln könnte. Wenn das aber der Fall wäre, so würde es sich nicht um einen Täter, sondern wahrscheinlich um zwei handeln. Denn die Serienbrände in den vergangenen Jahren waren alle ohne irgendwelche Morde in Verbindung zu bringen.

„Willst du mir nicht sagen, was mit dir los ist?“

Die Frage holte Larsson aus seinen Gedanken. „Es ist nichts los, Monika. Jedenfalls nicht mit uns. Ich denke nur nach.“

„Und deshalb sprichst du kaum mit mir? Es sieht aus wie eine Bestrafung!“

„Es ist der einzige Grund. Das kannst du mir wirklich glauben.“ Larsson lächelte seiner Lebensgefährtin zu. Sie registrierte, dass es gequält aussah, nicht wie sonst, wo es gerade sein sprühendes Lächeln war, das sie so für ihn einnahm. „Aber wenn ich einen so komplizierten Fall auf den Tisch liegen habe, dann muss sich die Kleinigkeiten, die wir bisher wissen, wie ein Puzzlespiel zusammensetzen. Und manchmal ist es schwierig die einzelnen Teile so ineinander zu verzahnen, dass es passt.“

Monika hätte sich in ein Buch vertieft und war später schließlich, nachdem sie für eine Weile ins Bad gegangen war war, ohne Gutenachtgruß im Schlafzimmer verschwunden.

Larsson ging ihr hinterher. Er setzte sich auf die Kante des Bettes, beugte sich zu ihr herunter und küsste sie. „Noch nie haben wir eine Nacht verbracht, in dem wir uns so weit voneinander entfernt haben, dass wir nicht versöhnt sind."

„Wenn du keine Augen mehr für mich hast!" stellte sie vorwurfsvoll fest.

„Du weißt genau, dass meine Augen nur bei dir sind. Aber derzeit habe ich das Gefühl, dass wir mit dem Tod der Liisa Schröder erst die Spitze eines Eisbergs gefunden haben. Und das macht mir große Sorgen."

„Glaubst du an eine Mordserie?"

„Das werden wir schneller wissen, als uns lieb ist. So wie wir wissen, ob die beiden Mädchen, Chantal Koch und Pauline Bach, noch leben, haben wir die Gewissheit." Larsson küsste sie noch einmal flüchtig auf die Wange, dann erhob er sich. „Ich brauche noch eine Weile Zeit, um in Ruhe nachdenken zu können. Versuch zu schlafen."

Er ging zur Abstellkammer, wo in einem speziellen Regal eine Reihe von Flaschen gelagert war, und griff sich eine Flasche Chateau La Fleur Milon. Es war ein 2002er Bordeaux aus dem Hause Baron Philippe de Rothschild zu rund zwanzig Euro, den er eigentlich für eine Familienfestlichkeit vorgesehen hatte. Doch nun entschied er sich dafür, diesen herrlichen Wein zur Unterstützung seiner Überlegungen zu opfern. In der Küche öffnete er die Flasche, roch am Korken und nickte befriedigt. Dann nahm er sich eines der großen Rotweingläser und goss zwei Fingerbreit ein, schwenkte den Wein im Glas und roch wieder dran. Er ging zurück ins Wohnzimmer, nahm einen kleinen Schluck davon, den er genüsslich kaute, bevor ihn hinunterschluckte.

Obwohl es schon kurz nach zehn war, wählte Larsson die Handynummer Simons. „Na, ist das Landhotel nach deinem Geschmack?“ fragte er, nachdem sich Simons meldete.

„Ich glaube nicht, dass du mich anrufst, Lasse, um das zu fragen“, entgegnete Simons. „Ich habe meine Sachen dort abgestellt und bin weitergefahren in die Alte Fischräucherei nach Rankwitz.“

„Hast du schon wegen des Briefchens irgendetwas gehört?“

„Eine der angestellten Serviererinnen hatte es gefunden. Aber an dem Tag war so viel los, dass sie nicht mehr weiß, wer es hinterlassen haben könnte. Außerdem hat man dieses kleine Faltschiff aus Papier unter dem Tisch gefunden, so dass überhaupt nicht mehr sicher war, zu welchem Zeitpunkt es dorthin gekommen sein könnte. Und darüber hinaus war es überhaupt ein Glück, dass man es behalten hat. Denn eigentlich wollte man es so, wie es war, wegwerfen. Doch dann wurde man durch einen auf gemalten roten Pfeil neugierig und faltete das Papier auseinander. Dabei waren so viele Fingerspuren darauf verblieben, wie der Erkenntnisdienst es auch angesagt hatte. Aber alles das hat sie schon den Kollegen gesagt ...“

„Hör dich mal vorsichtig um, ob irgendeiner von den jungen Leuten der italienischen Sprache mächtig ist. Aber sei vorsichtig, nicht dass wir den Schreiberling durch eine Unachtsamkeit warnen.“

Gegen zwölf und nach dem Genuss einer Hälfte dieses wunderbaren Rothschildschen Rotweins beschloss Larsson, ins Bett zu gehen. Er registrierte, dass Monika gleichmäßig atmete. Also schlief sie fest. Leise schälte er sich aus seiner Unterwäsche und griff sich sein Schlafanzug. Er schob vorsichtig die Decke zur Seite, um Monika nicht zu stören. Der Rotwein hatte seine schlaffördernde Wirkung erreicht, und es dauerte nicht lange, bis Larsson in einen traumlosen Schlaf verfiel.

Kurz nach fünf klingelte der Wecker. Während Monika aufstand, um sich für ihren Dienst in Heringsdorf fertig zu machen, drehte sich Larsson noch einmal um.

Es war Dienstag, der 12. Juli 2005.

Larsson fuhr aus einer kurzen Tiefschlafphase hoch, als die Außentüre zuschlug. Kurze Zeit später hörte er, wie Monika den Wagen startete und vom Hof fuhr. Er stand auf und ging ins Bad, putzte sich die Zähne und stellte sich unter die Dusche. Wie kann ein Mensch, der fünf Stunden geschlafen hat, so kaputt sein, dachte er. Dann machte er, was er eigentlich hasste, er stellte kurz den Wasserstrahl auf kalt. Prustend kam er unter der Dusche vor. Nachdem er sich angezogen hatte, ging er in die Küche. Monika hat ihm eine gehörige Portion Kaffee auf der Maschine zum Warmhalten bereitgestellt. Er hatte es die ganze Zeit schon gerochen. Und die Brötchen der Firma K&W aus der Kühlung eines Lebensmittelgeschäftes waren noch leicht warm.

Sie ist eine gute Frau, dachte Larsson, selbst wenn sie unter meinem Verhalten von gestern Abend gelitten hat. Und er nahm sich vor, sie am Abend mit einer Kleinigkeit überraschen. Er stellte das Küchenradio an und fuhr entsetzt zurück. Sie hatte einen polnischen Sender eingestellt, der Popmusik brachte, die ungleich lauter war als er vertrug. Das war wohl Monikas kleine Rache. Sofort stellte er es leiser und drückte auf die Taste, die die Sendungen des Kulturradios des Norddeutschen Rundfunks wiedergab. Als er sich den Kaffee eingoss, sang Kurt Moll gerade die Spiegelarie aus Hoffmanns Erzählungen: Leuchte heller Spiegel mir und blende ihn mit deinem Glanz – der Spiegel hat mir heute wieder einmal etwas anderes gezeigt dachte Larsson, ein graues Gesicht eines ihm fremden Mannes.

Kurz nach neun traf er in der Kuhstraße in Greifswald ein und fand erst nach einigem Suchen einen Platz für seinen Wagen. Dann ging er zu dem kleinen gelben Landhaus mit der Nummer 30, das mitten in der Stadt in seiner Ursprünglichkeit in Form eines Landhauses erhalten geblieben war, und klingelte. Er nannte seinen Namen und wartete, bis die Sekretärin von Frau Dr. Beckert ihn einließ.

„Sie werden schon erwartet, Herr Hauptkommissar“, sagte die nicht mehr ganz junge Frau freundlich und brachte Larsson zum Büro der Rechtsmedizinerin, das im ersten Stock im Nebengebäude lag. Larsson nahm sich vor, ihr beim nächsten Besuch eine Kleinigkeit mitzubringen. Es war wie immer gut, Menschen, auf deren guten Willen man angewiesen war, mit kleinen Aufmerksamkeiten zu bedenken.

Die Rechtsmedizinerin Dr. Beckert und Larsson hatten schon in den letzten Jahren gut zusammengearbeitet, speziell bei dem Fall, bei dem sieben Leichen auf einer im Achterwasser treibenden Yacht gefunden wurden und bei dem die Rechtsmedizinerin von Anfang an ihrer Hilfe bereitgestellt hatte. Einen so grausigen Fund hatte es auf der friedlichen Insel Usedom, sieht man von dem Fall ab, wo drei junge Neonazis einen wohnungslosen Mann in Ahlbeck vor der Kirche zu Tode geprügelt hatten, noch nie gegeben.

Dr. Beckert stellte ihre Tasse ab, stand auf und gab Larsson die Hand. „Möchten Sie noch eine Tasse Kaffee, bevor wir uns an die Arbeit machen?"

„Ich habe gut gefrühstückt, liebe Frau Dr. Beckert", sagte Larsson. „Das mach ich immer, wenn ich zu Ihnen komme, denn wenn ich zu wenig im Magen habe, gibt's riesige Probleme."

Sie machten sich auf den Weg hinunter zum Obduktionsraum.

Die Rechtsmedizinerin lächelte verstehend. „Es ist nicht ganz so einfach, wie es die gerichtsmedizinischen Serien im Fernsehen glauben machen wollen. Dort arbeiten die Obduzenten nur mit einem Lächeln im Gesicht. Diese Sendungen haben zwar die besten Einschaltquoten, aber sie beleuchten rund um den Tod und seine Aufklärung nur einen, wenn auch spannenden Teilbereich der Rechtsmedizin."

Sie waren in dem Raum angekommen, in dem die Rechtsmedizinerin die grüne Arbeitsbekleidung überzog und darüber hinaus noch eine durchsichtige Kunststoffschürze anlegte.

„Längst machen die Lebenden einen Hauptteil der Patienten und Kunden der Gerichtsmediziner aus." Sie sah in das fragende Gesicht des Hauptkommissars und fuhr fort: „So machen wir auch Vaterschaftstests, Drogenchecks, untersuchen Behandlungsfehler, Opfer von Straftaten und das Kindeswohl; das sind einige der Wachstumsfelder in einem vielschichtigen Fachgebiet. Entgegen dem allgemeinen republikweiten Abwärtstrend wurde die Rechtsmedizin in Greifswald deutlich gestärkt."

Als sie den Sektionsraum betraten, waren schon die Assistenzärztin als Zweitobduzentin und der Sektionsassistent da und unterhielten sich über die andauernde Hitze, die nun schon seit Wochen anhielt.

„Na, dann wollen wir mal", unterbrach Brigitte Beckert die Unterhaltung.

Der Sektionsassistent holte den Torso aus der Kühlung und schob ihn an den Tisch. Dann gab er das Kommando: „Eins, zwei, drei ..." Zusammen mit der Assistenzärztin hoben sie den Körper auf den Sektionstisch, und der junge Mann legte den einen Arm, der als Erstes gefunden wurde, daneben.

Dr. Beckert hatte einen Nasenschutz angelegt, trat an den Tisch heran und beugte sich leicht nach vorne, um alle sichtbaren Spuren zu sehen.

„Vorgefundenen wird der Torso einer jungen Frau. Der Kopf und einer der Arme fehlen. Am Hals befinden sich subkutane Hämatome und Kratzspuren", diktierte sie in ein sich in einer Folie befindlichen Diktaphon. Sie drehte sich zu Larsson und sagte: „Die Frau ist in jedem Fall gewürgt worden. Ob das die Todesursache war, lässt sich so natürlich nicht feststellen." Sie drehte sich wieder um und diktierte weiter: „Die Brüste sind herausgeschnitten. Die Ränder deuten darauf hin, dass ein relativ stumpfes Messer benutzt wurde und mehrfach angesetzt werden musste. Oberhalb des rechten Brustansatzes ist eine Bissspur zu erkennen. Daneben rötliche Intrakutanblutungen, die wahrscheinlich von einem kräftigen Tritt herrühren. Die Oberschenkel weisen die für einen gewaltsamen Penetrationsversuch typischen Spuren auf."

Für eine Sekunde war Larsson erleichtert, als sich sein Handy bemerkbar machte, konnte er sich doch einen Augenblick von den grausigen Überresten eines jungen Mädchens abwenden. Larsson ging einige Schritte beiseite, um die Rechtsmedizinerin nicht bei ihrer Arbeit zu stören. Es war Kriminaloberrat Kruse persönlich.

„Es ist eine Tasche mit Leichenteilen auf der Insel gefunden worden. Wir werden hier eine Sonderkommission bilden, der Sie vorstehen werden. Ich möchte, dass Sie herkommen, und das sofort."

„Ich bin gerade bei einer Obduktion in Greifswald zugegen, werde mich aber gleich auf den Weg machen."

„Die Tasche wurde an einer Wiese gefunden, die von einem Rinderzüchter in Bannemin bewirtschaftet wird", fuhr Kruse fort. „Sie liegt zwischen Bannemin und Zinnowitz. Derzeit ist ein Funkwagen vor Ort. Es wäre gut, wenn Sie die Fundstelle durch Ihre Leute sichern ließen. Die KTU ist bereits auf dem Weg dorthin."

Larsson verständigte kurz die Rechtsmedizinerin und machte sich auf den Weg nach Anklam. Von unterwegs rief er Andresen an, der sich am Usedomer See bei der Suche der Tauchergruppe nach weiteren Leichenteilen befand. Er unterrichtete ihn kurz über die bevorstehende geplante Einrichtung einer Sondergruppe zur Ermittlung der Usedomer Leichenfunde und bat ihn, zum Fundort der Tasche zu fahren. Anschließend rief er Simons an und schickte ihn ebenfalls zur Unterstützung Andresens.

Gegen zwölf trafen sie sich zu dritt im Büro des Kriminaloberrats. Kruse hatte sich am Vormittag von Hauptkommissar Schubert ausführlich über die Brandanschläge auf dem Lieper Winkel berichten lassen. In diesem Zusammenhang hatte sich ein Zeuge gemeldet und berichtet, dass er von einem brennenden Fahrzeug einen Radfahrer beobachtet hatte, der eiligst das Weite suchte, indem er die Hauptstraße verließ und auf die kleine Straße nach Mellenthin einbog. Es war nicht viel. Aber die Tatsache, dass ein Mensch von einem brennenden Auto flüchtete, während ein anderer, der dort verbrannte, dringend seine Hilfe benötigt hätte, machte Schubert stutzig. Es war zumindest unterlassene Hilfeleistung.

„Schön, dass Sie so schnell hier sein können“, sagte der Kriminaloberrat, als Larsson in sein Büro trat. Er gab Larsson die Hand. Dieser schaute auf Schubert, als er fragte: „Gibt es etwas Neues im Fall der Brände?“

„Wie man's nimmt. Es hat an einem der Brandtage auch einen Verkehrsunfall gegeben, bei dem ein Mann in seinem Auto verbrannt ist. Es war an der L 265, die von der B 110 in Richtung Neppermin abgeht. Der Zeuge sah einen Radfahrer sich eiligst von dem brennenden Fahrzeug entfernen und in die K 36 nach Mellenthin abbiegen.“

„Und warum hat der Mann sich erst jetzt gemeldet?“ fragte Larsson.

„Weil wir einen Aufruf gestartet haben.“

„An welchem der Tage war das?“

„Am 20. Juni“, sagte Schubert.

„Das war ein Montag. In dieser Nacht hatte es an der Kliff Küste gebrannt, und das Mädchen Liisa Schröder ist verschwunden.“

„Das ist der Grund, warum ich Sie hergebeten habe“, ließ sich der Kriminaloberrat vernehmen.

„Der Brand an der Kliff Küste lag auf der anderen Straßenseite der B 110“, stellte Larsson lapidar fest.

„Wir müssen den Mann finden“, sagte Schubert. „Für mich ist eindeutig bewiesen, dass der Brand mit dem Verschwinden des Mädchens zu tun hat.“

„Ich dachte, Sie negieren, dass es im Zusammenhang mit dem Brand das Verschwinden eines jungen Mädchens überhaupt gegeben hat“, sagte Larsson kalt.

„Sie wissen doch wie das ist, Kollege, junge Mädchen in dem Alter sind schwerer zu hüten als ein Sack Flöhe.“

„Und deshalb nimmt man die Sorgen der Eltern nicht ernst?“ fragte Larsson.

„Ich habe es sofort bearbeitet, als die Mutter mir Ihre Anzeige mit dem Bild einige Tage später zugestellt hat.“

„Sie glauben also, dass der Brand etwas mit dem verschwundenen Mädchen zu tun hat?“ fragte der Kriminaloberrat.

Schubert nickte.

„Glauben Sie das auch?“ fragte Kruse Larsson.

„Auf den ersten Blick könnte man das meinen“, sagte Larsson. „Aber bei genauer Betrachtung würde ich dazu tendieren, es mit zwei Tätern zu tun zu haben.“

Schubert hob die Schultern und lächelte gequält.

„Und woraus schließen Sie das?“ fragte der Kriminaloberrat.

„Wir haben jetzt fünf Brände und eine Leiche, von der wir annehmen, dass es die von Liisa Schröder ist. Genau wissen wir das aber erst, wenn die DNA-Vergleichsanalyse den Beweis gebracht hat.“

„Und?“ drängte der Kriminaloberrat.

„Ich kann mir nur schwer vorstellen, dass ein ziemlich junger Mann eine Leiche so zerlegt“, sagte Larsson.

„Wie kommen Sie darauf, dass es ein junger Mann war?“ fragte Schubert.

„Dazu komm ich später. Aber gehen Sie mal davon aus, dass der Täter zwischen sechzehn und zwanzig Jahren alt ist. Wo könnte er Frau zerlegt haben, ohne dabei entdeckt zu werden?“

„Sie glauben also, der Täter hat die Frau zerlegt und weisen ihm damit, was sie eben ausgeführt haben, ein höheres Alter zu“, sagte Schubert.

„Es ist immer der Täter selbst, der die Leiche verstümmelt. Das ist erwiesen.“

„Aber es gibt auch Ausnahmen“, warf der Kriminaloberrat ein.

„Sicher gibt es Ausnahmen. In der Regel sind das Nekrophile, also Menschen deren Sexualtrieb sich auf Leichen richtet. Das sind Menschen, die in Beerdigungsinstitute einbrechen, um Tote zu missbrauchen. Manchmal verstümmeln sie diese auch. Aber diese Täter passen nicht in unser gesuchtes Profil."

„Wie kommen Sie darauf, dass es sich um einen so jungen Täter handelt? Eine Verstümmelung sagt doch noch lange nichts über eine Altersgruppe aus! Auch nicht über den Bildungsgrad oder die soziale Herkunft des Täters." Schubert triumphierte in der Genugtuung, Larsson mit dieser Feststellung in seine Schranken gewiesen zu haben. Und auch der Kriminaloberrat fragte sich, was Larsson dem entgegenzusetzen hatte.

Larsson hatte die Falle erkannt und lächelte. „Natürlich sagt die Verstümmelung nichts über das Alter des Täters aus, wie auch. Aber vielleicht gibt es bei den Hinweisen, die Sie, Kollege Schubert, bei der Ermittlung des Brandes an der Kliff Küste gefunden haben, außer dem ominösen Radfahrer noch andere spezifische Hinweise, die auf das Alter des Brandstifters hinweisen."

Schubert wurde rot. „Andere Hinweise?"

Der Kriminaloberrat sagte: „Ich habe in Ihrem Abschlussbericht über den Brand gelesen, dass irgendein Briefchen gefunden wurde. Warten Sie ..." Kruse nahm eine der Mappen zur Hand, die an seinem linken Schreibtischrandlagen und schlug sie auf. „Hier ... hier wird ein Briefchen erwähnt, dass in italienischer Sprache verfasst ist und deren Aussage ... ich zitiere die Übersetzung: Es brennt bei denen, die hier nichts zu suchen haben! Und jene, die nicht hören wollen, müssen fühlen!"

„Finden wir den Schreiber dieser Nachricht, dann haben wir den Brandstifter. Und wenn wir den Brandstifter haben, wissen wir, ob ich recht habe mit der Altersbestimmung. Also sollten wir uns erst einmal darauf konzentrieren, den Schreiber dieses Briefes zu finden. Und eventuell ist der identisch mit dem Radfahrer, denn aus der Richtung, aus der er gekommen ist, lässt sich erkennen, ob er als Täter für die Brandstiftung auf dem Kliff möglicherweise infrage kommt."

„Also nehmen wir an, Sie haben recht mit der Annahme, der Radfahrer sei der Mörder ..."

„Das habe ich so nicht gesagt", widersprach Larsson. „Ich sagte, dass er möglicherweise für die Brandstiftung auf dem Kliff verantwortlich ist, nicht aber für den Mord."

Der Kriminaloberrat mischte sich nun in das Gespräch ein. „Wenn die Körperteile in der Tasche nicht zu der Leiche der Liisa Schröder passen, dann haben wir ein richtiges Problem."

„Genau so sehe ich das auch", sagte Larsson. „Bevor wir aber die Pferde scheu machen und eine zweite Leiche der Staatsanwaltschaft und dem BKA melden, sollten wir erst einmal abwarten, was die Rechtsmedizin dazu sagt."

„Was schlagen Sie also vor?" fragte der Kriminaloberrat.

„Das kommt ganz darauf an, wie Sie die Ermittlungsgruppe zusammenstellen wollen."

„Ich stelle erst mal zehn Mann zur Verfügung, darunter auch Hauptkommissar Schubert, um den Mord an der Liisa Schröder aufzuklären. Die Federführung liegt bei Ihnen, Hauptkommissar Larsson."

„Da beide Straftaten in irgendeinem Zusammenhang stehen, schlage ich vor, dass Hauptkommissar Schubert zuerst einmal den Brandstifter findet."

„Und wie stellen Sie sich das vor?" fragte Schubert.

„Indem Sie mit einem Teil der Leute die Spuren gewissenhaft auswerten, die zu den Brandstifter führen. Besuchen Sie alle Gymnasien im Umkreis von fünfzig Kilometern des Lieper Winkels, um dort nach einem jungen Mann suchen, der der italienischer Sprache mächtig ist." Larsson sah das fragende Gesicht Schuberts. „Naja, es ist halt reichlich Laufarbeit."

Larsson Handy machte sich bemerkbar.

Andresen war zu der angegebenen Stelle zwischen Zinnowitz und Bannemin gefahren und dort auf den schon anwesenden Simons und die Spurensicherung gestoßen. Jetzt machte er

Larsson kurz Meldung. „Maier hat hier jedes Staubkorn umgedreht und außer dieser Tasche mit dem grausigen Inhalt noch Reifenspuren gefunden. Diese sind gesichert, und die Spurensicherung rückt nun wieder ab. Was sollen wir mit der Tasche machen?“

„Bringt sie in die Rechtsmedizin nach Greifswald.“

„Ich frage deshalb, ob wir selbst die Tasche nach Greifswald bringen oder einen Leichenwagen dafür anfordern sollen.“

„Was ist mit dem Finder?“

„Es ist ein Jäger aus Mölschow, der die Wiesen und das kleine Wäldchen hier als sein Jagdgebiet an gepachtet hat. Sein Hund hat die Tasche an einem Gebüsch gefunden. Wir haben seine Personalien aufgenommen und seine Aussage. Weitere Zeugen sind nicht vorhanden.“

„Ihr bestellt natürlich einen Leichenwagen. Und ihr bleibt vor Ort, bis ich zurückrufe.“ Larsson drehte sich dem Kriminaloberrat zu und sagte: „Wir brauchen eine Hundertschaft der Bereitschaftspolizei und Spürhunde, die die Umgebung nach Leichenteilen absuchen müssen.“

„Da sind wir aber spät dran“, sagte Kruse. Er griff zum Telefon und gab seine Anweisung an die Zentrale, die wiederum forderte bei den Sonderdiensten in Schwerin Bereitschaftspolizisten und Hunde zur Suche von möglicherweise versteckten oder vergrabenen Leichenteilen an.

„Ich schlage vor, Kollege Schubert fängt mit fünf Mann an, den jungen Mann zu suchen. Vielleicht haben wir dann schon in den nächsten zwei Tagen ein Ergebnis vorliegen. Die restlichen fünf Mann der zehnköpfigen Gruppe sollten sich morgen um acht Uhr in Heringsdorf einfinden und werden dann von dort eingesetzt werden.“

„Damit wären wir durch“, sagte der Kriminaloberrat.

„Nicht ganz“, sagte Larsson. „Haben Sie schon einen Namen für die Sondergruppe?“

Der Kriminaloberrat dachte kurz nach. „Haben Sie einen Vorschlag?“

„Wie steht es mit Z3?“

„Z3? So kurz?“

„Es ist die Abkürzung eines Fahrzeuges, das wir suchen – ein BMW Z3.“

Als er durch Zemitz fuhr, erreichte ihn der Kriminaloberrat, um ihm mitzuteilen, dass die Gruppe der Bereitschaftspolizei etwa gegen 17 Uhr vor Ort eintreffen werde.

„Das habe ich mir so vorgestellt“, sagte Larsson. „Von Schwerin zur Insel sind es drei bis vier Stunden, und dabei ist die Vorbereitungszeit noch nicht einmal eingerechnet. Das heißt, mit der Suche wird wohl heute gar nichts mehr werden.“

„Es ist lange hell, und man kann gleich morgen früh wieder beginnen. Man hat mir zugesichert, dass die etwa dreißig Beamten in einem Mannschaftszelt übernachten werden. So können sie die Fundstelle auch über Nacht absichern.“

Wenig später fuhr Larsson durch Wolgast auf die Insel. Kurz hinter Mahlzow hatte sich ein typischer Sommerstau gebildet. Er stellte das Blaulicht aufs Dach und die Sirene an. Als Larsson am Einsatzort seiner Leute ankam, war es bereits 14:10 Uhr. Als er aus seinem Wagen stieg, zuckte ein Blitz am Himmel, und wenige Sekunden später entlud sich grollend ein gewaltiger Donner. Dazu begann es zu regnen.

Alle Mitarbeiter hatten sich in die Autos geflüchtet. Maier und seine Leute saßen in dem T4, der nun für Larsson keinen Platz mehr bot. Simons hatte sich in den Wagen von Andresen geflüchtet, und genau dort setzte sich Larsson auf die hintere Bank dazu.

„Das ist genau das, was wir im Augenblick überhaupt nicht gebrauchen können. Der Regen verwischt Spuren“, sagte Larsson. „Warum sitzt ihr hier im Auto? Auf der anderen Seite der Straße ist doch Bines Fischraststätte. Hättet etwas essen können.“ Er bemerkte, dass er überhaupt noch nichts gegessen hatte und ihn der Hunger quälte. „Was hat die Maier-Truppe bisher denn gefunden?“

„Nichts, was mit den relativ frischen Leichenteilen in der Tasche in Verbindung gebracht werden könnte“, sagte Andresen. „Ein wenig Abfall, von dem man noch nicht weiß, ob er irgendwie dazu passt, aber Maier meinte, eher wohl nicht. Die KTU wird das aber noch gründlich untersuchen.“

„Weiter hinten am Ende des Wäldchens ist ein kleiner Tümpel“, mischte sich Simons ein. „Er ist nicht voll Wasser, aber es ist sehr modrig, und das Wasser müsste abgepumpt werden, sagte Maier, um nachsehen zu können, um dort etwas zu finden ist.“

„Und die Tasche?“

„Ist bereits unterwegs zur Rechtsmedizin. Wir haben den Wagen in Wolgast angefordert, und der war schon zwanzig Minuten später hier“, sagte Andresen.

So schnell der Platzregen des Gewitters gekommen ist, war er auch vorüber, und die schwarze Wolke war nach Osten abgedriftet.

„Wir haben eine Hundertschaft angefordert und Spürhunde. Sowie die Bereitschaftspolizei vor Ort ist, werden wir mit der Suche anfangen.“

Larsson verließ das Fahrzeug Andresens und ging zum T4 der Spurensicherung. Als Maier ihn kommen sah, öffnete er die Tür des Wagens.

„Ihr habt nicht allzu viel gefunden, sagte Kollege Andresen zu mir.“

„Alles, was im Umkreis von fünfzig Metern zu finden war, haben wir gefunden. Auf dem ersten Blick ist es gar nicht sicher, dass es irgendetwas mit dem Fund in der Tasche zu tun hat. Es sieht eher aus wie weggeworfener Müll. Aber wir nehmen das noch ganz auseinander. Hier können wir in unserer kleinen Besetzung gar nichts mehr ausrichten.“

„Deshalb habe ich auch schon eine Hundertschaft Bereitschaftspolizei angefordert, die am späten Nachmittag eintreffen wird, und dann werden wir jeden Quadratzentimeter Boden noch einmal umdrehen."

„Es gibt noch ein Tümpel, etwas weiter dahinten", Maier machte eine Bewegung mit dem Kopf in die Richtung, in der der Tümpel lag. „Wir haben ihn mit unserer Möglichkeit nicht leerpumpen können."

„Meine Leute erwähnten den Tümpel schon. Auch dass da etwas Wasser drinnen steht."

„Das ist die Crux. Eigentlich kein Problem, aber der ist so verschlammt, dass es unsere Pumpe nicht mitmachen würde."

„Das ist kein Problem", sagte Larsson. „Wozu gibt es eine Feuerwehr. Und wenn ich die Heringsdorfer Freiwillige Feuerwehr bitte, dann wird das sicher in Null-Komma-Nix erledigt werden."

Maier stieg aus dem Wagen, und die beiden bewegten sich langsam in die Richtung, in der der Tümpel liegen sollte.

Einige Pfützen waren stehen geblieben; den Wiesen würde er nach der langen Trockenheit sicher sehr guttun. Aber der Regen hatte nicht lang genug angehalten, um die ausgetrocknete Erde schnell zu durchdringen. Lediglich die Oberfläche war ein wenig schlierig, und Larsson wär beinahe ausgerutscht. Nach und nach versickerte das Wasser im Boden. Fast konnte man zuschauen.

Der Tümpel, der künstlich angelegt und ursprünglich eine Tiefe von etwa einem Meter hatte, war sehr spärlich mit Wasser bedeckt. Nur durch den eben erfolgten Regen liefen noch kleine Bäche in die Ausbuchtung hinein.

„Da komme ich mit unserer kleinen Pumpe nicht weit", stellte Maier wieder fest, als müsse er sich entschuldigen.

Larsson nahm sein Handy aus der Tasche und suchte die abgespeicherte Nummer der Freiwilligen Feuerwehr Heringsdorf. Es meldete sich der Wehrführer, und Larsson trug ihm sein Problem vor.

„Da gibt es zwei Möglichkeiten", sagte Wehrführer Rudolph. „Entweder wir bringen zwei kleinere Pumpen direkt an den Tümpel heran, oder wir legen einen langen Schlauch, so dass nur dieser über den als Tatort gekennzeichneten Bereich gelegt wird.

„Der Abschnitt, der abgesucht werden muss, umfasst etwa hundert mal dreihundert Meter", sagte Larsson. „Und etwa hundertfünfzig Meter weiter südlich gibt es einen Graben."

Der Wehrführer versicherte, dass das für seine Feuerwehr überhaupt kein Problem darstelle, und ließ sich den Ort des Einsatzes genau beschreiben. „Bines Fischraststätte kenne ich gut. Wir brauchen etwa eine Dreiviertelstunde."

„Bis zur Ankunft der Feuerwehr haben wir etwas Zeit. Ich weiß nicht, ob du schon etwas gegessen hast. Ich jedenfalls gehe über die Straße und werde etwas essen."

Sie gingen zurück zu den Autos. Maier fragte seine Leute, ob sie mit zum Essen gehen wollten. Doch sie verneinten.

Larsson hatte mehr Glück. Seine Männer hatten scheinbar keine Brotbüchsen mit und waren froh über die Abwechslung und über die Aussicht auf eine Mahlzeit.

Von der Fundstelle der Tasche bis zu dem Restaurant hatten sie gerade mal einen Weg von hundert Metern zurückzulegen. Sie trafen dort auf den Jäger aus Mölschow mit seinem Hund, der sich rechtzeitig vor dem Regenguss in Sicherheit gebracht hatte.

Die vier Polizisten fanden einen freien Tisch, den sie sofort für sich vereinnahmten. Larsson fragte Andresen, ob das der Jäger sei, der die Tasche gefunden habe, und als dieser das bestätigte, ging er zu dem Mann, der zwei Tische weiter saß.

Larsson stellte sich kurz vor. „Ich bin der Mann, der die Untersuchung leitet. Würden Sie mir noch einmal kurz sagen, wie Sie die Tasche gefunden haben?"

„Wie ich Ihren Kollegen schon sagte, der Hund lief frei, um die Spur eines Wildschweins aufzunehmen, das große Schäden in den Wiesen angerichtet hatte. Als er bis an den Rand des

Wäldchens gekommen war, blieb er plötzlich stehen und bellte wie wild. Ich wusste nicht gleich, was er gefunden hatte, aber da er nicht zurückkam, bin ich hingegangen. Da sah ich die Tasche. Und weil der Hund knurrte und nicht von der Tasche weg wollte, habe ich nachgesehen. Ich habe dann unmittelbar den Fund über die 110 gemeldet."

„Wenn das Ihr Jagdgebiet ist, sind Sie sicher des Öfteren hier", sagte Larsson.

„Sicher zu Kontrollgängen. Aber das ist nicht das einzige Stück, das ich bejage. Hier war ich vor ungefähr einer Woche. Erst als mich der Landwirt aus Bannemin angerufen hat, der diese Wiesen bewirtschaftet, und mir von den immensen Schäden berichtet hat, habe ich mich heute dazu bereit erklärt, hier nach Wildschweinen zu suchen."

„Haben Sie welche gefunden?"

„Nein, aber die Schäden habe ich in Augenschein genommen, denn dafür werden wir Jäger zu einem gewissen Teil in Haftung genommen. Ich vermute, dass, wenn die Schweine überhaupt hier sind, sie sich zu dieser Jahreszeit und bei dieser Hitze in den Wald zurückgezogen haben. Ich bin aber nicht sicher, ob das hier sein wird."

„Warum?"

„Weil es mit einer Größe von drei Hektar relativ klein ist. Dazu liegt es genau an der Straße. Gut, die Schweine können sich an den Lärm der Autos gewöhnen. Und was eigentlich günstig ist, der Graben weiter hinten am Feld. Aber er ist durch die große Hitze nicht mehr relevant. Sie werden sich wahrscheinlich weiter in Richtung Krummin zum Achterwasser hin zurückgezogen haben. Dort gibt es auch einige kleine Wäldchen. Nicht sehr groß, aber dafür relativ ruhig. Und sie haben es nicht weit zum Wasser."

Die Kellnerin ging vorbei und sagte: „Ihre Kollegen haben bereits bestellt. Darf ich Ihnen auch etwas bringen?"

„Was nehmen denn die Kollegen?"

„Unterschiedlich."

„Haben Sie eine besondere Empfehlung?"

„Ist der Hunger groß?" Die Frau lächelte ihn an.

Larsson nickte.

„Dann empfehle ich Ihnen gebratenen Dorsch an Bratkartoffeln mit Gurkensalat."

„In Ordnung. Das nehme ich."

Die Frau entfernte sich in Richtung Küche, und Larsson fragte: „Ist Ihnen in letzter Zeit in diesem Gebiet irgendetwas Ungewöhnliches aufgefallen? Vielleicht ein Auto das hier gestanden hat, ohne dass es Ihnen bekannt vorkommt? Oder einzelne Menschen, die an ungewöhnlichen, abgelegenen Orten herumstreunten?"

„Nein, bestimmt nicht. Daran würde ich mich erinnern."

Larsson bedankte sich und ging zurück an den Tisch, an dem seine Kollegen saßen.

Die Kellnerin kam und brachte die Essen der Kommissare. „Ihres dauert noch einen Moment", sagte sie zu Larsson. In dem Augenblick schalte er sich, mit seiner Bestellung wieder aus der Reihe getanzt zu sein. Die anderen aßen schon, während sein Magen ihn empfindlich daran erinnerte, dass er schon weit über die Zeit gewartet hatte.

„Nach der ersten Bewertung des Spurenbildes muss der Fundort aber nicht zwingend auch der Ort sein, an dem die Frau getötet und die Extremitäten abgetrennt worden sind", sagte Maier zwischen zwei Bissen. „Möglicherweise sind übrige Körperteile woanders versteckt worden."

„Könnt ihr nicht wenigstens während des Essens die Leichen ausblenden?" fragte Simons.

„Du solltest dir deine Empfindlichkeit abgewöhnen", warf Larsson ein. „Du machst es dir nur unnötig schwer."

„Mehr Abstand zu deiner Arbeit wäre angezeigt", sagte Andresen, und Maier grinste unverschämt provozierend zu Simons herüber, als er sagte: „Manche eignen sich eben für den Beruf eines Leichenfledderers nicht besonders."

„Nun reicht es aber, Paul“, sagte Larsson zu Maier. „Ein solcher Fund geht selbst alten Hasen an die Nieren.“ Dabei zwinkerte er ihm zu.

Die Kellnerin kam und brachte Larssons Essen.

„Das sieht ja richtig gut aus“, sagte Larsson zu der Frau. „Und die Portion lässt sich durchaus sehen.“

Sie lachte ihm zu und sagte: „Ich habe auch extra in der Küche Bescheid gesagt, für wen diese Bestellung ist.“

Begierig nahm Larsson die erste Gabel mit einem großen Stück des saftigen Dorschs und ließ ihn genüsslich auf der Zunge zergehen. Auch die Bratkartoffeln waren nach seinem Geschmack, denn sie waren mit Schinkenwürfeln angereichert.

Andresens Handy machte sich bemerkbar, und er meldete sich. Dann sagte er: „Einen Augenblick, bitte.“ Er schaute zu Larsson und sagte: „Der Einsatzleiter der Tauchergruppe hat angerufen, sie haben alles abgesucht und buchstäblich in letzter Minute den Kopf einer Toten gefunden.“

„Du weißt, was das bedeutet“, stellte Larsson fest. „Transport zur Rechtsmedizin organisieren, und du solltest schnell noch dort hinfahren, um die Formalitäten für den Tatortendbericht zu erledigen.

„Aus dem Kopf kam ein großer Aal, hat der Einsatzleiter gesagt“, ließ Andresen genüsslich verlauten.

Simons schob wütend seinen Teller zurück. „Ihr könnt einen auch den letzten Bissen vermiesen.“ Er stand auf und rannte hinaus zur Toilette, wo er sich übergab.

„Das war unnötig, Rolf. Du weißt, Karl ist empfindlich, und es wäre nicht nötig gewesen, ihn weiter zu provozieren.“

Andresen legte Geld neben seinen Teller. „Seid so nett und bezahlt für mich mit.“ Dann machte er sich eiligst auf die Fahrt zum Usedomer See, um die Formalitäten mit der Einsatzgruppe der Taucher zu erledigen. Unterwegs bestellte er abermals einen Leichenwagen, der den Fund zur Rechtsmedizin nach Greifswald bringen sollte.

Während sie über die Straße zu dem kleinen Wäldchen zurückgingen, rief Larsson Monika Landris an. Er erklärte ihr kurz die Lage und legte ihr nahe, pünktlich Feierabend zu machen. Darüber hinaus machte er klar, dass er wegen der neuen Lage, die sich mit dem neuerlichen Fund der Tasche ergeben hatte, auch an diesem Tag wieder spät zu Hause sein würde.

Als sie um die Ecke kamen, an dem der Wald anfing, und die Kante des kleinen Forsts entlangsehen konnten, sahen sie die beiden Wagen der Heringsdorfer Feuerwehr stehen, einen großen modernen Schlauchwagen vom Typ sw-2000 von Mercedes und einen roten Opel-Kombi. Nur fehlten die Leute, die sowohl zur Feuerwehr als auch zum T4 der Spurensicherung gehörten.

„Sie werden schon vorausgegangen sein, um den Tümpel in Augenschein zu nehmen“, sagte Larsson.

Die drei Männer gingen zu dem Tümpel und sahen schon aus einiger Entfernung, wie die Männer eifrig miteinander diskutierten.

Der Wehrführer Rudolph begrüßte Larsson per Handschlag. „Es ist kein Problem, wir legen die Schläuche außerhalb des abgesteckten Quadrats entlang und können eigentlich das Wasser in einiger Entfernung zu diesem Loch gleich in den Wald pumpen.“

„Na, dann lassen Sie anfangen“, sagte Larsson. „Je eher, desto besser.“

„Zwei meiner Leute werden auf beiden Seiten des Tempels eine Vertiefung schaffen, so dass wir möglichst das gesamte Wasser abpumpen können.“

Sie gingen zurück zu den Fahrzeugen, und der Wehrführer begann sofort mit seinen Leuten mit der Arbeit.

Kurz vor fünf kam der Bus mit den angeforderten Bereitschaftspolizisten, die den Wald absuchen würden. Larsson entdeckte einen alten Bekannten, Polizeihauptkommissar Schmidt, der mit ihm in Basdorf zu einer Weiterbildung war.

„Wir werden jetzt eine Begehung machen, bei der wir entscheiden, was wir absuchen werden“, sagte Schmidt, nachdem er sich mit den Mitarbeitern um Larsson, vor allem mit Paul Maier, dem Leiter der Spurensicherung Anklam, bekannt gemacht hatte.

„Es ist schon von uns ein Stück von einhundert mal dreihundert Metern abgesteckt worden“, sagte Maier. und er erklärte Schmidt, was er bisher gefunden hatte.

Während einer der Gruppenführer die Leute aus dem Bus sammelte und zur Spurensuche ansetzte, ließ sich Polizeihauptkommissar Schmidt den Unrat zeigen, den die Truppe Meyers gefunden hatte.

„Dieser Lappen sieht nach dem Teil eines Slips aus“, sagte Schmidt bestimmt.

„Möglich ist das schon“, sagte Maier. „Aber es ist keineswegs sicher. Ich würde mich da erst festlegen wollen, wenn wir das Teil genau untersucht haben.“

„Ich habe vorsorglich noch einen Fährtenhund geordert“, sagte Schmidt. „Vielleicht haben wir ja Glück, und dieser Fetzen Stoff reicht aus, um den Hund zu aktivieren.“

„Einen Hund?“ warf Larsson fragend ein.

Schmidt lächelte und sagte: „Er kommt von einer anderen Dienststelle und mit einem eigens dafür gestellten Geländewagen.“

Die Männer der Bereitschaftspolizei hatten eine Kette gebildet und knieten nun am Boden, um mit bloßen Händen und kleinen Kratzgeräten praktisch jeden Quadratzentimeter des Bodens umzudrehen. Es war eine Sisyphusarbeit, weiß Gott. Aber es bestand immerhin so die Möglichkeit, irgendeinen verborgenen Gegenstand zu bergen. Jeder noch so kleine Fund könnte dabei helfen, der Klärung des Falles näher zu kommen. Zwei der Männer gingen mit Metalldetektoren und ließen sie geschickt einige Zentimeter über dem Boden hinweg schweben. So wie es ein piependes Geräusch von sich gab, wurde an der Stelle gesucht, und in der Tat kamen der metallene Schaft eines abgebrochenen, völlig verrosteten Fahrtenmessers und eine total verwitterte Münze zum Vorschein.

Polizeihauptkommissar Schmidt ging mit Larsson ein Stück durch den Wald. „Die Möglichkeit, dass außerhalb des gekennzeichneten Teiles, den meine Leute jetzt absuchen, mehr zu finden ist, halte ich für durchaus wahrscheinlich.“

Larsson kannte die genaue Arbeitsmethode Schmidts aus der Basdorfer Zeit sehr genau. „Der Jäger, der mit seinem Hund die Tasche mit den Leichenteilen gefunden hat, äußerte die gleiche Vermutung.“

Am Tümpel stießen sie auf die Leute von der Feuerwehr, die bereits dabei waren, die Rohre zu verlegen, und Larsson erklärte Schmidt die Lage.

Sie gingen bis zum Ende des Weges, der abermals an der Straße aber am östlichen Ende des Wäldchens endete. Als sie aus dem Wald heraustraten, sahen sie ein relativ grünes Feld, das freilich an manchen Stellen durch die Hitze der letzten Tage bräunlich gekennzeichnet war.

„Es ist ein Jammer für die Landwirtschaft“, sagte Schmidt. „Die Hitze wird einen Großteil der Ernte vernichten.“

Langsam gingen sie auf der südlichen Längsseite des Waldes zum Ausgangspunkt zurück. Als sie dort ankamen, sahen sie schon den Geländewagen des Hundeführers stehen. Paul Maier stand bei ihm und diskutierte mit ihm eifrig über das Stück gefundenen Gewebes.

„Es wird sehr schwer sein, Norbert, dem Hund klarzumachen, dass alle Hoffnungen auf ihm liegen“ sagte Schmidt zur Begrüßung zu dem Hundeführer.

„Wir können es ja versuchen, aber die Chancen sind nicht sehr groß. Zumal deine Leute ja hier schon eifrig umgegraben haben.“

Sie gingen zu dem gekennzeichneten Fundort der Tasche. Der Hundeführer hatte sich Latexhandschuhe übergezogen und nahm nun das Fundstück aus dem Plastiksack. Er ließ den Hund dran schnüffeln und zeigte auf den Boden. Der Belgische Schäferhund, Typ Malinois, ein wunderhübscher Kerl, drehte sich mehrfach den Boden absuchend im Kreis, lief dann ein Stück zu den Männern, die mit ihren bloßen Händen Boden des Wäldchens umgruben und blieb dann unschlüssig stehen.

„Da haben wir es", sagte der Hundeführer. „Genau so habe ich das erwartet."

„Hast du einen Vorschlag?" fragte Schmidt.

„Wir nehmen das mal mit, gehen ein Stück in den Wald hinein und versuchen jenseits der Absperrung den Hund ein wenig laufen zu lassen. Das wäre die einzige Möglichkeit. Denn riecht er eine menschliche Leiche, wird er sie vermelden."

Die drei Kommissare machten sich auf denselben Weg, auf dem Larsson und Schmidt gerade gegangen waren und der im spitzen Winkel nach Osten hinführte. Wieder kamen sie am Tümpel vorbei, denn sie umgehen mussten. Der Hund lief an einer langen Leine vor den Männern her, blieb von Zeit zu Zeit stehen, um intensiv zu schnuppern. Zweimal war der Hundeführer schon zu ihm gegangen und hatte ihm den Stoffrest unter die Nase gehalten. Als sie etwa mittig des Waldes waren, zog das Tier intensiv zu einem dichten Unterholz. Dort setzt er sich hin und bellte.

„Thor hat etwas gefunden. So bellt er nur, wenn er eine Leiche gefunden hat, denn darauf ist er trainiert."

Die Männer gingen näher an den Hund heran, der vor einem Reisighaufen saß, der vor einem dichten Unterholz lag. Der Hundeführer lobte das Tier und ließ es einige Meter beiseite Platz nehmen. Um den Haufen herum waren Spuren, die auf Wild schließen ließen.

„Ich könnte Simons rüberschicken in die Kneipe, um zu sehen, ob der Jäger aus Mölschow noch da ist. Der könnte uns sagen, um was für Spuren es sich handelt."

„Das ist unnötig, Lasse. Es sind eindeutig Spuren von Schweinen. So hausen nur Wildschweine!"

Als sie einige Zweige zurückbogen, sahen sie den skelettierten Leichnam, der argen Wildfraß aufwies.

„Mich wundert, dass gerade keine Kleidungsstücke vorhanden sind", warf Larsson ein.

„Sie war nackt", sagte Schmidt lakonisch. „Vielleicht gehört ja der Stofffetzen zu ihr."

„Die Schweine waren hier", stellte Paul Maier fest. „Und es ist gar nicht sicher, dass sie weitergezogen sind. Möglicherweise sind sie nur einige hundert Meter von uns entfernt. Ich werde sehen, was ich hier sichern kann." Er nahm sein Handy und rief bei seinen Leuten an, die am Fundort der Tasche bei ihrem T4 auf seine Rückkehr warteten. Er orderte den Wagen mit den Gerätschaften zum Fundort des Skeletts.

Gleichzeitig nahm Larsson sein Handy aus der Hosentasche und wählte die Nummer der Rechtsmedizin in Greifswald. Er schilderte Dr. Beckert den eben gemachten Fund und teilte ihr mit, dass es unweit des Fundortes der Tasche mit den Körperteilen lag. Er fragte, ob es möglich und nötig sei, dass sie selbst das Skelett ansehen und begutachten möchte. Anschließend verständigte er seinen Vorgesetzten, Kriminaloberrat Kruse, von dem weiteren Fund, der seinerseits eine Meldung an die Staatsanwaltschaft und das LKA weitergab.

„Es wird nicht mehr lange dauern, dann wird es dunkel", stellte Schmidt fest.

„Wir haben nicht genug Licht mit, um den Tatort genügend auszuleuchten", sagte Paul Maier zu Larsson. „Nur zwei Scheinwerfer. Kommt die Rechtsmedizin?"

„Sie schickt eine Vertretung."

„Jetzt noch?"

„Ja. Sieh zu, was du an Licht zaubern kannst, und dann werden wir sehen, ob der Rechtsmediziner dem Abtransport der Leiche so zustimmt."

Sie hörten das Brummen des T4. Mühsam bahnte sich der Wagen der KTU seinen Weg. Maier veranlasste, dass die beiden Scheinwerfer aufgestellt wurden, die mittels eines kleinen mobilen Aggregats in Betrieb gesetzt werden konnten. Wenig später tuckerte der Viertakter des Aggregats, und das Licht erfasste das Skelett. Sofort machte Maier diverse Fotos.

Andresen erreichte Larsson übers Handy und teilte ihm mit, dass die Tauchergruppe nunmehr abgerückt sei. Er fragte, ob er noch einmal zurückkommen sollte. Aber Larsson schickte ihn nach Hause.

Larsson und Schmidt gingen zurück zu der Einsatzgruppe der Bereitschaftspolizei, die nunmehr das abgesteckte Terrain abgesucht und außer dem abgebrochenen, halb verwitterten Fahrtenmesser und zweier Münzen nichts weiter gefunden hatte.

Die die Leute der Feuerwehr waren dabei, ihre Schläuche zu verstauen. „Das Loch ist nahezu trocken“, sagte Wehrführer Rudolf. „Der Tümpel hat absolut keine Geheimnisse freigegeben.“

Larsson dankte dem Mann für den schnellen und unbürokratischen Einsatz. Rudolf winkte ihm noch einmal zu, und mit einem „Na, dann wollen wir mal ...“ machten sich die Feuerwehrleute auf den Heimweg.

„Theoretisch könnten wir morgen den gesamten Wald noch einmal absuchen“, sagte Polizeihauptkommissar Schmidt. „Aber da wir das Skelett gefunden haben, denke ich, dass es nicht nötig sein wird.“

Larsson musste ihm recht geben. Noch während sie diskutierten, fuhr der schwarze Audi der Greifswalder Rechtsmedizin Beckert an sie heran.

„Hallo Herr Larsson“ begrüßte die Frau Larsson beim Aussteigen. „Sie können einen ganz schön in Atem halten. Normalerweise wäre ich heute noch zu einer Leichenschau nach Stralsund gefahren. Aber das macht nun mein Oberarzt.“

„Sie sind ja geflogen! Ich wünschte, wir wären nicht ganz so gute Kunden bei Ihnen“, lachte Larsson. „Darf ich Ihnen Hauptkommissar Schmidt vorstellen, der die Einsatzgruppe der Bereitschaftspolizei leitet, die in unmittelbarer Nähe des Fundortes der Tasche jeden Quadratzentimeter des Bodens umgedreht hat, leider mit mäßigem Erfolg. Wir brauchen einen weiteren Leichenwagen", sagte Larsson zu Simons, der sich bisher bei der Gruppe der Bereitschaftspolizei aufgehalten hatte, um Funde zu dokumentieren. „Aber du solltest den Wagen diesmal in Greifswald ordern, sonst glaubt der Wolgaster Bestatter tatsächlich noch, wir wollten eine Provision für die vielen Aufträge. Und das wollen wir allenfalls vermeiden!"

Sie stapften durch die Gruppe der Bereitschaftspolizei, die sich langsam an ihrem Bus zu sammeln begann.

„Das war ein kurzer Einsatz", sagte Larsson.

Polizeihauptkommissar Schmidt kam noch einmal auf Larsson zu und fragte: „Brauchst du den Hundeführer morgen noch, um das Gelände nochmals abzusuchen?"

„Ich gehe davon aus, dass wir alles gefunden haben, was an diesem Ort liegt", sagte Larsson und gab Schmidt die Hand. „Danke für den Einsatz deiner Gruppe, und kommt gut nach Hause."

Während sie die wenigen hundert Meter weitergingen, hörten sie, wie der große Bus mit den Bereitschaftspolizisten abfuhr, und das Tuckern des Aggregats und das Licht der beiden Scheinwerfer, das das Skelett noch gespenstischer erschienen ließ, als es bei Tageslicht schon war, empfing sie.

Die Rechtsmedizinerin hatte sich ein paar Latexhandschuhe übergezogen und beugte sich nun herab zu dem Skelett. „Ich würde die Liegezeit auf etwa zwei Tage eingrenzen", sagte sie. „Der Wildfraß ist erheblich, und die Reste an Fleisch so minimal, dass wir schon sehr genau hinsehen müssen." Sie nahm ein kleines durchsichtiges Gefäß mit einem Schraubdeckel, in das sie einige Maden, die aus Fliegeneiern geschlüpft waren, hineinbugsierte. „Wir werden sehen, was die kleinen Tierchen uns verraten", sagte sie. „Lassen Sie die Reste der Leiche ins Institut bringen."

Das Licht einer Taschenlampe zeigte ihnen den Weg. Während sie zum Wagen der Rechtsmediziner zurückgingen, erörterten sie noch die bisherigen Ergebnisse, welche die Sektion des Torsos aus dem Usedomer See ergeben hatte. Obwohl das Vergleichsmaterial aus der Haarbürste des Mädchens rechtzeitig gekommen war, würde die Analyse der DNA noch mindestens zwanzig Stunden benötigen. In Larssons Kopf liefen einige Zeitmuster ab.

„Jetzt warten wir nur noch auf den Leichenwagen“, sagte Larsson, während der schwarze Audi der Rechtsmedizinerin vom Schneisenweg auf die Hauptstraße fuhr. „Dann machen wir Feierabend ...“

„Du kannst doch nach Hause fahren“, sagte Simons. „Ich kann das hier überwachen.

Larsson brach in freundschaftliches Lachen aus. „Das wird wohl nicht passieren, Karl. Ich warte, bis hier alles vom Hof fährt, einschließlich der Maier-Truppe. Die werden Probleme haben, ihren Wagen mitten in der Nacht durch die Dunkelheit bis hierher zu bringen, denn sie können dort nirgends wenden. Das heißt ...“

„Sie müssen rückwärts durch die enge Schneise fahren?“

Die beiden Kommissare setzten sich einen Augenblick in den Dienstwagen. „Genau, Karl, und dabei werden wir ihnen helfen.“

„Ich habe einen lausigen Hunger“ stellte Simons fest.

„Kein Wunder, wenn du zu Mittag alles wieder rausgebracht hast.“ Larson griff auf die Ablage zwischen den Sitzen. Dort hatte er eine Tüte mit Karamellbonbons liegen, die er meistens mit sich führte, um sich gegen eine eventuelle Unterzuckerung zu wappnen. Er gab Simons die Tüte. „Aber nicht alle mit einem Mal, Karl, sonst wird dir wieder schlecht.“

Der Leichenwagen kam in dem Augenblick, in dem Maier zu Fuß zu ihnen stieß.

„Verdammt spät“, stelle Maier fest.

„Gleich elf“, sagte Simons.

„Wer um elf gestorben ist, ist schon gleich kalt“, maulte Maier.

„Guten Abend“, sagte einer Männer des Leichenwagens. „Wo können wir laden?“

„Da habe ich eine wunderbare Überraschung für Sie“, sagte Maier nicht ohne Häme. „Das Mädel liegt etwa achtzig Meter im Wald und muss wohl abgetragen werden ...“

„Es sei denn, Sie wollen Ihren Wagen ruinieren.“

Der Mann stieß einen leisen Fluch aus. Dann nahmen die beiden Männer einen Zinksarg aus dem Wagen und folgten Maier und Larsson in den Wald, während der zurückgelassene Simons auf die Fahrzeuge aufpassen sollte.

5. Kapitel

Mittwoch, 13. Juli 2005

Die Nacht war kurz gewesen. Larsson war gegen eins ins Bett gekommen und bereits um fünf wieder auf den Beinen.

Noch während er in der Dusche stand und das heiße Wasser über seinen Körper prasseln ließ, kam Monika ins Bad.

„Du hast nur vier Stunden geschlafen, Lasse. Willst du dich denn wirklich kaputtmachen? Wofür?"

„Du weißt doch, wie das ist ... Die ersten zweiundsiebzig Stunden sind möglicherweise die erfolgreichsten für die Aufklärung eines Mordes." Er trocknete sich ab, und als sie noch immer dastand, umarmte er sie.

„Nicht jetzt", sagte Monika bestimmend.

„Ich weiß, du bist in der letzten Zeit zu kurz gekommen. Wenn das vorbei ist, dann werden wir uns ein paar Tage rausziehen und ein wenig wegfahren."

„Nach Schweden?"

„Wenn du möchtest, nach Schweden."

„Auf den Spuren deiner Vorfahren?" fragte Monika und lächelte weise.

„Wenn du möchtest, dann auf den Spuren meiner Vorfahren."

„Göteborg", sagte sie.

„Auch, und dann weiter nach Dalsland. Ganz wie mein Schatz will." Larsson ging ins Schlafzimmer zurück und zog sich an, während Monika in die Küche ging, um ein Frühstück vorzubereiten.

Für die wenigen Stunden die ich geschlafen habe, sehe ich relativ frisch aus, dachte Larsson, als er in den Spiegel des großen Schrankes schaute.

„Du hättest wenigstens eine Stunde länger schlafen können", sagte Monika Landris, als Larsson in die Wohnküche kam.

„Der Kriminaloberrat hat eine Sonderkommission gebildet, der ich vorstehe. Ein Teil der Leute kommt um acht nach Heringsdorf. Ich möchte nicht unvorbereitet sein.“

Larsson winkte ab, als sie weiter auf ihn einwirken wollte. „Ich sehe, dass du ein besonderes Frühstück vorbereitet hast.“

„Würde ich dich mit einem Marmeladenbrot wegschicken, wie an den anderen Tagen, wäre ich wirklich eine schlechte Frau.“

Er sah, dass sie Rührei mit Schinken zubereitet und eine Packung Räucherlachs geöffnet hatte. Darüber hinaus holte sie frische Brötchen aus dem Backofen.

„Du verwöhnst mich richtig“, stellte Larsson fest.

„Ich arbeite nur an unserer Beziehung“, sagte sie und lächelte ihn an. „Und das mit allen legalen Mitteln.“

„Liebe geht durch den Magen, was?“ sagte Larsson.

„Eine alte Binsenweisheit, die schon meine Großmutter von sich gab.“

„Die CIA hat wahrlich eine einleuchtendere Binsenweisheit, im Eingangsbereich ihres Gebäudes in Langley Virginia als Warnung an die Agenten im Außendienst an die Wand gepinselt.“ Als Larsson sah, dass Monika ihn verständnislos anschaute, fuhr er fort: „Hast du einen Mann erst an den Eiern, werden Herz und Verstand bald folgen.“

„Das hat aber wohl nichts damit zu tun, dass ich heute Morgen im Bad Nein gesagt habe.“

Larsson grinste unverschämt. Er schaute auf die Uhr. „Es wird Zeit, dass ich fahre. Es reicht, wenn du um acht im Büro bist.“ Damit stand er auf, küsste sie auf die Wange und machte sich auf den Weg zum Büro nach Heringsdorf.

Als Larsson den Flur zu seinem Büro entlangging, sah er die offene Tür des Büros der Kommissare. Als er in das Büro hineinschaute, entdeckte er Karl Simons, der sich intensiv einem Laptop widmete.

„Was treibt dich so zeitig ins Büro? Du bist doch sonst nicht so eifrig, dass du schon vor deiner Arbeitszeit hier zu finden bist“, sagte Larsson.

„Ich habe heute Nacht keine Ruhe gehabt und versucht, das Passwort des Laptops zu knacken, den wir aus der Koch-Wohnung mitgenommen haben.“

„Wenn ich dich so ansehe, habe ich das Gefühl, es ist dir gelungen.“

„Es war gar nicht so schwer, darauf zu kommen. Es ist der Vorname ihrer Großmutter Friederike.“

„Wie jedes Mal, wenn du mir etwas mitteilen willst, machst du ein großes Brimborium darum. Willst du mir nicht sagen, was du mir sagen willst?“

„Ich werde dir etwas vorlesen, was dich veranlassen wird, deine Meinung über Chantal und ihre Mutter grundlegend zu überdenken.“

Nun war Larsson neugierig geworden. Interessiert kam er ganz ins Büro herein und setzte sich an die Stirnseite von Simons Schreibtisch.

„Die Ohrfeige hat gesessen, egal wie ich es mache, es hagelt Vorwürfe, und ich fühle mich erst mal total überfordert, weil ich dieses ewige Versteckspiel satt habe. Doch würde ich es nicht tun, dann wäre es noch unerträglicher. Meine Batterie ist leer ... Ich weiß nicht mehr, wie ich das aushalten soll.“

„Sie ist also durchaus wahrscheinlich eine ganz normale Tochter in der Pubertät“, stellte Larsson fest. „Das Versteckspiel zielt auf eine Verbindung zu irgendeinem Jungen hin.“

„Wenn das nur so wäre, wäre das gar keine besondere Sache.“

„Aber?“ fragte Larsson.

Simons las weiter. „Ich habe jetzt jemanden durch einen Chat kennengelernt. Mir fällt es dort einfach leichter, mit jemandem in Kontakt zu kommen. Wir haben die Handynummern ausgetauscht. Wir haben vorher auch bei Skype gechattet.“

„Und das hatte die Mutter mitbekommen“, sagte Larsson, als Simons eine Pause machte. „Deshalb hat es wahrscheinlich die Ohrfeige gesetzt.“

„Das allein wird es nicht sein. Die Mutter wird entdeckt haben, dass ihre Tochter sehr energisch auf der Suche nach dem Erwachsensein war. Und das mit allen Mitteln.“

„Heißt was?“ fragte Larsson.

„Leider habe ich mich ihm über Skype nackt gezeigt, und er hat sich selbst befriedigt und ich mich“, las Simons.

Andresen kam herein und brachte zwei Kollegen aus Anklam mit, die zu gleicher Zeit mit ihm auf dem Hof angekommen waren. Larsson machte Simons mit einer Handbewegung klar, dass er mit dem Lesen aufhören sollte.

„Die Kollegen Renner und Fiebig“, stellte Andresen die Männer vor. „Zwei Kollegen sind noch unterwegs, der fünfte Mann hat sich krank gemeldet.“

„Der Dienst auf der Insel war demjenigen wahrscheinlich zu anstrengend“, konnte sich Larsson nicht verkneifen zu sagen. Er war aufgestanden und gab den beiden Männern die Hand zur Begrüßung. „Wir setzen uns erst einmal und besprechen den Einsatz für den heutigen Tag.“

Wie auf Kommando kam Monika Landris zur Tür herein, und ganz kurz nach ihr die beiden noch fehlenden Kommissare aus Anklam.

„Ich schlage vor, Monika, du bist so freundlich und kochst erst mal einen schönen Kaffee.“ Die beiden Kommissare aus Anklam kannte Larsson aus der Kantine der Polizeiinspektion.

„Kurze Einführung“, sagte Larsson, als alle ihren Platz eingenommen hatten. „Wir haben es mit einer Brandserie im Süden und Südosten der Insel zu tun. Bisher sind insgesamt sechs Brände zu verzeichnen, fünf auf dem Lieper Winkel, einer auf dem Gelände der Neubauten hinter dem Flugplatz Heringsdorf, angrenzend an das Stettiner Haff. Bei diesem Brand ist eine junge Frau verschwunden. Sie werden davon gehört haben, meine Herren, dass wir einen Torso aus dem Usedomer See geborgen haben, von dem ich annehme, dass es sich um die verschwundene junge Frau handelt. Die Frau heißt Liisa Schröder. Lisa mit zwei i – also nordischen Ursprungs, genauer gesagt Finnland.“

Monika brachte zuerst die Tassen, und dann ging sie mit der Kanne herum und goss jedem eine knappe Tasse ein, dann war die Kanne leer, und sie setzte sofort eine neue auf.

„Und Sie glauben, dass es sich bei dem gefundenen Torso um diese junge Frau handelt?“ fragte einer der zuletzt angekommenen Männer aus Anklam.

„Es fehlt zwar noch der DNA-Abgleich, aber ich gehe fest davon aus“, sagte Larsson.

„Was macht Sie so sicher?“ bohrte der Mann nach.

Larsson dachte, was für ein Korinthenkacker. Noch keine zwei Minuten hier und schon nervig. „Die Frau hatte ein unverkennbares Muttermal in der Nähe des Bauchnabels. Und der Torso wies dieses Mal auf.“

„Aber sicher ist sie nicht die Einzige, die ein solches Muttermal aufweist.“

„Deshalb warten wir ja auch auf den DNA-Abgleich.“

Andresen, der Larsson kannte und der richtig annahm, dass dieser wenig geschlafen hatte und am Explodieren war, versuchte das Gespräch in eine andere Bahn zu lenken. „Du hast noch nichts über die Funde von gestern gesagt, Lasse. Ich bin sicher, unsere Kollegen aus Anklam wären ebenso gern darüber informiert wie wir, die wir nicht mit dir unterwegs waren.“

Larsson erkannte, dass Andresen ihm eine Brücke bauen wollte, und lächelte diesem zu. „Es ist gestern zuerst eine Tasche mit Teilen einer Leiche gefunden worden. Eine Gruppe der Bereitschaftspolizei war dann zur Suche eingesetzt worden und ein Hundeführer mit einem Belgischen Schäferhund. Als in unmittelbarer Nähe nichts gefunden wurde, fand der Hund etwa sechzig Meter weiter in einem Gebüsch eine ziemlich durch Wildfraß, in diesem Fall Wildschweine, beschädigtes – na, man muss schon sagen – abgenagtes Skelett. Die Rechtsmedizin konnte eindeutig feststellen, dass es sich ebenfalls um die Überbleibsel einer Frau handeln muss. Nicht feststellen konnte sie vor der Obduktion, und das ist ja wohl selbstverständlich, das Alter der Leiche."

Renner fragte: „Glauben Sie, dass der Mord an der jungen Frau, deren Torso im Usedomer See gefunden wurde, mit dem Brand des Hauses zusammenhängt?"

„Ich weiß, das ist die gängige Meinung einiger Kollegen in Anklam. Ich vertrete diese Meinung nicht", sagte Larsson knapp.

„Wenn Sie recht haben, Kollege", sagte Renner, „dann sollten wir uns die Frage stellen, wer logischerweise für die Brände und wer für den oder die Morde infrage kommt."

„Genau so ist das. Diese Frage habe ich mir bereits gestellt. Und ich habe auch eine Antwort dafür, wer wahrscheinlich für die Brände infrage kommt. Wir müssen ihn nur finden."

Mit diesem Satz löste Larsson das Lächeln der Kollegen aus Anklam aus.

„Es gab eine Warnung in italienischer Sprache, die lapidar gesagt, gegen Erwerber von Häusern ist, die nicht auf dieser Insel gemeldet sind, und Häuser nur als Investitionsobjekte ansehen, in denen sie ab und zu Urlaub machen."

„Und?" fragte Renner.

„Der Analyse nach ist der Schreiber relativ jung, kommt aus der Mittelschicht und will mit diesen Taten Zeichen setzen. Und diesen jungen Mann sind wir gerade dabei zu suchen. Der Kollege Schubert ist mit einer Gruppe von Leuten unterwegs bei den Gymnasien, da ich annehme, dass der Brandstifter im Alter zwischen sechzehn und zwanzig Jahren angesiedelt ist."

„Bleibt noch der Mörder", sagte Oberkommissar Fiebig.

„Nach wem suchen wir? Nach einem Einzeltäter?" fragte Kriminalkommissar Meumann.

„Vielleicht", sagte Larsson. „Aber das ist durchaus nicht sicher. Diese Einschätzung kann ich erst geben, wenn die Rechtsmedizin mit den Untersuchungen aller gefundenen Leichen, beziehungsweise der Leichenteile und ihre Zuordnung fertig ist."

„Aus Ihrem Zaudern, diese Frage zu beantworten, entnehme ich, dass Sie auch hier dediziert der Meinung sind, es mit einem Serientäter zu tun zu haben", sagte Meumann.

Larsson hob die Schultern. „Kann sein, kann auch nicht sein. Und nun wollen wir den Einsatz für heute besprechen." Er drehte sich Simons zu. „Lass bitte die Bilder von Liisa Schröder, Chantal Koch und Pauline Bach heraus, damit unsere Kollegen vor Ort fragen können, ob irgendjemand eines der Mädchen gesehen hat."

Während Simons sich daran machte, die Bilder aus dem Computer zu ziehen, sagte Larsson: „Es werden alle Häuser auf dem Kliff aufgesucht und die Leute befragt, ob sie eines der Mädchen gesehen haben. Du, Rolf", wandte er sich an Andresen, „fährst bitte nach Zinnowitz zu Bines Fischraststätte und erkundigst dich ebenfalls nach den Mädchen und ob jemand aufgefallen ist, der in letzter Zeit des Öfteren dort Rast gemacht hat und durch irgendeinen Umstand aufgefallen ist, etwa durch überlange Zeiten. Anschließend machst du bitte das, wozu Karl gestern nicht gekommen ist, nämlich die Abfrage bei den Restaurants auf dem Lieper Winkel, wobei auch alle drei Fotos gezeigt werden sollten."

„Und wer schreibt meinen Abschlussbericht bezüglich der Angelegenheit Usedomer See?"

„Wie ich dich kenne, Rolf, hast du es so gut vorbereitet, dass es Monika in die Maschine schreiben kann."

„Nehme ich Karl mit?" fragte Andresen.

„Den brauche ich hier", sagte Larsson. „Wir werden den Laptop von Chantal Koch fertig auswerten und uns dann noch einmal die Mutter vornehmen. Karl hat heute Nacht darauf ein Tagebuch gefunden, und nun werden wir versuchen, ob wir die Mails des Laptops öffnen können; es ergibt sich ein ganz anderer Sachbestand, als uns die Mutter wahrmachen wollte."

Als die fünf Kommissare aufgebrochen waren, drehte sich Larsson Monika zu.

„Ich habe mich schlaugemacht, wer die Häuser auf der Klippe als Bauträger betreut hat. Und von dort möchte ich eine komplette Liste haben, wer die Häuser erworben hat und wer sie vor Ort betreut.“ Larsson schaute auf einen Zettel, den er aus seiner Hosentasche zog und der leicht lädiert war. „Es ist eine Firma Chevalier Vermögensmanagement in 63739 Aschaffenburg, Maximilianstraße 11. Sei so gut und ruf dort an, man soll eine komplette Liste der Käufer schicken.“ Er legte Monika Landris den Zettel auf den Tisch.

„Wir beide gehen jetzt in mein Büro, Karl, und werten aus, was du gefunden hast.“

„Mutter ist zwei Tage zur Tante Ruth gefahren. Ich habe mich mit ihm verabredet und bin dann eine Nacht mit zu ihm gefahren. Da kam es zu mehr. Es war mein erstes Mal, und es war zwar in Ordnung, aber ich fühlte mich danach nicht so gut. Ich habe geblutet. Er hat es mitbekommen und versucht mich zu trösten, aber schlafen konnte ich die Nacht nicht wirklich. Am nächsten Tag habe ich noch Kaffee bei ihm getrunken, und er hat mich dann zurückgefahren. Wenige Stunden später kam meine Mutter zurück. Aber das interessierte mich nicht, denn ich hatte echt Sehnsucht nach ihm“, las Simons, als sie in Larssons Büro waren. „Da habe ich mich verletzt.“

„Er hat sie zurückgefahren“, sagte Larsson. „Mit dem Fahrrad wird das wohl nicht gewesen sein. Also suchen wir nun noch nach einem Auto.“

„Oder nach einem Motorrad“, warf Simons ein.

„Oder nach einem Motorrad. Aber ich tippte auf ein Auto.“

„Wieso? Noch habe ich keinen Hinweis auf ein Motorrad gesehen. Du hast ein Bauchgefühl, mehr nicht. Hast du noch mehr von Chantal?“

Simons las weiter. „Ich mache mir zu schnell Hoffnung, obwohl der Kontakt über Pauline kam, und ich bin leider auch eifersüchtig und behaupte manchmal Dinge, die nicht so sind.

Ich habe ihm geschrieben, dass er ja noch weitere Frauen neben mir hat, er hat es abgestritten. Ich sprach ihn auf Pauline an. Aber er lachte nur und sagte, ich soll ihr nichts von uns sagen, dann wäre schon alles in Ordnung. Mit Pauline, das sei längst aus, weil sie nicht die Frau ist, die er sucht. Ob das stimmt? Ich weiß es nicht, obwohl ich es gern glauben würde. Er hat mir aber verziehen, denn er ist ein erfahrener Mann."

„Chantal Koch ist sechzehn Jahre alt. Wenn sie von einem erfahrenen Mann spricht, was glaubst du, wie alt wird der wohl sein? Zwanzig, fünfundzwanzig? Doppelt so alt? Oder gar noch älter?"

Simons zuckte mit den Schultern.

„Die Wahrheit ist, noch schwimmen wir ziemlich. Das muss sich ändern." Larsson nickte Simons zu, damit er weiterlesen möge.

„Ich schrieb dann mit Pauline von ihm. Sie sagte mir, dass er nicht zu einer Beziehung bereit ist."

„Wieso schrieb sie Pauline? Ist dir diese Formulierung aufgefallen, Karl?" fragte Larsson.

„Vielleicht deshalb, weil sie nicht mehr miteinander redeten", sagte Simons.

„Genau so, Karl, wird es sein. Das ist ein Indiz dafür, dass sie sich um diesen Mann stritten." Larsson nickte Simons zu.

„Ich schrieb ihn daraufhin an, und leider wurde ich auch etwas ausfallend, weil ich schon sauer war."

„Der Kampf ist im vollen Gange, Karl. Wir müssen diese Pauline auftreiben, denn ich werde das Gefühl nicht los, dass sie etwas mit dem Verschwinden Chantal Kochs zu tun hat."

Es klopfte, Monika Landris steckte ihren Kopf zur Tür herein. „Die Firma stellt sich quer", sagte sie. Sie legte Larsson den Zettel mit der Telefonnummer auf seinen Tisch. „Vielleicht hast du ja mehr Glück."

Larsson zog den Zettel zu sich heran und schaute auf die Nummer. „Dass du es nicht geschafft hast, bei deinem Charme?"

Er wählte die Nummer, und nach mehrfachem Rufton meldete sich eine weibliche Stimme am anderen Ende der Leitung.

Larsson stellte sich vor und wiederholte den Wunsch nach der Übermittlung der Käufer der Häuser. Als ihn die Frau abfahren lassen wollte, wie sie es wahrscheinlich zuvor mit Monika gemacht hatte, wurde er deutlich. „Ich werde mich Ihretwegen jetzt nicht erregen“, sagte er in einem ruhigen, aber bestimmten Ton, „aber wenn Sie nicht umgehend die Verkaufsunterlagen mit den Namen der Käufer, einschließlich deren Adresse, zu uns rüberfaxen oder -mailen, dann werde ich meine Kollegen in Aschaffenburg um Amtshilfe bitten, und glauben Sie mir eins, dann wird es ganz schnell gehen, denn wir ermitteln in einem Mordfall, nicht etwa wegen einer Verkaufsparty. Schreiben Sie sich meine Telefonnummer auf und sagen Sie mir innerhalb von zehn Minuten Bescheid, wie Sie sich entschieden haben.“ Larsson sagte seine Telefonnummer und legte auf.

„Siehst du, Lasse, dich hat sie auch abblitzen lassen.“ Einen leichten Triumph in der Stimme konnte Monika nicht verbergen. Sie ging kurz hinaus, und als sie wiederkam, brachte sie einen Teller mit zwei Brötchen, die mit Lachs belegt waren, und zwei Tassen Kaffee.

„Du bist dabei, mich total zu verwöhnen“, sagte Larsson.

In diesem Augenblick klingelte das Telefon. Es war der Geschäftsführer der Chevalier Vermögensmanagement GmbH, der Larsson mitteilte, dass er selbstverständlich bereit sei, die geforderten Unterlagen der Polizei zu überlassen. Larsson bedankte sich und wünschte weiterhin gute Geschäfte.

„Trotz der Lachsbrötchen komme ich nicht umhin, dir zu zeigen, wie das geht“, sagte Larsson lachend, zwinkerte und machte eine Handbewegung vom Teller zu Simons.

Monika verstand ihn und hielt Simons den Teller hin, der allzu gerne eines der Brötchen vom Teller nahm und ihr dankbar zu lächelte.

„Es war der Geschäftsführer der Chevalier Vermögensmanagement GmbH. Er hat mir mitgeteilt, dass er uns selbstverständlich die Adressen der Käufer der Häuser zumailen wird. Vox audita perit, littera scripta manet, wie wir Lateiner zu sagen pflegen. Das gesprochene Wort verweht, meine Liebe, das Geschriebene bleibt bestehen!“

Monika Landris winkte noch einmal den beiden Männern lässig zu und verließ den Raum.

„Wenden wir uns also wieder dem Tagebuch der Chantal Koch zu”, sagte Larsson.

„Die Mutter musste es gelesen haben”, stellte Simons fest. „Zwischen Mutter und Tochter gab es ein kleines Wortgefecht.”

„Und?” bohrte Larsson.

„Chantal fragte ihre Mutter, ob sie in einer neuen Beziehung sei. Darauf antwortete die Mutter, dass es zwei Jahre nach dem Tod ihres Mannes wohl rechtens sei, sich wieder einen Mann an die Seite zu holen, denn sie fühlen sich einsam. Daraufhin fragte die Mutter wörtlich: Und wie ist es bei dir? Bist du nicht zu jung, um dich im Internet so mit Männern zu unterhalten?”

Als Simons unterbrach, drängte Larsson: „Was hat Chantal geantwortet?”

„Nichts. Hier endet die Tageseintragung. Aber am folgenden Tag schrieb sie: Es ist nicht zu glauben, meine Mutter hat mein Vertrauen missbraucht und mein Tagebuch gelesen. Jetzt muss ich tatsächlich ein Passwort benutzen, damit ich verhindere, dass sie mich weiter ausspioniert. Dann hat sie einen Absatz eingefügt und schrieb weiter: Er schrieb mir aber auch, dass er nicht bereit für eine feste Bindung ist und wir einfach schon altersmäßig zu verschieden sind. Ich war sehr enttäuscht und weinte in der Nacht viel. Wir einigten uns aber auf eine Freundschaft. Am Abend haben wir uns wieder vor der Kamera gesehen mit nacktem Körper. Es ist so, dass es mir am Anfang gefällt und das Gefühl gibt, ihn so halten zu können. Das ist natürlich nicht der Fall. Er hat mich damit richtig verwirrt. Nachdem jeder von uns beiden auf seine Kosten gekommen ist, haben wir beschlossen, uns trotzdem noch weiter zu schreiben.”

„Der Mann hat scheinbar keinen Namen, denn sie schreibt immer nur er", warf Larsson ärgerlich ein.

„Und hier geht es interessant weiter", ließ Simons verlauten. „Er holt mich ab, wir treffen uns vor der Buchhandlung Krüger ..."

„Er hat Chantal vor der Buchhandlung Krüger aufgenommen und möglicherweise hat er sie dort auch wieder abgesetzt. Also werden wir alle Geschäfte und Anwohner rund um die Buchhandlung Krüger befragen. Wenn das Mädchen dort wohnt, ist es vielleicht dabei gesehen worden, wie sie in irgendein Auto stieg", sagte Larsson.

„Misstrauisch wie ich war, schrieb ich dann Pauline von ihm. Sie sagte mir dann in der Schule, dass er nicht zu einer Beziehung mit mir bereit sei. Auf meine Frage, woher sie das denn wissen wolle, sagte sie, dass er mit ihr eine Beziehung führe", las Simons.

„Wir müssen sie auftreiben, diese Pauline Bach", sagte Larsson. „Sie hat es scheinbar faustdick hinter den Ohren. Es wird Zeit, dass wir den Mailverkehr der jungen Dame checken."

„Aber es gibt keinen Mailverkehr. Jedenfalls nicht mit irgendeinem Mann", warf Simons ein.

„Aber irgendetwas muss es doch geben, was auf diesen ominösen Mann hinweist."

„Ich kann nichts sehen. Hier steht nur wieder: Ich bin traurig, weil mich bestimmte Personen immer so falsch einschätzen, selbst meine eigene Mutter, aber was interessieren mich die Meinungen der anderen ..."

„Es ist schon traurig, wenn die eigene Tochter der Mutter misstraut", sagte Larsson.

„Hier steht vielleicht noch etwas Interessantes: Ich fühle mich so mies, dass sich vor seinen Augen eine Schere nahm und mich verletzte. Nun bin ich sicher, dass ihm das weh tat, denn er hat sich tatsächlich für morgen mit mir verabredet. Und er hat mir versprechen müssen, dass wir uns weiter schreiben. Dann sagte er mir, ich brauche nichts zu tun, was ich nicht möchte, nur um ihm zu beweisen, dass ich ihn mag. Aber vielleicht möchte ich etwas tun, was ihm Spaß bringt und ihn an mich bindet. Und deshalb werde ich alles tun, was er fordert. Er schrieb so, dass es klang, als sei eine Beziehung mit mir nicht ausgeschlossen. Ich habe Angst, ihn zu bedrängen, aber ich weiß auch, dass, wenn ich nicht schnell genug bin, Pauline die Siegerin sein wird. Das war die letzte Eintragung von ihr."

„Mit welchem Datum?"

„8. Juli."

„Also am letzten Freitag", stellte Larsson fest. „Na, da werden wir mal die Mutter fragen, warum sie die Tochter erst am Montag vermisst gemeldet hat. Also auf, fahren wir nach Ahlbeck."

Simons ging hinüber ins Büro der Kommissare, während Larsson, wie jedes Mal, wenn er das Haus verließ, seine Sachen ordentlich in das oberste Schubfach seines Schreibtisches einschloss. Dann ging auch er hinüber ins Büro der Kommissare, wo Monika gerade beim Telefonieren war. Er machte ihr ein Zeichen, dass er mit Simons wegfahren würde. Dann gingen sie hinunter zu ihrem Dienstfahrzeug.

Während der Fahrt sprachen sie nicht miteinander. Jeder hing seinen eigenen Gedanken nach.

Simons dachte, sie werden immer jünger die Mädchen, die Spaß haben wollen und diesen Spaß beim Sex suchen. Letzten Endes ist es auch das größte Vergnügen, dass das Leben bietet.

Larsson wiederum dachte, dass es eine Sünde sei, wie manche Eltern ihre Kinder zu früh aus dem Haus trieben. In seinem Fall war er froh, bisher noch keine Kinder zu haben und deshalb auch für sie nicht verantwortlich zu sein. Wie er Monika kannte, würde sie bald mit einem Kinderwunsch kommen, und dafür würde er sie wohl heiraten müssen. Da war sie wieder, die leidige Frage, ob er letzten Endes bereit wäre, sie zu heiraten. Einen Antrag hatte er ihr gemacht, und sie hatte ihn angenommen. Er war sich klar darüber, dass es unanständig und das Ende der Beziehung wäre, ihre Zusage jetzt zurückzuweisen. Dann dachte er darüber nach, dass sie unbedingt mit ihm zum Ursprung seiner Vorfahren nach Schweden fahren wolle. Auch das war ein sicheres Zeichen dafür, dass der Zugriff auf seine Freiheit bevorstand. Er hatte ihr versprochen, für einige Zeit Urlaub zu machen, wenn diese Ermittlungen abgeschlossen sein würden. Vielleicht wäre es eine gute Überraschung für einen noch besseren Anfang einer Ehe, wenn sie die standesamtliche Zeremonie in Schweden absolvieren würden. Vielleicht in Håverud in der westschwedischen Provinz Västra Götaland und der historischen Landschaft Dalsland. Der Ort in der Gemeinde Mellerud liegt am weltberühmten Dalsland Kanal, zwischen zwei Seen und verfügt über ein landesweit berühmtes Aquädukt. Die Tote im Götakanal – ein Kommissar-Beck-Roman der Autoren Maj Sjöwall und Per Wahlöö – hatte zum Ruhm des Kanals beigetragen.

Håverud selbst würde kein Standesamt haben, aber Mellerud bestimmt. Er beschloss, eine Anfrage diesbezüglich an die Gemeinde zu stellen.

Er wurde aus seinen Gedanken gerissen, als Simons sagte: „Wir sind da, Lasse.“ Wie schon beim letzten Mal parkte er auch jetzt direkt vor dem Haus.

„Wir haben noch einige Fragen bezüglich des Verschwindens Ihrer Tochter an Sie“, sagte Larsson, als Frau Koch die Tür öffnete. „Können wir hereinkommen?“

Sie bot ihnen Platz im Wohnzimmer an. „Was sind das für Fragen, die Sie noch haben?“

Larsson überlegte kurz, bevor er antwortete. „Ich frage mich, warum Sie Ihre Tochter erst am Montag vermisst gemeldet haben, obwohl sie seit Freitagabend, soweit wir wissen, nicht mehr zu Hause war.“

„Ich war von Freitagmittag bis Sonntagnachmittag nicht zu Hause. Es war mit Chantal einvernehmlich abgesprochen.“

„Wir haben die Eintragungen Ihrer Tochter in ihr Tagebuch gelesen“, sagte Larsson ruhig.

„Hatte Chantal das nicht durch ein Schlüsselwort abgesichert?“ warf die Frau ein.

„Sicher. Es war aber nicht schwer, das zu knacken.“

„Dürfen Sie denn das so ohne Weiteres?“

Larsson lächelte süffisant. „Wir ermitteln auch in einem Mordfall, der das Verschwinden ihrer Tochter möglicherweise tangieren kann.“ Er war sich sicher, dass er eigentlich zu weit gegangen war, aber wollte der unbekümmerten, arroganten Lässigkeit der Frau etwas entgegensetzen.

Seine Worte zeigten Wirkung. „Sie meinen doch nicht etwa, dass meiner Tochter in der Weise etwas zugestoßen sein könnte?“

„Dafür liegt derzeit noch gar keine relevante Erkenntnis vor.“

„Warum sagen Sie dann so etwas?“

„Weil es exakt so ist, wie ich es sage.“ Larsson nickte Simons zu.

Simons hatte seine Aufzeichnung herausgenommen und las nun vor. „Die Ohrfeige hat gesessen, egal, wie ich es mache, es hagelt Vorwürfe, und ich fühle mich erst einmal total überfordert, weil ich dieses ewige Versteckspiel satt habe. Doch würde ich es nicht tun, dann wäre es noch unerträglicher. Meine Batterien sind leer. Ich weiß nicht mehr, wie ich das aushalten soll.“

„Das ist ein Eintrag Ihrer Tochter in ihr Tagebuch, und es ist ein Aufschrei, ein Hilferuf“, stellte Larsson fest. „Haben Sie das nicht gelesen?“

„Nein, das habe ich nicht gelesen“, sagte die Frau kleinlaut. „Nach dieser Ohrfeige hat sie, wie ich schon sagte, Laptop durch ein Passwort gesichert.“

„Können Sie mir sagen, worum es bei dem Streit mit Ihrer Tochter gegangen ist?“

„Sie hatte jemand im Chat kennengelernt. Sie werden das sicher selbst gelesen haben. Aber das, was ich da gelesen habe, hatte diese Ohrfeige provoziert. Nicht die Tatsache, sondern ihre Widersprüche bei unserer Aussprache.“

„Ihre Tochter ist sicher auf dem Weg des Erwachsenwerdens", warf Simons ein. „Und da sind alle Mittel recht."

„Haben Sie angenommen, das mit der Ohrfeige alles erledigt sei und Ihre Tochter diesen Jungen oder Mann aufgegeben hat?"

Die Frau zuckte mit den Schultern. „Ich habe angenommen, dass wenigstens für eine Zeit eine Art Waffenstillstand zwischen uns herrscht."

„Aber das war leider ein Irrtum", ließ Simons sich vernehmen.

„Ich wollte gerne zwei Tage mit meinem neuen Freund verbringen. Sie hat es wohl geahnt, aber ich sagte ihr, dass ich zu meiner Schwester Ruth fahre. Ich habe meine Schwester angerufen und sie gebeten, Chantal das zu bestätigen, falls sie anfragen sollte."

„An welchem Termin war das genau?" fragte Larsson.

„Das war am Wochenende vom 1. bis zum 3. Juli."

„Also das vorhergehende Wochenende", sagte Larsson. „Mädchen in der Pubertät, die nicht möglicherweise auf irgendeine schiefe Bahn geraten sollen, brauchen dringend die Zuwendung ihre Eltern und sehr viel Liebe."

Simons las weiter: „Mutter ist zwei Tage zu Tante Ruth gefahren. Ich habe mich mit ihm verabredet und bin dann eine Nacht mit ihm zu gefahren. Dort kam es zu mehr. Es war mein erstes Mal, und es war zwar in Ordnung, aber ich fühlte mich danach nicht so gut. Ich habe stark geblutet."

„Oh mein Gott", sagte die Frau und klang durchaus verzweifelt.

„Wir haben den Verdacht, dass es sich um einen Mann handelt, der wesentlich älter ist als Ihre Tochter", legte Larsson nach. „Also denken Sie bitte noch einmal nach, ob Ihnen nicht doch irgendetwas aufgefallen ist. Irgendein Name? Oder haben Sie Ihre Tochter in ein Auto steigen sehen?" Als er die fragenden Blicke der Frau sah, sagte er: „Immerhin können Sie aus diesem Fenster über den gesamten Vorplatz schauen. Und wir wissen, dass sie mit großer Wahrscheinlichkeit direkt vor der Buchhandlung Krüger in ein Auto gestiegen ist. Aber wir wissen nicht, wie es aussieht."

„Nein, ich habe nichts gesehen."

Larsson wusste, dass die Frau nicht log. „Hat sich Ihre Tochter in Ihrem Beisein einmal selbst verletzt?"

„Verletzt?"

„Ja, mit einer Schere vielleicht oder mit einem Messer? Jedenfalls so, dass Blut kam?"

Sibylle Koch schüttelte den Kopf. „Nein, bestimmt nicht. Warum fragen Sie das?"

„Aus keinem besonderen Grund", log Larsson. „Haben Sie noch einmal nachgedacht. Gibt es noch Freunde, die Ihnen nicht gleich eingefallen sind. War Ihre Tochter in einem Sportverein et cetera?"

„Im TC Blau Weiß", sagte Sibylle Koch.

„Das ist der Tennisclub in Ahlbeck", warf Simons ein.

„Das hätten Sie uns gleich sagen müssen", sagte Larsson. „Vielleicht hat sie dort einen besonderen Freund, der sich um sie kümmert und der etwas über ihr Verschwinden weiß."

„Daniel vielleicht. Er spielt mit ihr in der Jugendmannschaft."

„Hat Daniel auch einen Familiennamen?" fragte Simons.

„Daniel Hartmann", sagte die Frau. „Aber eine besondere Freundschaft war das sicher auch nicht."

„Wie kommen Sie darauf?" Larsson ärgerte sich, dass man der Frau alles aus der Nase ziehen musste.

„Der Junge hatte sich einmal um meine Tochter bemüht."

„Aber?"

„Sie sagte, dass er nett sei. Das sei auch alles, und mit Jungs in ihrem Alter können sie ohnehin nichts anfangen."

„Mit Jungs in ihrem Alter kann sie nichts anfangen? Da haben wir doch schon einen kleinen Hinweis. Hat Sie das nicht stutzig gemacht?" fragte Larsson.

„Jetzt, wo Sie das so sagen ... Ich dachte eher, sie meine ihren Vater mit dieser Äußerung. Zu ihm hatte Chantal immer ein besonders inniges Verhältnis."

„Kinder bleiben nicht immer Kinder", warf Simons ein.

„Da mögen Sie wohl recht haben. Ich werde da etwas übersehen haben", sagte die Frau. „Oder ich habe es nicht sehen wollen. Und es wäre nicht verzeihbar, wurde Chantal etwas passieren."

„Fallen Ihnen sonst noch Namen ein, die wir überprüfen müssten?" fragte Larsson.

„Nein, wirklich nicht."

Als sie wieder im Auto saßen und zum Tennisclub fuhren, schaltete Larsson das Radio an. In dem Augenblick erklang gerade das Duett – Und du wirst mein Gebieter sein – aus Arabella von Richard Strauss. „Es ist eines der schönsten Liebesduette in der Opernliteratur", sagte Larsson. „Die Mädchen werden heutzutage immer jünger, eigentlich sogar zu jung, um Sehnsucht nach Liebe haben zu dürfen."

„Nur dass sie ganz sicher in den seltensten Fällen solche Musik dazu brauchen", warf Simons ein und grinste seinen Chef herausfordernd an.

„Jaja", sagte Larsson nachdenklich. „Du gehörst ja auch zu dieser Generation, Karl, die irgendeine Krawallmusik, die mehr Krawall als überhaupt Musik ist, als solche anzuerkennen. Um ehrlich zu sein, mir wären meine Ohren zu schade dafür und mein Empfinden allemal auch."

„Du hast halt elitäre Ohren", spottete Simons. „Und du wirst mein Gebieter sein und ich dir Untertan – dein Haus wird mein Haus sein, in deinem Grab will ich mit dir begraben sein – glaubst du wirklich, Lasse, dass sich die heutige Generation junger Mädchen mit einem solchen Schmunzus abgibt?"

„Die Masse, Karl, sicher nicht. Aber es wird auch sehr sensible Mädchen geben, die einem solchen Text von Hugo von Hofmannsthal, vor allem in der Musikverbindung mit Richard

Strauss sehr wohl etwas abgewinnen können, und die sehr wohl so romantisch von Liebe träumen."

„Warum hast du Frau Koch gefragt, ob sich ihre Tochter schon einmal in ihrem Beisein verletzt hat?"

„Es war nur so eine Eingebung. Erinnere dich an das Geständnis des Mädchens in ihrem Tagebuch – leider habe ich mich ihm über Skype nackt gezeigt, und er hat sich selbst befriedigt und ich mich."

„Und?"

„Der Anfang des Satzes, das Wort leider macht mich nachdenklich. Sie hat es gemacht, weil sie Liebe suchte. Und gleichzeitig hat sie es bereut."

„Und? Ich verstehe nicht, was du damit sagen willst", warf Simons ein.

„Chantals Mutter war zwei Tage verreist. Das Mädchen hatte sich mit diesem Mann verabredet und ist dann eine Nacht mit zu ihm gefahren. Richtig?"

„Richtig", sagte Simons.

„Da kam es zu mehr. Es war ihr erstes Mal, und es war, wie sie sagte, zwar in Ordnung, aber sie fühlte sich danach nicht so gut. Sie sagte, wenn ich mich recht erinnere, sie habe geblutet. Er hat es wohl mitbekommen und versucht, Chantal zu trösten."

„Aber?" fragte Simons.

„Aber schlafen konnte sie in dieser Nacht nicht wirklich."
„Und? Kann es vielleicht sein, dass sie der erste Sex so aufregte, dass sie nicht schlafen konnte?"

„Durchaus, Karl. Jeder Mensch reagiert verschieden auf äußere Einflüsse. Es gibt da eine Menge Details, die zu denken geben."

„Dass sie geblutet hat? Lasse, sie wurde defloriert. Da blutet man", sagte Simons.

„Am nächsten Tag hat sie noch Kaffee bei ihm getrunken, und er hat sie dann zurückgefahren. Wenige Stunden später kam ihre Mutter zurück. Aber das interessierte Chantal nicht, denn sie hatte echt Sehnsucht nach ihm ... da hat sie sich verletzt."

Larsson verbesserte sich. „Ich zitiere: ... und das hat mich verletzt im doppelten Sinne."

„Da hatte sie sich verletzt?" fragte Simons.

„Vielleicht bin ich ein wenig vergesslich, Karl, aber wenn ich mich richtig erinnere, hast du das so vorgelesen."

Einen Augenblick blieb es zwischen den beiden Männern ruhig. Dann sagte Simons: „Es kann sein, dass ich das vorgelesen habe. Aber wenn ich mich richtig erinnere, fühlte sich das Mädchen verletzt, weil er sie so ohne Weiteres abgesetzt hatte."

„Wenn das tatsächlich so ist, dann war meine Frage an Chantals Mutter absolut richtig", sagte Larsson, ohne den letzten Satz Simons einzubeziehen.

„Wieso?"

„Dann wies das Verhalten des Mädchens möglicherweise auf Borderline hin. Und das beleuchtet ihr Verhalten von einer ganz anderen Seite."

Als sie aus dem Wagen stiegen, schlug ihnen die erbarmungslose Hitze entgegen. Der Wind war so gut wie eingeschlafen, manchmal spürte man ihn kaum noch. Dafür drang den Männern sofort der Schweiß aus den Poren. So, wie der Wind eingeschlafen war, ruhte auch der Betrieb auf dem Tennisplatz. An dem kleinen Ausschank, der der Halle angegliedert war, saßen einige junge Leute herum. Sie unterhielten sich und brachten ihre Unterhaltung sofort ab, als sie die beiden Neuankömmlinge sahen. Simons schlenderte auf den Tisch der Jungs zu, während sich Larsson zum Ausschank begab.

„Hallo", sagte Simons lässig. „Ich suche Daniel Hartmann. Ist der zufällig hier dabei?"

„Wer will denn das wissen?" fragte einer der Jungs schnippisch.

„Wie wär's damit?" fragte Simons und zwinkerte, während er seinem Gegenüber seinen Dienstausweis unter die Nase hielt.

„Polizei ... was in Gottes Namen haben wir mit der Polizei zu tun? Sieht einer von euch Daniel an diesem Tisch?"

Die Jungen schüttelten bedauernd den Kopf und grinsten herausfordernd.

Simons sah, wie sich Larsson mit der Frau hinter dem Tresen unterhielt und mit dem Kopf zu ihnen hindeutete.

„Also? Daniel Hartmann?" sagte Simons, ohne auf die Frage des jungen Mannes einzugehen.

„Ich habe es Ihnen schon gesagt, Mann, hier am Tisch ist er nicht!"

Inzwischen war Larsson an den Tisch herangekommen, schaute auf den jungen Mann, der Simons so flapsig geantwortet hatte und sagte: „Der Junge ist nicht hier am Tisch, Karl, weil er auf der Toilette ist."

Kopfschüttelnd gingen die Kommissare zum Eingang der Toilette. Während Larsson davor stehen blieb, ging Simons hinein. Daniel Hartmann wusch sich gerade die Hände. Simons machte sich die Hände nass und fuhr sich durchs Haar. Als der Junge durch die Tür in die Wirtschaft zurück wollte, stand er hinter ihm und als er die Tür öffnete, hatte sich dort Larsson postiert.

„Daniel Hartmann?"

„Ja."

„Larsson von der Kriminalpolizei. Wir haben ein paar Fragen an Sie."

Larsson dachte gleich daran, wie Sibylle Koch über die vergeblichen Bemühungen des Jungen gesprochen hatte, ihre Tochter zu beeindrucken. Nun, wo er ihn sah, war es ihm klar, warum. Mit dieser korpulenten Figur würde der junge Mann wohl kaum Eindruck auf junge Mädchen machen können. Er fragte sich, wie der sich wohl auf dem Spielfeld bewegen würde.

„Chantal Koch. Wann haben Sie sie zum letzten Mal gesehen?"

„Chantal ... warum fragen Sie das?"

„Beantworten Sie einfach meine Frage“, sagte Larsson mit einer Stimme, die kein Widerspruch duldete, als sie sich schließlich an einem der hinteren Tisch niedergelassen hatten.

„Am Freitagabend.“

„Am Freitagabend? Welchen Freitag?“ fragte Larsson.

„Am Freitag vor einer Woche“, sagte Daniel Hartmann. „Sie hatte es mit einem Mal sehr eilig, und weil ich wissen wollte, warum, bin ich ihr nachgegangen.“

„Sie mochten Chantal.“

„Ja.“

„Ich meine, Sie mochten sie mehr als nur als Tennisfreundin.“

„Ja, ich mochte sie mehr.“

„Das heißt, Sie liebten sie?“ fragte Simons.

„Ja, das heißt es wohl“, sagte der junge Mann trotzig.

„Hat Chantal Ihre Liebe erwidert?“

„Das weiß ich nicht. Jedenfalls nicht wirklich.“

„Ein Mann muss doch spüren, ob seine Liebe erwidert wird oder nicht“, warf Simons ein.

„Chantal war schwierig.“

„Inwiefern?“ fragte Larsson.

„Manchmal gab sie mir das Gefühl, dass ich mehr für sie sei, als sie bereit war, nach außen hin zu zeigen. Ein anderes Mal war sie das ganze Gegenteil, eine kleine Kratzbürste.“

„Worauf führen Sie das zurück?“ fragte Simons. „Vielleicht auf ihr Verhalten?“

Hartmann bekam einen roten Kopf. „Sie machte mal eine Anspielung auf meinen Körper. Sie meinte, ich würde zu viel essen. In Wirklichkeit ist es aber so, dass meine Schilddrüse nicht richtig arbeitet. Nur das konnte ich nicht sagen.“

„Was haben Sie denn gesagt?“ fragte Simons.

„Dass ich vorbelastet bin durch meinen Vater.“

„Aber das war nicht so“, stellte Simons fest.

„Nein. Eigentlich ist es so, dass sie schon recht hatte, ich esse gerne und leider auch zu viel.“

„Nun kommen wir mal zurück auf diesen Freitag vor einer Woche“, sagte Larsson. „Sie sind ihr also nachgegangen. Bleibt die Frage, ob Sie ihr nachgegangen sind, nur um zu wissen, was sie macht, oder ob Sie Chantal stalkten.“

„Ich stalke sie doch nicht. Ich liebe sie.“

„Das eine schließt das andere nicht aus“, sagte Larsson. „Sie gingen also hinter ihr her. Was haben Sie gesehen?“

„Sie werden es doch bei der Anfahrt gesehen haben, es ist nur ein Stück bis zur Hauptstraße. Ich konnte ihr nicht ganz so dicht folgen, sonst hätte sie es gemerkt. Als ich an der Hauptstraße ankam, war sie weg. Ich sah nur ein kleines Auto in Richtung Heringsdorf fahren. Es könnte sein, dass sie dort drinnen saß. Aber genau weiß ich das nicht.“

„Haben Sie gesehen, was für ein Auto das war?“

„Ein kleines, flaches Auto, ein Sportwagen.“

„Haben Sie auf das Nummernschild geachtet?“

„Dazu war er schon zu weit weg. Und ehrlich, ich war gar nicht sicher, ob Chantal in diesem Auto sitzt, und viel zu aufgeregt, um auf das Nummernschild zu achten.“

„Haben Sie erkannt, was für ein Fabrikat das Fahrzeug war?“ fragte Larsson.

„Nicht wirklich. Er war doch schon ein Stück weg. Vielleicht ein BMW, ein Z3 könnte es gewesen sein. Aber sicher bin ich da nicht.“

„Coupé oder Roadster?“ warf fragend Simons ein

„Ich denke, es war ein Roadster.“ Daniel Hartmann schien etwas verunsichert zu sein. „Ja, ein Roadster. Es war das Dach des Fahrzeuges, das mich darin bestärkt.“

„Die Farbe? Sie können sich bestimmt erinnern, in welcher Farbe der Wagen gespritzt war?“ fragte Larsson.

„Rot ... blau ... oder silbern ... Es kann aber durchaus auch grün gewesen sein.“

„Das verstehe ich nicht“, sagte Larsson ärgerlich. „Rot, blau oder silbern ... können Sie sich nicht für eins entscheiden?“

„Nein, kann ich nicht.“

„Warum nicht?"

„Weil ich farbenblind bin."

„Auch das noch", entfuhr es Simons.

Larsson hatte eine Fahndung ausgelöst, die alle BMW Z3 auf der Insel betrafen.

„Kannst du mir nun einmal sagen, warum du Frau Koch gefragt hast, ob sich ihre Tochter verletzt?" fragte Simons.

„Die Frage hatte ich dir doch schon beantwortet. Wäre das der Fall, weist das Verhalten des Mädchens möglicherweise auf Borderline hin."

„Und das bedeutet was?"

„Solche Menschen fügen sich Schmerzen zu, um ihre Seele überhaupt noch etwas zu spüren. Und das beleuchtet ihr Verhalten von einer ganz anderen Seite. Ich habe mich schlaugemacht, Karl, indem ich eine Freundin angerufen habe, die in Berlin in einer Heilpraktikerschule auch über derart komplizierte psychische Verhaltensweisen unterrichtet. Sie hat mir gesagt, dass das Profil der Pubertierenden oftmals zu frühes Erwachsensein wollen aufzeigt, deren Ursache in fehlender Nestwärme und familiären Belastungen, vor allem geblockter Zubewegung auf den Vater liegt."

„Das heißt, dass Chantal auf ihren Vater fixiert war? Und das sucht sie jetzt bei älteren Männern? Ist sie auf die älteren Semester fixiert?" fragte Simons.

„Das heißt, dass wenn sie übers Netz besser Kontakt findet, es möglicherweise auf Bindungsstörungen, eventuell sogar autistische Barrieren hinweist. Solche Kinder sind innerlich sehr isoliert aufgewachsen, meist durch depressive und daher einerseits sehr strenge und andererseits an die eigene Ehe und Kommunikation hilfeloser Eltern. Und sie sind durchaus suizidgefährdet."

„Dann könnte sie mit – ich habe mich verletzt in doppelter Hinsicht – auch meinen, dass sie selbstbestimmt aus dem Leben geht?" fragte Simons.

Larsson überlegte einen Augenblick, bevor er Simons antwortete: „Bei Chantal glaube ich nicht an einen Suizid. Und wir wissen ja noch gar nicht, ob sie nicht doch ganz einfach weggelaufen ist."

Sie kamen fast zeitgleich mit Andresen auf dem Hof der Dienststelle an.

„Die Nachforschungen auf dem Lieper Winkel nach dem Schiffchenbeschreiber waren negativ", fing Andresen sofort an.

„Und in der Fischraststätte?" fragte Larsson.

Andresen wiegte seinen Kopf. „Sie hat einen großen Durchlauf von Leuten. Ganz wenige Einheimische, aber die kommen auch. Vor allem Urlauber, die einmal bei ihr gegessen haben, sagt die Chefin des Ladens, kämen mehrfach. Ihr sei beim besten Willen nichts Besonderes aufgefallen."

„Und gerade von der Befragung habe ich mir etwas versprochen", maulte Larsson. „Schließlich wurde eine Leiche und eine Tasche mit Teilen einer Leiche gerade auf der anderen Straßenseite entsorgt."

„Aber wenn der Laden brummt, hat sie keine Zeit darauf zu achten", ließ Simons sich vernehmen.

„Und nachts, Lasse. Nachts ist der Laden geschlossen, und wer achtet schon darauf, wenn ein Fahrzeug an einer Lichtung steht."

Die drei Kommissare betraten das Haus und stiegen die Treppe hinauf in den ersten Stock zu ihren Büros.

„Der oder die Täter müssten mehr damit gerechnet haben, dass nachts die Jagdpächter unterwegs sind und dass mit denen nicht zu spaßen ist, wird er wohl ganz bestimmt wissen."

Im Büro der Kommissare sahen sie, wie Monika Landris gerade telefonierte. Larsson, der wissen wollte, ob sich in der Zwischenzeit irgendetwas ergeben hatte, blieb stehen und schaute fragend zu seiner Lebensgefährtin hinüber. Die machte eine Bewegung mit der Hand, die sagte, dass er warten solle.

„Die Gruppe, die die Bewohner der Häuser fragen sollten, ob sie die Mädchen gesehen hätten, haben sich gemeldet. Sie haben nicht in allen Häusern jemanden angetroffen.“

„Das sind Häuser, die im Sommer vermietet werden. Jedenfalls die meisten“, sagte Larsson.

„Sie haben angefragt, ob ihr Einsatz morgen von hier aus beginnt oder von Anklam.“

Larsson dachte eine Sekunde nach, dann sagte er: „Ist die Liste aus Aschaffenburg schon eingetroffen?“

„Nein, aber ich hatte gerade noch einmal angerufen, und man hat mir bestätigt, dass man alles zusammengestellt hat, was wir brauchen, und dass man es per E-Mail innerhalb der nächsten zehn Minuten zuschickt.“

„Ich rufe diesen Fiebig von meinem Büro aus an“, sagte Larsson und verließ den Raum.

6. Kapitel

Donnerstag, 14. Juli 2005

Justus Rieck verfluchte zum ersten Mal in seinem Leben, dass es so spät dunkel wurde. Und so schlich er sich von hinten an das Haus, um durch das Fenster zu erspähen, was seine Mutter gerade beschäftigte. Sie arbeitete in der Küche, bereitete eine warme Mahlzeit vor. Sie aßen immer erst abends, wenn die Mutter und auch ihr Freund Nico Horstmann von der Arbeit kamen. Und immer war es Pflicht für ihn, sich zum Abendessen einzufinden. Das war ein ungeschriebenes Gesetz, und brach er es einmal, was hin und wieder vorkam, dann gab es nicht nur unsagbare Vorwürfe bezüglich nicht gelebter Rücksichtnahme. Wie er es auch drehte und wendete, heute stand ihm der schlimmste Heimgang seines ganzen Lebens bevor, zumindest empfand er das so. Die Scheibe spiegelte sein blutverschmiertes Gesicht wider; so sehr er sich auch bemüht hatte, das Blut aus seinem Gesicht zu wischen, es war ihm nicht gelungen. Vielmehr hatte er es total versaut. Von der Straße her kam das Geräusch eines heranfahrenden Autos. Justus kannte das Geräusch. Es war der Wagen von Nico Horstmann, dem Lebensgefährten seiner Mutter. Die Karre hatte ein kleines Loch im Auspuff. Horstmann hatte noch keine Zeit gefunden, es zu schweißen, und so blubberte der Wagen vor sich hin, gleich ob er fuhr oder der Motor sich im Stand drehte.

Was in Gottes Namen mache ich bloß? Wie komme ich ins Haus, ohne gesehen zu werden, und wie kann ich mich wieder so herrichten, dass die beiden nicht merken, was mit mir los ist? Nico ist ein ganz verträglicher Zeitgenosse, dachte Justus. Immerhin hatte er sich redlich bemüht, Jörn und ihn bei der Jugendfeuerwehr in Usedom Stadt unterzubringen. Nun aber befürchtete Justus das Schlimmste. Als er wieder zum Fenster hinein lugte, sah er gerade noch, wie Nico Horstmann seiner Mutter einen Kuss auf die Wange gab.

Er gab sich einen Ruck, ging um das Haus herum und beherzt zur Tür hinein, wobei er laut rief: „Hallo ihr beiden, hoffentlich gibt's bald etwas zu essen!" Dabei gab er sich große Mühe, möglichst lustig zu klingen. Aber genau diese gespielte Freundlichkeit schien Justus Mutter Friederike auf den Plan zu rufen, denn plötzlich stand sie hinter ihm, genau in dem Moment, als er ins Bad verschwinden wollte.

„Wie siehst du denn aus!" schrie Friederike Rieck. „Das ganze Shirt ist versaut, und glaub nicht, dass du mir vormachen kannst, du hättest nur Nasenbluten gehabt!" In der Hoffnung, Schützenhilfe von ihrem Lebensgefährten zu bekommen, drehte sie sich in die Richtung, in der sie diesen vermutete. „Nico! Nico! Bitte komm einmal schnell her!"

Im Grunde genommen war Nico Horstmann ein gemütlicher, in manchen Situationen eher phlegmatischer Zeitgenosse. Was seine Mutter manchmal zur Verzweiflung brachte, nämlich das Phlegma in gewissen Situationen, war nun eine willkommene Hilfe für Justus.

„Was ist denn los? Ich bin noch gar nicht richtig hier!" Als er Justus sah, musste er lachen. „Und deshalb bist du so aufgeregt?" fragte er lachend. „Eine kleine Prügelei zwischen Jungs. So etwas kommt vor. Was glaubst du, wie oft ich mich geprügelt habe, als ich in seinem Alter war."

„Zieh dich aus und in die Badewanne, aber hopp hopp", sagte Friederike Rieck. „Und du, Nico, stehe ihm nicht noch bei." Sie wollte mit ins Bad, um ihrem Jungen zu helfen.

„Das mach ich allein", sagte Justus barsch. „Ich bin doch kein Kind mehr!" Er zog sich das blutverschmierte Shirt aus und warf es auf den Boden.

„Da bin ich aber sehr im Zweifel", sagte seine Mutter ebenso barsch. „Wie kann man sich nur in deinem Alter so prügeln? Wer war das überhaupt, der dich so zugerichtet hat?"

„Gehe jetzt raus. Ich will mich endlich ausziehen!"

„Du bist mein Sohn. Glaubst du, ich will dir etwas abgucken? Ich kenne dich nackt, seit du geboren bist. Also stell dich nicht so an."

„Gehe jetzt raus, Mama."

„Wenn du mir sagst, werde ich so zugerichtet hat."

„Raus jetzt!"

Widerwillig verließ Friederike Rieck das Badezimmer. „Jetzt ist er auch noch frech geworden", sagte sie, als sie wieder in die Wohnküche kam, wo Nico Horstmann gerade dabei war, sich eine Flasche Bier aus dem Kühlschrank zu holen.

„Was erwartest du eigentlich? Schließlich ist dein Sohn sechzehn Jahre alt, und da gibt es natürliche Veränderungen im Verhältnis zu dem kleinen Justy, der er nun einmal nicht mehr ist."

„Er ist ein Kind, mein Kind, und das wird er noch sein, wenn er vierzig ist."

„Du solltest langsam daran denken, ihn langsam loszulassen und ihm die Möglichkeit geben, sich auf sein eigenes Leben vorzubereiten. Klammern nützt nichts."

„Was soll denn das? Hast du nicht registriert, wie zerschlagen er aussieht?"

Im Radio tingelte gerade der Soundtrack aus dem Film Ghost, und Nico Horstmann bewegte die Lippen zu Komm ins Land der Liebe ...

„Weißt du, Nico, ich kenne meinen Sohn", sagte sie und stellte das Radio ab. „Er ist eher ein Weichei als ein harter Kerl. Aber wenn er sich so gebärdet, dann steckt etwas dahinter, und ich will wissen, was es ist."

„Eine Mutter muss nicht immer alles wissen", maulte Nico Horstmann zwischen zwei Schluck Bier. „Als Junge in diesem Alter hatte ich auch meine kleinen Geheimnisse."

„Aber die waren sicher nicht so blutig."

„Oje. Du hast keine Ahnung, wie zerkratzt ich manchmal nach Hause kam."

„In der Haut deiner Mutter hätte ich wohl nicht stecken wollen. Warst schlimmer als ein Sack Flöhe. Der ist sicher leichter zu hüten.“ Sie machte sich daran, den Tisch zu decken.

Nico Horstmann schnupperte und versuchte zu erraten, was es zu essen geben würde. „Es riecht nach Linsen“, sagte er. „Ein Winteressen mitten im Sommer.“

„Ein Winteressen mitten im Sommer, Nico, würde ich dir bei der Hitze gar nicht anbieten. Aber in einem hast du schon recht. Es gibt Linsen, aber nicht als Eintopf, sondern als Beilage zu einem Minutensteak.“

Nico Horstmann sah, wie sie Steaks aus der Röhre nahm, in der sie sie warm gestellt hatte, und auch die Schüssel mit den Linsen. Sie legte auf zwei Teller die Kartoffelbällchen jeweils zwei Minutensteaks und zwei Löffel Linsen vor und stellte die Teller auf den Tisch. „Wo nun der Kerl wieder so lange bleibt!“ Sie ging zur Tür und rief in den Flur: „Justus, wir fangen jetzt an zu essen.“ Als keine Antwort kam, drehte sie sich ihrem Lebensgefährten zu und nickte, was so viel sagen sollte wie: Wir fangen jetzt an. Eine Weile blieb es zwischen ihnen still, während sie die ersten Bissen nahmen.

Friederike Rieck dachte daran, was für ein ruhiger und unkomplizierte Junge Justus in seiner Kindheit war. Nie hatte er Ärger gemacht. Der Junge war ihr ganzer Stolz, und nun sollte mit einem Mal alles anders werden? Das konnte sie sich nicht vorstellen.

Nico Horstmann dachte daran, wie einfältig Mütter doch sein können. Jedenfalls die, die sich nicht rechtzeitig ans Loslassen gewöhnen wollen. Und zu dieser Gruppe schien für ihn Friederike zu gehören.

Er wurde aus seinen Gedanken gerissen, als sie fragte: „Schmeckt es dir?“

„Ja, Rieke, gut wie immer. Du bist eine hervorragende Köchin.“

„Und die Linsen?“

„Die Linsen sind auch hervorragend, so wie du sie gemacht hast."

Über das Gesicht der Frau huschte ein Lächeln. Noch nie hatte ihr Lebensgefährte sich über ihre Kochkünste beschwert. Aber wie jede Frau hörte auch sie es gern, wenn man sie lobte. „Liebst du mich eigentlich noch?"

„Natürlich liebe ich dich noch."

„Wegen des Essens?"

Nico Horstmann war genervt. Es war eigentlich nicht ihre Art, derartige Dinge am Mittagstisch zu fragen. Sie tat das zwar hin und wieder, aber dann im Bett. „Auch wegen des Essens", sagte er. „Aber nicht nur wegen des Essens."

Als die Tür aufging und Justus erschien, war das Gespräch augenblicklich zu Ende. Ihre Augen richteten sich auf den Jungen.

„Das linke Auge schwillt dir zu", sagte Friederike Rieck. „Ich möchte wissen, wer dich so zugerichtet hat?" Sie stand auf, ging zum Gefrierfach des Kühlschranks, aus dem sie alle Eiswürfel nahm, die vorrätig waren, und packte diese in einen Gefrierbeutel. Aus der unteren Schublade des Küchenschrankes nahm sie ein Gummi, mit dem sie geschickt den Beutel verschloss. Justus war an den Tisch gekommen, schaute auf das Essen und verzog das Gesicht. „Linsen?"

„Ich habe dich was gefragt, mein Sohn, und ich erwarte endlich eine Antwort", sagte Friederike Rieck und reichte ihrem Sohn den Eisbeutel.

„Was soll ich denn damit?"

„Was schon? Dein Auge kühlen."

Widerwillig nahm der Junge den Beutel und drückte ihn sanft auf das linke Auge.

„Also?"

„Was also?"

„Ich habe dich gefragt, wer dich so zugerichtet hat."

„Es hat eine kleine Prügelei gegeben. Mehr ist dazu nicht zu sagen."

„Und wo war dein Freund Jörn?“ warf Nico Horstmann ein.

Der Junge hob die Schultern, sagte aber nichts. Er ging zum Kühlschrank und nahm eine Flasche Limonade heraus, aus dem Küchenschrank holte er ein Glas, goss etwas hinein, verfehlte das Glas geringfügig, so dass sich eine Lache auf dem Holztisch bildete.

„Kannst du nicht aufpassen?“ Seine Mutter schob geräuschvoll ihren Stuhl zurück und holte einen Lappen.

„Also? Wo war Jörn?“ fragte Nico Horstmann.

Der Junge hob wieder die Schultern und machte ein tragendes Gesicht.

„Wenn ich das richtig interpretiere“, sagte Horstmann, „dann hast du dich mit ihm geprügelt.“

„Du hast dich mit Jörn geprügelt?“ Justus' Mutter war außer sich. „Ich denke, er ist dein Freund? Und nun prügelt ihr euch?“

„Was ist da so Ungewöhnliches dran, Rieke“, fragte Nico Horstmann. „Auch zwischen Freunden kann es schon mal eine Meinungsverschiedenheit geben, die man mit Nachdruck ausräumen muss.“ Er schaute Justus an und kniff ein Auge zu, so, wie es ein Verschwörer zum anderen macht. „Und der Nachdruck lässt sich am besten mit den Fäusten regeln.“

„Anstatt dich für meinen Sohn einzusetzen, bringst du ihm nur solche Ungeheuerlichkeiten bei. Ich bin enttäuscht von dir, Nico Horstmann.“ Friederike Rieck stellte ihrem Sohn das Essen geräuschvoll auf den Tisch.

„Eigentlich könntest du uns schon sagen, warum ihr euch geprügelt habt“, sagte Nico Horstmann. „Wenn man's bedenkt, hat er dich ganz schön vermöbelt.“

Justus stocherte lustlos in seinem Essen herum.

„Na?“ bohrte die Mutter.

„Kein Kommentar.“ Justus vermied es, ihr ins Gesicht zu sehen.

Nico schaute Rieke an und schüttelte kaum merklich den Kopf. Mit den Augen machte er ihr ein Zeichen, den Raum zu verlassen. Sie verstand es und tat, als müsse sie zur Toilette.

„Wenn man so aufeinander einprügelt, Justus, gibt es sicher ein größeres Problem. Geht es um ein Mädchen?“

Der Junge schüttelte den Kopf.

„Also kein Mädchen.“

„Nein.“

Nico Horstmann dachte einen Augenblick nach. „Kein Mädchen, das heißt so viel wie: Ihr habt Dummheiten gemacht, und er will nicht, dass es herauskommt. Ist das so?“

„Vielleicht.“

„In diesem Fall heißt das, dass ich recht habe ... er hat Dummheiten gemacht, und du sollst das Maul halten. Richtig?“

„Kein Kommentar.“ Justus gab sich Mühe, sich an das Versprechen, dass er Jörn gegeben hatte, zu halten.

„Ich sehe dir an, Justus, dass ich recht habe. Du kannst nicht mogeln, ohne dass ich es merke.“

Der Junge wand sich wie ein Aal. Das war für Nico Horstmann das Zeichen, dass Justus bald reden würde.

„Hat er was geklaut?“

„Nein.“

„Hat er seiner Mutter etwas am Auto kaputt gemacht?“

„Nein.“

„Aber er fährt manchmal mit dem Auto?“

„Manchmal.“

„Warst du schon dabei?“

„Zweimal.“

„Hat das seine Mutter nicht gemerkt?“

Justus schüttelte den Kopf.

„Du weißt. dass das verboten ist. Jörn hat keinen Führerschein. Wenn ihr erwischt werdet, gibt es höllischen Ärger. Auch für seine Mutter.“

„Das weiß er.“

„Und es hat keiner gesehen?“ bohrte Nico Horstmann.

„Es war immer nachts.“

„Zweimal ... da musst du dich zweimal nachts herausgeschlichen haben.“

Wieder zuckte Justus nur mit den Achseln.

„Wie wirst du wach, wenn du schläfst?"

„Er ruft mich auf dem Handy an."

Es hat sich nichts geändert in all den Jahren, dachte Nico Horstmann. Wenn die Kinder erwachsen werden, wollen sie alles ausprobieren. Und ganz vorne an steht für Jungen das Fahren mit dem Auto.

„Wo seid ihr mit dem Auto lang gefahren?" fragte Horstmann.

„Immer den gleichen Weg. Von Krienke nach Morgenitz und weiter bis Mellenthin. Vor dem Ort haben wir umgedreht und sind zurückgefahren."

„War das ein aufregendes Gefühl?"

„Beim ersten Mal schon", sagte Justus. „Beim zweiten Mal fand ich's langweilig. Vor allem deshalb, weil er mich nicht fahren lassen wollte."

„Aus deiner Sicht ist es ganz verständlich. Aber dennoch würde ich dir raten, dich nicht ans Steuer zu setzen. Stell dir mal vor, es passiert etwas."

„Was soll da schon passieren? Uns ist niemand begegnet."

„Es kann zum Beispiel einen Wildschaden geben. Wenn das Auto verbeult ist, könnt ihr das nicht mehr verheimlichen. Oder wenn euch ein Betrunkener entgegenkommt und mit euch kollidiert, bleibt ein Teil der Schuld bei euch hängen."

„Das nächste Mal, hat Jörn gesagt, fahren wir bis Heringsdorf."

„Bestimmt nicht. Denn du wirst mir versprechen, dass du nicht dabei sein wirst ... Haben wir uns verstanden?"

Justus nickte.

„Nun sind wir wieder am Anfang", sagte Nico Horstmann. „Es war also nicht das Auto. Was war es dann?"

„Wir waren im Wald."

„Das ist doch nichts Besonderes."

Justus zuckte mit den Schultern.

„Was ist besonders, wenn ihr im Wald seid?"

Justus starte Nico Horstmann an, blickte aber durch ihn hindurch.

„Lass dir nicht alles aus der Nase ziehen, Justus."

„Jörn hat auf dem Dachboden eine alte Walther PPK aus dem Jahr 1937 gefunden. Mit der haben wir im Wald geschossen."

„Aus dem Jahr 1937 ... Und das wisst ihr genau?" Horstmanns Gehirn arbeitete fieberhaft. Was kann nicht alles passieren, wenn Jungs mit einer scharfen Waffe herumfuchteln?

„Das war gar keine Schwierigkeit", sagte Justus. „Wir haben es gegoogelt. Unter Wehrmachtpistolen Walther PPK. Da kommt eine ganze Liste, und dann brauchten wir nur noch die eingestanzte Nummer zu vergleichen, um das Herstellungsjahr herauszufinden."

„Wenn man eine Waffe findet, die schon so lange auf dem Dachboden gelegen hat, dann kann es doch sein, dass sie gar nicht in einem solchen Zustand ist, dass man sie gebrauchen kann."

Wieder zuckte Justus mit den Schultern. „Sie war nur ein wenig verstaubt. Aber auch nicht doll, denn sie war in einem Lappen eingewickelt."

„Und Patronen?"

„Hunderteinundzwanzig. Und davon haben wir erst dreißig verschossen."

„Das kann ich kaum glauben", sagte Horstmann. „Nein, das glaube ich nicht!"

„Wenn du Mama nichts sagst, zeige ich dir den Baum, auf den wir geschossen haben."

„Na schön, schauen wir uns das mal an." Nico Horstmann merkte, dass der Junge mit einem Mal anfing zu essen. Er schien richtig erleichtert, dieses Wissen losgeworden zu sein.

„Der Junge und ich machen eine kleine Fahrradtour", sagte Nico Horstmann, als seine Lebensgefährtin wieder zur Tür hereinkam.

Die beiden machten sich mit ihren Rädern auf und fuhren die wenigen Meter bis links die kleine Straße nach Morgenitz abbog. Es war exakt der gleiche Weg, den Justus mit Jörn zurücklegte, als es im Wald brannte. An diesem Abend mussten sie auch nicht allzu weit fahren, um auf die ersten Fahrzeuge der Feuerwehr zu treffen. Justus sah in seinen Gedanken noch die Rauchwolke, die vom Wald her kam und über der Wiese stand, als sie angefahren kamen. Doch dieses Mal kam keine Rauchwolke. Vielmehr würden sie gleich in den Weg einbiegen, der sie genau zu dem Platz des Brandes führen würde.

„Ihr wart also hier, wo der Brand war?“ stellte Nico fest.

„Wir waren schon oft wieder hier.“

„Warum?“

„Das weiß ich doch nicht. Jörn will immer wieder hierher.“

„Das ist sehr interessant. Da frage ich mich doch, warum will Jörn immer wieder hierher? Hatte er etwas mit dem Brand zu tun?“

Als der Junge schwieg, legte Horstmann noch einmal nach: „Hatte Jörn Spielmann etwas mit dem Brand zu tun?“

„Ich weiß nur, dass er sich gefreut hat, als wir hier den Brand beobachten konnten. Und es wundert mich schon auch, dass er immer wieder hierher will. Hier müssen wir die Räder lassen.“

Sie stellten die Räder an einen Baum und gingen quer ein Stück durch den Wald. Wo die Reste eines verkohlten Baumes standen, blieb Justus stehen. „Auf diesen Baum haben wir geschossen.“

Nico Horstmann ging an den fragilen Baum heran. Da sah er zwei Einschläge der Kugeln, die auf den Baum abgefeuert worden waren. Offensichtlich hatten die Jungs nicht richtig gezielt, und ein Teil der Kugeln war vorbeigeflogen. Er sah einen anderen Baum, der getroffen worden war.

„Ja, auf diesen Baum habt ihr geschossen und auch hin und wieder mal getroffen.“ Horstmann bemühte sich, mit dem Taschenmesser eine der Kugeln aus dem Baum zu holen. „Du weißt schon, Justus, dass wir das nicht unter die Decke kehren können."

„Er hat mir gedroht, mich umzubringen, wenn ich irgendjemandem davon erzähle."

Horstmann spürte, dass der Junge es ernst meinte. „Droht ein wirklicher Freund einem anderen Freund den Tod an?"

„Er wird mich mit dieser Waffe erschießen, hat er gesagt, und ich glaube ihm das." Justus hatte leise gesprochen, aber aus seiner Stimme sprach pure Angst.

„Und genau deshalb, Justus, müssen wir unbedingt die Polizei einschalten. Oder willst du sterben, nur weil dein Freund meint, du hättest ihn verraten und auf dich schießt?"

„Nein."

Horstmann steckte die Patrone in seine Jackentasche. „Lass uns zurückfahren, Justus."

Sie holten ihre Räder und schoben sie bis zu dem Punkt, an dem sie wieder aufsteigen konnten.

„Ich frage dich nochmal, Justus, hat dein Freund Jörn etwas mit den Bränden zu tun?"

„Ich weiß es nicht wirklich, aber es gab in der Schule eine Gegenüberstellung mit der Polizei, die die Kopie eines Zettels zeigte. Auf diesem Zettel stand etwas in italienischer Schrift. Und der Beamte fragte, ob wir jemanden von den Schülern kennen, der der italienische Sprache mächtig sei."

„Pass auf das Loch auf, Justus!"

Geschickt fuhren sie um das Loch herum, das sich mitten im Weg befand und das irgendjemand teilweise Kies aufgefüllt hatte.

„Sie suchen einen Schüler, der Italienisch spricht?"

„Ja."

„Haben Sie auch gesagt, warum sie einen solchen Schüler suchen?" fragte Nico Horstmann.

„Sie haben etwas von einer Drohung gesagt, die auf diesen Brief stand."

„Aber was genau darauf stand, ich meine den Wortlaut, haben sie nicht gesagt?“

„Nein.“

„Hat denn keiner von euch gefragt, was auf dem Zettel steht?“

„Nein. Aber ich kenne den Zettel.“

Nico Horstmann hielt sein Fahrrad an und stellte beide Beine auf die Erde. Justus tat es ihm gleich.

„Du kennst den Zettel?“

„Nicht den, der gezeigt wurde. Das war eine Kopie. Aber ich kenne die Schrift und weiß zwar nicht genau, was auf dem Zettel wörtlich stand, aber genau weiß ich, dass ich das Original in der Hand gehalten habe.“

„Wo? Ich meine, wo hast du den Zettel in der Hand gehalten?“

„Bei Jörn in der Wohnung. Wir haben aus diesem Zettel ein Papierschiffchen gefaltet.“

Sie setzten ihre Fahrt fort, und Nico Horstmann fragte: „Und du bist ganz sicher, dass es sich um das Papier handelt, das ihr bei Jörn zu einem Schiffchen gefaltet habt?“

„Ja.“

„Wieso bist du so sicher?“

„Weil Jörn Italienisch kann.“

„Was? Das halte ich für einen Witz“, sagte Nico Horstmann.

„Naja, vielleicht nicht so ganz richtig, aber er hat mir mal ein Lehrbuch gezeigt, und er hat auch Kassetten, mit denen er Vokabeln geübt hat.“

„Nun müsste man nur noch wissen, was auf diesem Zettel gestanden hat“, sinnierte der Horstmann.

Sie waren vor dem Haus angekommen und stellten die Räder ab. Dann gingen sie hinein, und Friederike Rieck, die schon auf sie gewartet hatte, sagte: „Wo bleibt ihr bloß so lange?“

Sie ging ins Wohnzimmer.

„Ich denke, wir müssen deine Mutter davon unterrichten“, sagte Nico Horstmann.

Justus sagte gar nichts. Er stierte vor sich hin.

„Was ist los?“ fragte Friederike Rieck. Dabei schaute sie ihren Lebensgefährten eindringlich an.

„Frag deinen Sohn.“

„Wir haben noch immer eigentlich ein sehr gutes Verhältnis, Justus“, begann die Mutter. „Bisher hatten wir keine Geheimnisse vor einander, und jeder von uns hatte Vertrauen zum anderen. du zu mir und ich, als deine Mutter, natürlich auch zu dir. Aber irgendwas liegt hier in der Luft, dass du verschweigt, und ich fühle, dass das nichts Gutes ist.“

Im Justus' Gesicht machten sich die ersten lautlosen Tränen sichtbar. Sie setzte sich neben ihren Sohn und ergriff seine Hand.

„Also was ist los? Willst du es mir nicht sagen?“

„Wenn ich das tue, verrate ich meinen Freund.“

„Deinen Freund?“ warf Horstmann ein. „Ein Freund, der dir droht, dich zu erschießen, wenn du sagst, was mit ihm los ist?“

„Erschießen?“ Die Stimme der Mutter war auf einmal schrill.

„Soll ich es deiner Mutter erzählen?“ fragte Horstmann.

Justus nickte.

„Jörn hat eine Pistole gefunden, und damit waren die Jungs im Wald und haben auf einem Baum geschossen.“

„Um Gottes willen! Wo in Gottes Namen hat Jörn eine Pistole her?“

„Es ist eine alte Wehrmachtwaffe, die verstaubt auf dem Boden seines Hauses gefunden wurde“, sagte Horstmann. „Aber das ist erst die Spitze des Eisbergs.“

„Was da alles passieren kann!“ sagte Friederike Rieck aufgeregt. „Ich werde mit Jörns Mutter reden müssen.“

„Erst mal wirst du gar nichts machen, Rieke“, sagte Nico Horstmann. „Justus wird jetzt alles erzählen, was er weiß, und dann werden wir die Polizei einschalten.“

„Die Polizei?“

„Ja.“

„Oh Gott, oh Gott. Was man nicht alles mit Kindern erleben kann“, stöhnte sie.

„Der kann dir da auch nicht helfen, aber die blonde Politesse vielleicht, die dich neulich ermahnt hat und mit der du dich angefreundet hast.“

„Es war eine Polizistin, keine Politesse. Und sie hatte recht. Ich stand völlig blödsinnig in zweiter Reihe, darüber hinaus im Halteverbot.“

„Also ruf sie an“, sagte Nico Horstmann. „Schildere ihr die Situation, sie wird dann schon sagen, ob etwas geht oder nicht.“

„Ich kann sie doch nicht einfach anrufen.“

„Wieso nicht?“

„Sie hat gesagt, nur wenn mal etwas Wichtiges ist.“

„Das ist etwas Wichtiges, Friederike.“

„Meinst du wirklich? Ich weiß gar nicht mehr, wie sie mit dem Familiennamen hieß.“

„Typisch Frau“, maulte Nico Horstmann.

„Aber sie hat mir ein Kärtchen von sich gegeben.“ Sie ging hinaus in den Flur, wo ihre Tasche abgestellt war, und begann nun nach der Karte zu suchen.

„Da ist sie ja“, sagte sie, als sie zur Tür wieder herein kam. Sie schob die Karte ihren Lebensgefährten über den Tisch.

„Monika Landris, Polizeiobermeisterin“, las Horstmann laut. „Daneben steht eine Telefonnummer aus dem Festnetz. Das wird die Nummer bei der Polizei sein. Und darunter steht eine Handynummer. Da wirst du es jetzt versuchen.“

„Jetzt noch? Ich weiß nicht so recht.“

„Ja, jetzt noch!“

Friederike Rieck schüttelte unwillig den Kopf. Dennoch griff sie zum Telefon und wählte die Handynummer der Polizeiobermeisterin.

„Monika Landris, guten Tag.“

„Entschuldigen Sie bitte, dass ich Sie so spät störe. Hier ist Frau Rieck.“

„Frau Rieck?“

„Sie gaben mir vor zwei Tagen Ihre Visitenkarte, als ich in zweiter Reihe parkte."

„Ja, jetzt erinnere ich mich. Was kann ich denn für Sie tun?"

„Ich weiß gar nicht ob Sie das interessiert, mein Sohn und dessen Freund waren im Wald und haben mit einer Pistole geschossen, die der Freund auf dem Dachboden gefunden hat."

„Bitte warten Sie eine Sekunde." Friederike Rieck hörte, wie die Beamtin im Hintergrund ein Gespräch führte.

„Frau Rieck sagen Sie mir bitte, wo Sie wohnen."

„In Krienke, auf dem Lieper Winkel." Wieder hörte sie, dass im Hintergrund gesprochen wurde.

„Wie alt ist denn Ihr Sohn?" fragte Monika Landris.

„Sechzehn und der Freund siebzehn."

„Wir sind in zwanzig Minuten bei Ihnen. Sagen Sie mir bitte noch Ihre genaue Adresse." Friederike Rieck nannte Monika Landris ihre Adresse und legte auf.

„Was ist?" drängelte Nicole Horstmann.

„Sie kommen her."

„Sie?"

Die Frau hob die Schultern. „Sie sagte, wir sind in zwanzig Minuten bei Ihnen."

„Siehst du, Rieke, ich hab dir gleich gesagt, ruf da an."

Jörn Spielmann blieb wie angewurzelt stehen, als er den schwarzen Mercedes vor dem Haus seines Freundes Justus parken sah. Die beiden Menschen, die aus dem Wagen stiegen, sahen aus wie ein Ehepaar. Aber nichts hatte Justus ihm davon erzählt, dass sie am Abend Besuch bekommen sollten. Und Justus erzählte ihm alles, schon um ihn bei Laune zu halten.

Er wartete, um sicher zu sein, dass die Leute in dem Haus mit sich beschäftigt waren. Langsam, geradezu vorsichtig sich umblickend, schlich er an das Haus seines Freundes. Was er sah, beunruhigte ihn. Die beiden Neuankömmlinge saßen im Wohnzimmer und unterhielten sich allein mit Justus. Von Rieke Rieck und Nico Horstmann war nichts zu sehen. Erst als er an das nächste Fenster ging, sah er die beiden in der Küche sitzen und diskutieren. Es ärgerte ihn, dass er nicht hören konnte, was die sich zu sagen hatten. Langsam, wie eine schleichende Katze vor dem Sprung, entfernte er sich und ging nach Hause.

„Es war richtig, Justus, dass du deiner Mutter erzählt hast, dass ihr mit einer Pistole geschossen habt“, sagte Larsson einleitend. „Abgesehen davon, dass es Privatpersonen in Deutschland bei Strafe verboten ist, Waffen zu besitzen, hätte damit eine Menge passieren können. Stell dir nur vor, es hätte einen von euch getroffen. Gar nicht mal mit Absicht, aus Versehen. Gar nicht auszumalen, was das bei euren Eltern hinterlassen hätte.“

Larsson machte eine Pause und gab Monika Landris ein Zeichen, dass sie eine Frage stellen möge.

„Wie seid ihr eigentlich zu dieser Pistole gekommen?“ fragte die Polizeiobermeisterin.

„Wir haben den Dachboden des Hauses untersucht, in dem Jörn wohnt.“

„Hatte das einen bestimmten Grund?“ fuhr Larsson dazwischen.

„Wir sind doch immer auf der Suche nach etwas Neuem. Einmal hatten wir dort oben eine alte hölzerne Armbrust gefunden. Sie hatte zwei Pfeile, an dessen Spitze eine komische viereckige Eisenmarke befestigt war. Wenn man damit getroffen wurde, tat das ganz schön weh, ging aber nicht ins Fleisch.“

„Woher weißt du denn das?“ Monika Landris wollte wissen, ob die Jungen aufeinander geschossen haben.

„Zwischen Benz und Neppermin ist eine Anlage mit frei laufenden Schweinen. Dort haben wir das Ding ausprobiert. Björn hat eins der Schweine auf dem hinteren Schinken getroffen. Mann, hat das gequietscht, und gehumpelt ist es auch noch.“

„Wenn ich mich recht erinnere, ist die Anlage doch mit einem Zaun gesichert“, stellte Larsson fest.

„Deshalb war es auch sehr schwer, die zwei Pfeile wieder zurück zu bekommen. Genau gesagt, einer ist verlustig gegangen, weil wir erwischt worden sind, wie wir das Ding wieder rausholen wollten."

„Und da hat es Ärger gegeben", warf Monika Landris ein.

„Nicht wirklich", sagte Justus. „Wir sahen, wie der Mann mit dem Auto ankam, und sind sofort mit unseren Rädern abgehauen. Insofern hat es eben keinen Ärger gegeben."

„Mich wundert nur, dass euch niemand gefolgt ist", sagte Monika Landris.

„Ihr geht also hin und wieder auf den Dachboden des Hauses, in dem Jörn wohnt", wechselte Larsson das Thema.

„Ja."

„Da habt ihr zuerst die Armbrust gefunden?" fragte Lasse Larsson.

„Zwei."

„Zwei? Du hast gesagt ihr habt eine Armbrust gefunden mit zwei Pfeilen."

„Es war nur eine Armbrust brauchbar. Die zweite ist Schrott", sagte der Junge.

„Was habt ihr denn noch so gefunden?" bohrte Larsson nach.

„Die Walther PPK."

„Woher willst du wissen, dass es eine Walther PPK ist?"

„Als wir die Waffe fanden, haben wir natürlich nicht gewusst, was für ein Fabrikat das ist. Aber wir haben im Netz gegoogelt. Und da haben wir sie gefunden unter Wehrmachtpistolen Walther PPK. Da kommt eine ganze Liste, und wir brauchten nur noch die eingestanzte Nummer zu vergleichen, um das Herstellungsjahr herauszufinden. Sie ist aus dem Jahr 1937." Justus hatte sich wieder gefangen und war nun ganz unaufgeregt; vielmehr war er begierig zu zeigen, mit welchen Sachverstand sie der Sache auf den Grund gegangen waren.

„Ist das alles, was er gefunden hat?" fragte Larsson. Als Justus sichtbar herumdruckste, fasste er noch einmal nach: „War das alles? Denk genau nach, bevor du antwortest."

„Naja, wo wir die Pistole gefunden haben, gibt es eine Wandverkleidung, die wir aufgebrochen haben. Und dahinter fanden wir einen länglichen Holzkasten.“ Es trat eine Pause ein, die Larsson zuließ, um dem Jungen Gelegenheit zu geben, noch einmal nachzudenken.

„Eine länglichen Holzkasten.“ Es war mehr eine Feststellung Larssons als eine Frage, die den Jungen ermuntern sollte, weiterzureden.

„Als wir den Deckel schließlich öffneten, sahen wir vier längliche Dinger mit einem relativ dicken Kopf.“

„Und du weißt natürlich, worum es sich dabei handelt?“ Larsson wusste genau, dass diese Jungs neugierig genug waren, um herauszubekommen was sie gefunden hatten. Ihn selbst erschreckte das.

„Wir tippen auf die Panzerfaust 30, es war die erste rückstoßfreie Einwegwaffe zur Bekämpfung von Panzern und ein Vorläufer der besser bekannten deutschen Panzerfaust. Andere Bezeichnungen für die Waffe lauteten Faustpatrone 1, Faustpatrone klein, Faustpatrone 30 oder – später beim Nachfolger – Panzerfaust 30. Die 30 stand für die Reichweite in Metern. Dazu gab es Spitznamen wie Gretchen oder auch kleine Grete“, dozierte Justus mit einem Lächeln im Gesicht.

„Und das weißt du ganz genau?“

Das Lächeln des Jungen erstarb. „Jörn will das so. Und er legt großen Wert darauf, dass ich weiß, wovon ich spreche.“

„Das ist ja wie beim Militär“, warf Monika Landris ein.

Larsson registrierte, dass das Telefon klingelte. Wenig später kam Friederike Rieck in das Wohnzimmer. In der Hand hielt sie den Hörer des tragbaren Telefons. Mit der rechten Hand verdeckte sie das Mikrofon. „Jörn“, sagte sie leise.

„Kann man das laut stellen?“ fragte Larsson.

Die Frau nickte.

„Du achtest auf mich, Justus, ich nicke oder schüttle den Kopf. Ist das klar?“

Der Junge nickte.

Die Frau nahm die Hand vom Mikrofon des Hörers und sagte laut: „Justus, es ist Jörn für dich. Aber du gehst nicht mehr raus, Tante Inge würde es dir nicht verzeihen, wenn du abhauen würdest, wenn sie nur kurz hier ist."

Larsson lächelte die Frau an und nickte.

Der Junge nahm den Hörer. „Jörn, was gibt's denn?"

„Ich dachte, wir wollten, wenn es dunkel ist, die Dreißiger ausprobieren."

„Du hast doch gehört. Ich darf heute nicht mehr raus."

„Vielleicht ist es ja gar nicht deine Tante", sagte Jörn.

Justus sah, wie Larsson beruhigend nickte. „Was soll der Quatsch, Jörn?"

„Du weißt was ich mit dir mache, wenn du mich verrätst. Und wenn mir einer zu nahe kommt, dann lege ich ihn sowieso um."

„Ja, ich weiß das. Lass uns das auf morgen verschieben."

„Gut, dann bis morgen", sagte Jörn.

„Bis morgen. Bin gespannt, wie die Dinger losgehen." Justus unterbrach die Leitung.

Larsson ließ sich das Telefon geben und schaute die Frau an. „Darf ich kurz telefonieren?"

Friederike Rieck nickte und reichte ihm das Telefon. Larsson wählte die Nummer des Kriminal Dauerdienstes in Anklam. Er ließ sich mit dem Leiter verbinden, schilderte die Lage und bat darum, ein MEK zu schicken, um Jörn Spielmann festzunehmen. Er wies darauf hin, dass es günstig wäre zu warten, bis es dunkel wäre. Ihn selbst solle man über sein Handy benachrichtigen. Darüber hinaus bat er darum, dass die Anfahrt geräuschlos geschähe.

„Hat Ihnen Justus von der Befragung mit dem Zettel in der Schule erzählt?" Nico Horstmann stand im Eingang der Tür und mischte sich in das Gespräch ein.

„Justus?" fragte Larsson.

„In der Schule wurde die Kopie eines Zettels gezeigt, in der etwas in italienischer Sprache stand. Es wurde gefragt, ob jemand wüsste, welcher Schüler der italienischen Sprache mächtig sei."

„Ich weiß davon", sagte Larsson. „Was willst du damit sagen?"

„Jörn kann Italienisch. Er hat den Zettel geschrieben, und wir beide haben daraus ein kleines Schiffchen gefaltet."

Larsson war klar, dass die Suche nach dem Zettelschreiber und damit auch nach dem mutmaßlichen Brandstifter beendet sein würde. Nun müsste man sehen, ob die Brandstiftungen mit dem Verschwinden der jungen Mädchen und mit den aufgefundenen Toten im Zusammenhang stünden.

„Dein Freund ist der ein Jahr älter als du? Hat er eigentlich schon eine Freundin?" Larsson versuchte nun, über eine andere Schiene eine Bestätigung für seine Vermutung zu erhalten.

„Er hat es neulich mal versucht. Als wir mit einem Boot von Kaminke in Richtung Garz unterwegs waren, lagen unterhalb des Flughafens zwei Mädchen am Strand. Eine davon hat ihn brennend interessiert. Er meinte wir könnten uns die ansehen, aber wir haben eine Abfuhr erhalten."

„Unterhalb des Flughafens", sinniert der Larsson. Gleichzeitig ärgerte er sich, dass er keines der Bilder von Liisa Schröder bei sich hatte. „Wann wart ihr denn mit dem Boot dort unterwegs?"

Justus hob die Schultern und macht ein vielsagendes Gesicht. „Vor zwei, drei Wochen. Genau weiß ich das nicht mehr."

„Könnte es der 20. Juni gewesen sein?" fragte Larsson.

„Es war ein Sonntag."

„Ein Sonntag? Dann war es der 19. Juni."

„Das ist durchaus möglich", sagte der Junge.

Vielleicht liege ich jedoch falsch mit der Vermutung, Jörn Spielmann habe nichts mit den Mädchen zu tun, dachte Larsson. Sollte ich mich wirklich so täuschen?

„Aber du weißt schon, dass es einen Tag später bei den neuen Häusern oberhalb von der Stelle, wo ihr die Mädchen gesehen habt, gebrannt hat. Was habt ihr eigentlich dort gemacht?"

„Geangelt. Aber ja doch. Wir haben das abgebrannte Haus gesehen.“

„Wann genau habt ihr das abgebrannte Haus gesehen?“ fragte Larsson.

„Am Tag nach dem Brand.“

„Also am Dienstag, dem 21.? Kann das hinkommen?“

„Exakt“, sagte der Junge.

„Aber da habt ihr die beiden Mädchen, die ihr am Sonntag gesehen haben wollt, nicht gesehen. Oder?“

„An dem Haus, das gebrannt hat?“ fragte Justus.

„Ja.“

„Nein.“

„Und später? Hab ihr die Mädchen später noch einmal gesehen?“

Der Junge schüttelte den Kopf. „Nein.“

Friederike Rieck kam herein, fragte, ob sie einen Kaffee oder Tee anbieten könne. Larsson verneinte das.

„Du hast eingangs gesagt, du glaubst, dass Jörn den Zettel mit der italienischen Schrift geschrieben hätte“, sagte Larsson als Friederike Rieck den Raum wieder verlassen hatte.

„Ja.“

„Und dass ihr beide ein Schiffchen aus dem Zettel gefaltet habt.“

„Genau.“

„Weißt du noch, wann ihr den Zettel gefaltet habt? Habt ihr das Schiffchen gefaltet, bevor ihr mit dem Boot die Mädchen gesehen habt oder nach dem Brand des Hauses?“ Larsson schaute Justus fest an.

„Nach dem Brand“, sagte der Junge, ohne zu zögern. „Jörn hatte schon ein solches Schiffchen auf seinem Tisch stehen. Wir falteten ein zweites dazu.“

„Weißt du, Justus, was dein Freund mit den kleinen Schiffchen gemacht hat?“

„Natürlich. Er steckte sie ein, und als wir später ans Achterwasser fuhren, ließ er eines davon schwimmen.“

„Und das andere?“ fragte Larsson interessiert. „Was hat er mit dem zweiten gemacht?“

Der Junge hob die Schultern. „Das weiß ich nicht.“

Einen Augenblick dachte Larsson nach. Dann fragte er: „Was habt ihr eigentlich an dem Tag noch gemacht, nachdem ihr das Schiffchen habt schwimmen lassen?“

Der Junge dachte einen Augenblick nach. „Wir sind auf der Rückfahrt bei der Alten Fischräucherei eingekehrt, weil Jörn Hunger hatte.“

„Wo habt ihr gesessen?“

„Zuerst wollte er draußen sitzen. Weil er aber warm essen wollte und die Sonne so erbarmungslos schien, haben wir uns an einen Tisch im Innenraum gesetzt.“

„Eine letzte Frage“, sagte Larsson. „Wo ist das Zimmer deines Freundes in dem Haus?“

„Im ersten Stock, wenn man die Treppe hoch kommt, gleich das erste Zimmer rechts.“

„Weißt du auch, wo seine Mutter schläft?“

„Auch im ersten Stock, die zweite Tür links neben der Treppe.“

Kurz vor zwölf klingelte Larssons Handy. Das MEK war absprachegemäß bei der ersten Dunkelheit eingetroffen. Larsson verabschiedete sich von Friederike Rieck und Nico Horstmann. Justus war eine halbe Stunde zuvor ins Bett gegangen, damit er am nächsten Morgen rechtzeitig zur Schule gehen konnte.

Zusammen mit Monika Landris ging er hinaus und die wenigen Meter zum Haus der Spielmanns. Die Leute des MEK waren mit zwei Autos gekommen. Das Haus der Spielmanns lag im Dunkeln. Die beiden Häuser daneben ebenfalls. Nur in dem Haus, das sie gerade passiert hatten, brannte im oberen Stockwerk noch ein Licht. Kurz bevor er an die Fahrzeuge herantrat, ging die Tür des vorderen Fahrzeugs auf.

„Wir haben das Haus bereits gecheckt“, sagte der Einsatzleiter, Hauptkommissar Weber. „Es scheint alles zu schlafen.“

Larsson erklärte Weber, dass der junge Mann, den sie festnehmen wollten, sowohl über eine 9 mm Walther PPK verfügte, mit der er nicht nur zur Probe geschossen, sondern auch gedroht hatte, sie uneingeschränkt verwenden zu wollen, sondern dass er darüber hinaus aller Wahrscheinlichkeit über vier Panzerfäuste aus dem Zweiten Weltkrieg verfügte. Die Festnahme müsse also so schnell vonstattengehen, dass eine Gegenwehr gar nicht möglich sein würde.

Polizeihauptkommissar Weber instruierte seine Leute. Was dann geschah, überraschte sogar Larsson. Da aller Wahrscheinlichkeit nach der Schlüssel von innen der Haustür stecken würde, entschloss man sich zu einem gewaltsamen Vorgehen. Zu diesem Zweck hatten die Männer die Haustür überprüft und sich dafür entschieden, sie mittels eines Rammbocks zu öffnen.

Der Knall war entsetzlich laut. Im Nu waren die Männer im Haus und stürmten die Treppe hoch. Einer der Männer riss die Tür zu Jörns Zimmer auf und warf eine Blendgranate hinein. In Sekundenschnelle erfolgte die Festnahme. Zwei andere Männer klopfen an der Tür, die zum Schlafzimmer der Mutter führte und riefen: „Polizei, bitte bleiben Sie ruhig!"

Bereits zehn Minuten später befand sich Jörn Spielmann auf dem Wege zum Gewahrsam der Polizei in Anklam.

7. Kapitel

Als Lasse Larsson an diesem Freitag, dem 17. Juli, in sein Auto stieg, um nach Anklam zu fahren, war es bereits zehn Minuten nach acht. Dennoch begann für ihn dieser Arbeitstag besonders schön, als aus dem Lautsprecher seines Autoradios das Liebesduett aus dem ersten Akt der Oper Madame Butterfly erscholl. Wenn er nicht wüsste, dass Angela Gheorghiu und Roberto Alagna auch im echten Leben ein Paar waren, hier war die Intonation der Puccinischen Musik mehr als gelungen und deutete auf eine große Liebe hin.

Er war erst knapp über Benz hinausgekommen, als sein Handy klingelte. Ein Blick auf das Display zeigte ihm, dass es Schubert war. „Larsson?"

„Schubert hier, guten Morgen, Kollege. Das war ja eine Überraschung. Ich komme zum Dienst, und Sie haben einen jungen Mann gefangen, der offensichtlich der Feuerteufel ist. Ich könnte schon mit dem Verhör anfangen."

„Ich möchte, dass Sie damit warten. In dreißig Minuten bin ich in Anklam."

„Sie haben wohl kein Vertrauen zu mir. Auf mich können Sie sich doch verlassen."

„Ein arabisches Sprichwort sagt: Verlasse dich auf niemanden in dieser Welt, denn sogar dein Schatten verlässt dich im Dunkeln."

„Ich habe es verstanden. Sie können immer noch nicht verwinden, dass wir uns im Anfang nicht so gut miteinander verstanden haben", stellte Schubert fest.

„Tun wir das denn jetzt?" warf Larsson im leichten Plauderton ein.

„Sie sind verdammt nachtragend."

„Lassen Sie Jörn Spielmann um halb zehn in den Vernehmungsraum bringen. Dann können wir meinetwegen das Verhör zusammen machen.“ Noch bevor Schubert antworten konnte, unterbrach Larsson die Leitung.

Als Larsson in Anklam ankam, wartete schon seine gesamte Mannschaft auf ihn, einschließlich der Männer, die ihm zur Aufklärung des Falles zugeteilt waren.

„Es wird sich schon herumgesprochen haben, wir haben heute Nacht den jungen Mann festgenommen, welcher der mutmaßliche Brandstifter auf dem Lieper Winkel, in Zirchow und auch in einem Gartencafé an der Zinnowitzer Promenade ist. Deshalb werden der Kollege Schubert und ich im Anschluss an unsere Besprechung den Mann verhören.“ Larsson blickte Simons an. „Karl, hast du die Liste der Käufer der Häuser am Stettiner Hafen mitgebracht?“

Simons stand auf und legte die Liste vor Larsson auf den Tisch.

„Ich möchte, dass Sie, meine Herren, die Namen aufteilen und durch den Computer laufen lassen. Jeder dieser Namen, die auch nur den leisesten Verstoß gegen Gesetze der Bundesrepublik zu verzeichnen haben, wollen wir gesondert unter die Lupe nehmen. Dabei möchte ich besonderen Wert darauf gelegt haben, festzustellen, ob jemand in irgendeiner Art und Weise sexuell auffällig geworden ist. Es ist am besten, wenn diese Arbeit von Ihren Büros in Anklam aus gemacht werden, da wir in Heringsdorf nicht über die Möglichkeit verfügen, jedem einen Computer mit Zugang zum Polizeinetz zugänglich zu machen.“

„Aber das wird noch eine ganze Weile dauern“, warf Fiebig ein.

„Aber Kollege Fiebig. Alle Anklamer Kollegen dieser Sonderermittlungsgruppe kümmern sich um diese Ermittlung. Meine Leute aus Heringsdorf werden sich um die Verwandten des jungen Spielmann kümmern. Und du, Rolf, kümmerst dich bitte darum, was die Rechtsmedizin bezüglich des gefundenes Skeletts in Erfahrung gebracht hat.“

„Ich hatte doch noch einen Abgang eines Mädchens vor dem Verschwinden der Schulmädchen gefunden“, sagte Simons.

„Ich habe es nicht vergessen. Feststellen, Karl, wo das Mädchen abgängig war.“ Damit stand Larsson auf, nickte Schubert zu, und beide verließen den Raum.

Auf dem Weg zum Gebäude südlich der Hofeinfahrt der Polizeiinspektion Anklam, in dem auch eines der großen Vernehmungszimmer mit Trennwand und durchsichtigem Spiegel vorgehalten wurde, sagte Schubert: „Wissen Sie schon, dass Kriminaloberrat Kruse uns aus Gesundheitsgründen verlässt?“

„Das ist ja was ganz Neues. Und wer kommt dann?“

Schubert zuckte mit den Schultern. „Ich habe so etwas läuten hören, dass es ein Polizeioberrat aus Greifswald sein soll. Aber Genaues weiß ich noch nicht.“

Als sie den Vernehmungsraum betraten, saß Jörn Spielmann an einem Tisch. Neben der Tür war ein Polizeimeister postiert. Larsson grüßte, und die beiden Kommissare setzten sich auf die andere Seite des Tisches.

Larsson schaltete das Aufzeichnungsgerät ein und begann: „9:52 Uhr. Vernehmung von Jörn Spielmann. Anwesende Beamte sind die Hauptkommissare Schubert und Larsson.“ Larsson bemerkte, dass sich der Junge ins Gesicht fasste, über seine Haare strich und an seinem Ohrläppchen verweilte. Der Bursche ist sehr nervös, dachte er. Er wird uns gleich einen Haufen Lügen auftischen wollen.

Larsson nahm den italienisch geschriebenen Zettel in die Hand und fragte: „Der ist also von dir?“

Jörn Spielmann zuckte mit den Schultern, sagte aber nichts.

„Wo hast du denn Italienisch gelernt?“ fragte Larsson.

„Wo schon. Mein Vater ist Italiener.“

„Dann sprecht ihr zu Hause Italienisch?“

„Eher selten.“

„Selten?“ fragte Larsson. „Wieso selten?“

„Weil meine Eltern nicht zusammenleben.“ Der Junge lachte unnatürlich.

„Du lebst also mit deiner Mutter allein in Krienke?“

Der Junge verzog abschätzig den Mund. „Meine Mutter hat hin und wieder einen Freund.“

„Das soll vorkommen. Und dein Vater? Wo lebt dein Vater?“

„Früher in Salerno. Dann eine Zeit mit uns in Rostock.“

„Du heißt Spielmann? Hieß dein Vater auch Spielmann mit dem Familiennamen?“

„Er heißt Bonisolli ...“

„Oh, Bonisolli.“

„Was ist dagegen zu sagen?“ fragte der Junge.

„Was soll ich schon dagegen sagen? Bonisolli ist ein angesehener Name. Mir fällt da gleich einer ein, der heißt mit Vornamen Franco.“

„Sie meinen den Tenor?“

„Ja,, genau den.“

„Mein Vater ist es nicht. Mein Vater heißt Giuseppe. Aber er ist ein Cousin von Franco.“ Das ganze Gesicht des Jungen schien zu lachen, nur die Mundwinkel waren nach unten verzogen, was Larsson sicher machte, dass der Junge ihm eine Lüge aufgetischte.

Warum er in diesem Augenblick ausgerechnet an Chopins Marche funèbre dachte, wusste Larsson nicht. Aber es hing wohl nur damit zusammen, dass er sich nicht allzu gern von so einem Jungen aufs Kreuz legen ließ und versucht war, ihn vorzuführen. Und deshalb gemahnte er sich zur Ruhe, um ihn nicht unnötig zu erniedrigen.

„Was hat dein Vater eigentlich gearbeitet, als er in Rostock ansässig war?“

„Er war Hypnosiseur.“

„Hypnosiseur“, sagte Larsson langsam. „Gibt’s das Wort überhaupt?“

„Hypnose ist ein Werkzeug mit dem man einen angenehmen Zustand der Entspannung herstellt, die Trance. Dieser wundervolle Zustand der Entspannung bietet die Möglichkeit zu einer besonders guten Kommunikation mit dem Unbewussten“, sagte der Junge stolz. „Mein Vater hat das im Zirkus vorgeführt.“

„Ich dachte, das heißt Hypnositeur. Man kann immer noch dazulernen“, ließ Larsson lachend verlauten. „Ich denke, dein Vater lebte mit euch in Rostock?“

„Ja, hat er. Zeitweise, manchmal“, sagte der Junge schwammig. „Bis er nach Salerno zurückging.“

„Warum ging er zurück?“ fragte Larsson.

„Man verbot ihm, hier zu praktizieren.“

„Praktizieren?“

„Als Heilpraktiker.“

„Heilpraktiker? Da braucht man ein Zertifikat, das eine Prüfung durch die Gesundheitsbehörde voraussetzt.“

„Eben.“

„Und das hatte er?“

„Nein. Und deshalb ist er abgehauen, bevor man ihn an der Ausführung seines Berufs hindert.“

Larsson machte sich eine Notiz, den Hintergrund des Vaters durchleuchten zu lassen.

„Ich heiße Spielmann“, fuhr der Junge fort, „weil mein Vater meine Mutter nicht geheiratet hat. Meine Mutter hatte ihn zwar als Vater angegeben, aber er hat die Vaterschaft nie anerkannt.“

„Ist das Haus in Krienke Eigentum, oder wohnt ihr zur Miete?“ Larsson hatte absichtlich das Thema gewechselt, um zu sehen, wie der Junge darauf reagierte.

„Es ist eine Erbschaft von meiner Großmutter mütterlicherseits, die das Haus im Jahr 2003 erwarb, wenige Monate danach aber verstarb.“

„Dann hat deine Großmutter an dem Haus kaum etwas ändern können.“

„Sie hat nur den Putz von außen etwas ausbessern und die Außenfassade streichen lassen. Innen sah es noch so schlecht aus, wie der Vorgänger es bei seinem Tod verlassen hatte. Ein Freund meiner Mutter hat dann Zimmer für Zimmer renoviert.“

„Und der Boden?"

„Wurde dazu benutzt, die Wäsche aufzuhängen, um sie zu trocknen."

„Und Änderungen?" fragte Larsson. „Ich meine bauliche Veränderungen?"

„Fehlanzeige. Er hat nur den Boden entrümpelt, sauber gemacht, das war's."

Es war Zufall, aber wie auf Bestellung klingelte Larssons Handy und er kam nicht umhin, das Gespräch anzunehmen, als er sah, dass es Maier von der Spurensicherung war. „Paul?"

„Wir haben die gesamte Verkleidung des Bodens abgenommen. Außer den bereits gefundenen Gegenständen, der Pistole und den vier Panzerfäusten war nichts mehr zu finden. Auch die Staubablagerungen haben keine Spuren hinterlassen, dass weitere Gegenstände versteckt waren."

„Und die gefundenen Gegenstände selbst?"

„Die Staubablagerungen zeigen ganz deutlich, dass ein kleines Kästchen, das wahrscheinlich die Pistole beinhaltete, und ein großer Kasten, eben der der Panzerfäuste, hier gestanden hat. Und das wirklich über viele Jahre."

„Danke, Paul." Larsson unterbrach die Leitung, Und wandte sich dem Jungen wieder zu. Für ihn stand nun fest, dass Jörn Spielmann, zumindest was das Auffinden der Waffen anging, die Wahrheit gesagt hatte.

„In dem Haus, das du angezündet hast, befand sich ein Mädchen. Du hast sie beobachtet."

Aus dem Telefonat, das Larsson geführt hatte, leitete Jörn Spielmann ab, dass über ihn im Zusammenhang mit den Waffen gesprochen wurde. Umso mehr irritierte ihn jetzt diese Frage, die einen kompletten Themenwechsel beinhaltete.

„Du hast sie beobachtet", sagte Larsson fest.

„Ja."

„Und dennoch hast du das Haus angezündet."

„Ja."

„Hattest du nicht Angst, dass dem Mädchen etwas passieren könnte?“ fragte Larsson. Man geht nie unvorbereitet in solche Gespräche dachte er. Diesmal war er nicht ganz auf dem letzten Stand, weil er, noch während Fakten zusammengestellt und Berichte darüber geschrieben wurden, gearbeitet hatte und erst spät zu Hause war. Natürlich hätte er es noch gelesen, soweit es vorhanden war, wäre er nicht abberufen worden zu den Riecks mit der anschließenden Festnahme von Jörn Spielmann.

„Nein.“

„Wieso nicht?“

„Weil so ein Feuer laut knistert und ziemlich schnell Wärme abgibt, so dass sie rechtzeitig aus dem Haus konnte.“

„Du hast sie doch mitgenommen?“

Der Junge lachte. Diesmal hatte er nicht die Mundwinkel nach unten gezogen. Larsson spürte, dass es die Wahrheit war. „Es wurde schon langsam hell. Und ich habe gemacht, dass ich wegkam.“

„Wie bist du gerade darauf gekommen, dieses Haus anzuzünden?“

„Ich hatte einige Tage zuvor das Mädchen gesehen. Es hatte mir gefallen, und so habe ich herausbekommen, wo sie wohnte.“

„Warum hast du ihr nachspioniert? Es ist doch unsinnig zu wissen, wo ein Mädchen wohnt. Es sei denn, man ist verliebt.“

Der Junge zuckte mit den Schultern.

„Was heißt das?“

„Sie hat mir gefallen. Deshalb sind wir auch mit dem Boot unterhalb des Kliffs an Land gegangen.“

„Und da hat sie dich abblitzen lassen. Daraufhin hast du beschlossen, sie zu bestrafen.“

Der Junge hob die Schultern und sagte: „Wenn Sie das so sagen.“

„Kommen wir auf die anderen Häuser zurück, die auf dem Lieper Winkel gebrannt haben. Das ist eindeutig dein Werk.“

„Hab ich’s bestritten?“

„Du gibst es also zu."

„Ja."

„Warum hast du sie angezündet?"

„Weil es Häuser von Spekulanten waren. Und die haben hier nichts zu suchen."

Der Großteil der aufgeklärten Brandstiftungen dient dem Versicherungsbetrug, dachte Larsson, oder der Vertuschung anderer Straftaten wie Einbruch, Unterschlagung. Jedoch bleiben mehr als die Hälfte der Brandfälle unaufgeklärt. Eine politisch motivierte Gewalttat würde bei Spielmann ausscheiden, dachte Larsson weiter, denn darunter sind die Brandstiftungsfälle einzustufen, bei denen der Täter Druck auf die Öffentlichkeit auszuüben versucht, um eine Veränderung der bestehenden Verhältnisse im weitesten Sinn zu erreichen. Es kann sich dabei um politische, soziale, ethnische oder gar religiöse Beweggründe handeln, um Wirtschaftssabotage, Stimmungsmache, Arbeitskämpfe, Einschüchterung, Erpressung und Terror.

Dies aber war ein Junge, der irgendwo in seinem Leben zu kurz gekommen war. Alles deutete auf eine Verhaltensstörung hin, bei der das Verhalten des Brandstifters von den üblichen Normen des menschlichen Zusammenlebens abweicht. Spielmann zeigte Larssons Meinung sogar krankhafte Züge wie Rachsucht, krankhafter Neid, Hass, krankhafte Eifersucht, Geltungssucht, Zerstörungswut und auch Geltungssucht war bei dem Jungen sicher gegeben.

Schubert schob ihm einen Zettel mit einem einzigen Wort zu: Pyromanie?

Larsson antwortete schriftlich: Wahrscheinlich. Wir werden in jedem Fall einen Psychologen hinzuziehen.

Es besteht oft eine enge Beziehung des Täters zum Eigentümer oder Besitzer der beschädigten Sache, dachte Larsson. Aber der Junge hatte scheinbar wahllos gezündelt. Dafür wiederum sprach der Brand in Zirchow – oder doch nicht? Hierfür sprach seine Einlassung: Weil es Häuser von Spekulanten waren. Und die haben hier nichts zu suchen.

Dazu kommt, dass er zur Gruppe derer gehörte, die durch Brandlegung durch Feuerwehrangehörige beschrieben wird. Larsson erinnerte sich, dass es zu diesem Themenkomplex ein Forschungsprojekt am Lehrstuhl für Kriminologie, Kriminalpolitik und Polizeiwissenschaft an der Juristischen Fakultät der Ruhr-Universität Bochum gab. Er würde später Professor Dr. Thomas Feltes anrufen, mit dem er weitgehend befreundet war, und ihn dazu befragen. Aber er hatte in Erinnerung, dass im Bericht über dieses Projekt der Autor Frank D. Stolt davon ausging, dass es sich um ein in absoluten Zahlen ständig zunehmendes Problem handele, das Schäden in volkswirtschaftlich relevanter Größe verursache und durch die Berichterstattung der Massenmedien schon fast zu einem Alltagsphänomen geworden sei. Der Anteil von Feuerwehrleuten unter den Brandstiftern ist zwar noch umstritten. Aber laut Deutschem Feuerwehrverband sind nur 0,3 Promille aller Brandstiftungen auf Feuerwehrleute rückführbar.

Doch keine dieser Behauptungen lässt sich mit Zahlen untermauern, da in Deutschland über die sozialen Hintergründe von Brandstiftern keine Statistik geführt wird. Und in der Regel sind Brandstiftungen durch Feuerwehrangehörige keine politisch motivierten Gewalttaten. Vielmehr liegen die Motive im Bereich der Psyche. Sowohl das Erreichen eines Kicks bei Einsätzen als auch Sensationsdrang und der Drang nach sozialer Anerkennung können Auslöser für derartige Brandstiftungen sein. Besondere Risikofaktoren, die sich von denen anderer Straftaten unterscheiden, sind nicht belegbar. Wie bei allgemeinen Brandstiftungen finden sich auch hier die Masse an Brandstiftern unter der männlichen Bevölkerung bis fünfundzwanzig Jahre. All das traf auf Jörn Spielmann zu.

Mes sana in corpore sano, dachte Larsson, ein gesunder Geist in einem gesunden Körper. Bei dem Jungen vermutete er, dass hier etwas auf der Strecke geblieben war, doch dafür war ein Psychologe zuständig, nicht die Kripo, und schon gar nicht er selbst.

„Was hast du mit dem Mädchen gemacht? Hast du sie aus dem Haus geholt?"

„Ich habe Ihnen gesagt, dass ich mich aus dem Staub gemacht habe, weil es bereits hell wurde und ich nicht gesehen werden durfte. Und ich habe einen Zeugen, der mich gesehen hat."

„Wo hat er dich gesehen?"

„Auf der Straße in Richtung Neppermin, an der Abzweigung Morgenitz."

„Kannst du den Zeugen benennen?"

„Nein."

„Was soll ich dann mit deiner Aussage machen? Ist sie überhaupt glaubwürdig?"

„Es ist Ihre Sache, das nachzuprüfen", sagte der Junge.

Schubert schob Larsson wieder eine Nachricht zu: Es hat doch am 20. Juli diesen Verkehrsunfall gegeben, bei dem ein Mann in seinem Auto verbrannt ist. Es war an der L 265, die von der B 110 in Richtung Neppermin abgeht. Der Zeuge sah einen Radfahrer sich eiligst von dem brennenden Fahrzeug entfernen und in die Straße nach Mellenthin abbiegen. Er sagt die Wahrheit.

„Wir werden das prüfen." Larsson drehte sich dem Polizeimeister zu. „Bringen Sie den jungen Mann zur Mittagspause."

Die beiden Kommissare verließen den Raum, um zur Kantine zu gehen und selbst etwas zu essen.

„Also, Kollege Schubert, wer kommt für den Kriminaloberrat Kruse?"

Schubert zuckte wieder mit den Schultern. „Es ist ein Polizeioberrat aus Greifswald, der sich für den Posten hier beworben hatte."

„Kein Kriminalist?"

Schubert schüttelte den Kopf.

„Hätte er den Posten bekommen, wenn der dafür nicht geeignet wäre?" fragte Larsson.

Schubert hob die Schultern machte ein bedenkliches Gesicht.

„Man soll die Menschen nach ihren Leistungen beurteilen, nicht nach ihren Vorurteilen. Nur der Sonnenstrahl ist schneller als das Vorurteil“, sagte Larsson.

Sie waren an der Kantine angekommen. Vor ihnen in der Schlange der Essenausgabe standen die Kollegen Fiebig, Dieter Sorge und Meumann. Sorge hatte sich umgedreht und sah die beiden Kommissare. Er klopfte seinem Kollegen Fiebig auf die Schulter und machte ihn auf Larsson aufmerksam.

Fiebig kam die wenigen Meter auf Larsson zu. „Wir werden die Abgleiche heute nicht schaffen“, sagte er. „Aber wir vergleichen auch die Namen, die im örtlichen Melderegister für den Standort Zirchow angegeben sind, mit den Käufernamen und selbstverständlich bemühen wir uns auch um die Mieternamen der gesamten Häuser auf dem Kliff für die Zeit der Brände.“

Als Fiebig auf seinen Platz in der Schlange zurückgegangen war, fragte Larsson: „Also, Kollege Schubert, was ist das nun mit dem Polizeioberrat aus Greifswald?“

Schubert machte eine Geste, die besagte, dass er dieses Thema an diesem Ort nicht forcieren wollte. Wenig später waren sie in der Schlange so weit vorgerückt, dass sie ihr Essen fassen und sich einen Platz an einem der freien Tische suchen konnten.

Während Schubert begann, seinen marinierten Hering mit Bratkartoffeln zu essen und Larsson die Fruchtkaltschalen löffelte, kam Paul Maier und setzte sich an den noch freien Platz am Tisch.

Larsson schaute auf Maiers Teller. „Was hast du denn da?“

„Labskaus. Ich habe mir das Zimmer von diesem Jungen gründlich vorgenommen“, sagte Maier. „Er hat einen digitalen Sprachtrainer für Italienisch. Und wir haben einen Block gefunden, auf dem die Schrift durchgedrückt ist. Wenn wir Glück haben können wir damit beweisen, dass er der Schreiber des italienischen Briefes ist, der gefunden wurde."

„Er hat bereits ein Teilgeständnis abgelegt", sagte Larsson. „Kollege Schubert knöpft sich den Jungen im Anschluss noch mal vor."

Endlich hatte Simons die Adresse herausgefunden. Die Frau hieß Valerie von Blumenschein, war Sozialarbeiterin und wohnte jetzt in Trassenheide. Als er in den Kiefernweg einbog, sah er die hübschen Zweifamilienhäuser. In einem davon wohnte Valerie von Blumenschein. Vor dem Haus standen zwei Autos, ein schwarzer Lexus mit einem CD-Kennzeichen und ein gelbes Beetle Cabriolet von VW. Noch bevor er aus dem Wagen stieg, gab Simons die Nummer des gelben Kennzeichens mit schwarzer Schrift nach Anklam durch und bat darum, nachzusehen, was sich hinter dieser Nummer verbirgt. Dann stieg er aus und ging auf das Haus zu.

„Ja? Was kann ich für Sie tun?" Die Frau entpuppte sich als sympathische Blondine. Simons schätzte sie auf Mitte dreißig.

Simons zog seinen Dienstausweis. „Ich bin von der Kriminalpolizei in Anklam, Frau von Blumenschein. Ich hätte Sie gern einen Augenblick gesprochen."

„Welche Angelegenheit?"

„Sie gaben eine Vermisstenanzeige auf ..."

„Meine Tochter. Haben Sie etwas über Sigourney in Erfahrung gebracht?"

Als Simons zögerte, setzte die Frau nach: „Haben Sie Sigourney gefunden?"

„Können wir nicht ins Haus gehen?"

„Aber natürlich. Bitte kommen Sie herein." Valerie von Blumenschein führte Simons in das Wohnzimmer. Die Terrassentür war geöffnet. Er sah, wie draußen an einen Tisch ein südländisch aussehender Mann saß.

Valerie von Blumenschein ging zur Terrassentür und schloss sie. „Also? Was ist mit Sigourney?“

„Wir wissen es nicht. Genauer gesagt, noch wissen wir gar nichts. Und sie hat sich bei Ihnen auch nicht mehr gemeldet?“

Die Frau schüttelte den Kopf. Simons sah, dass sich ihre Augen mit Tränen füllten.

„Sie sollten sich setzen“, sagte Simons. „Wir haben in einem kleinen Waldstück ein Skelett gefunden, das sich derzeit in der Rechtsmedizin in Greifswald befindet. Wir wissen nicht, ob es zu Ihrer Tochter gehört oder nicht. Aber es gebietet die Sorgfalt, dass wir überprüfen, ob es zu Ihrer Tochter gehört.“

Die Frau schluchzte auf.

An der Balkontür erschien der südländisch aussehende Mann und drückte die nicht fest verschlossene Tür auf. „Was will der Mann von dir? Kann ich dir irgendwie helfen?“

Simons registrierte, dass er relativ gut Deutsch sprach.

„Nein danke, Adnan. Bitte warte draußen. Der Mann ist von der Polizei, und es geht um Sigourney.“

Der Mann ging wieder zu dem Tisch im Garten zurück.

„Ihre Tochter ist Anfang des Jahres verschwunden.“

„Am 29. Januar. Es war ein Samstag. Sie ging am Nachmittag nach einem Telefonat außer Haus und kam nicht wieder.“

Einen Augenblick dachte Simons daran, dass der Lexus aus Großbritannien kam. Das gelbe Schild mit der schwarzen Schrift und vor allem, dass der Wagen mit Rechtssteuerung war, zeugte davon.

„Wissen Sie, mit wem Ihre Tochter telefoniert hat?“ fragte Simons.

Die Frau schüttelte den Kopf. „Ich habe meine Tochter zur Selbstständigkeit erzogen, und ich habe ihr nicht nachspioniert.“

„Was für ein Verhältnis hatten Sie zu Ihrer Tochter? Ich meine, gab es Spannungen?“

„Natürlich gab es auch hin und wieder Spannungen", sagte die Frau. „In welcher Familie gibt es die nicht ab und zu einmal? Eines Tages weigerte sie sich, den Müll mit nach draußen zu nehmen. Also hat's Ärger gegeben. Oder sie räumte einmal ihr Zimmer nicht auf. Als Mutter musste ich natürlich darauf achten, dass sie zur Ordnung erzogen wurde."

„Ja, das kann ich natürlich verstehen. Das gibt es überall einmal. Aber ich meine, besondere Probleme? Die soll es ja geben, wenn Kinder in der Pubertät sind", sagte Simons nachdenklich.

„Da muss ich Sie enttäuschen. Wir hatten einen ganz guten Kontakt, ich würde sagen, einen normalen Kontakt."

„Waren Sie mit dem Mann schon zusammen, als Ihre Tochter verschwand?" Simons machte eine Kopfbewegung zum Garten hin.

„Glauben Sie nicht, dass diese Frage etwas zu weit ins Private geht?" Die Frau war nicht laut geworden, aber wie sie es sagte, zeigte sie deutlich ihren Unwillen.

„Entschuldigen Sie, Frau von Blumenschein, ich will durchaus nicht indiskret sein, aber wir müssen natürlich nach allen Seiten ermitteln."

„Adnan und ich kennen uns seit zwei Monaten."

Simons sah ein gerahmtes Foto, das die Mutter mit der Tochter zeigte. Es war hier im Garten aufgenommen und stellte im Hintergrund das Haus dar.

„Ich brauche etwas, um die DNA vergleichen lassen zu können."

„Sie wissen schon, Herr Kommissar, dass seit dem Verschwinden meiner Tochter ein halbes Jahr vergangen ist."

Simons überlegte, bevor er antwortete. „Es wird sicher irgendetwas geben, eine Fotografie vielleicht oder irgendein anderes Teil, das Ihre Tochter in der Hand hatte. Möglicherweise lässt sich da eine DNA separieren."

Die Frau stand auf. „Kommen Sie, Sie haben Glück. Sigourneys Zimmer ist, als hätte sie es gestern verlassen. Ich habe es lediglich jede Woche einmal gesaugt. Ansonsten ist alles geblieben, wie es war. Wozu brauchen Sie eine DNA?"

„Hatten Sie noch gehofft, dass Sigourney nach so langer Zeit zurückkommt?" fragte Simons, als sie das Zimmer erreicht hatten.

„In der ersten Zeit schon. Aber jetzt?" Sie ging bis zu dem Schreibtisch, nahm einen Zeitungsartikel hoch, der dort gelegen hatte. „Schauen Sie selbst, pro Jahr verschwinden in Deutschland rund 100.000 Kinder und Jugendliche. Die meisten von ihnen sind klassische Ausreißer, die nach zwei Tagen wieder zu Hause sind. Aber knapp 2.000 bleiben verschwunden."

„Ich arbeite zwar nicht in der Vermisstenstelle der Kriminalpolizei, aber mir sind diese Zahlen durchaus geläufig." Simons machte eine Pause, dann sagte er: „Wir haben die Reste einer Leiche gefunden. Es wird wahrscheinlich nicht Ihre Tochter sein, aber wir wollen sichergehen, dass sie es nicht ist."

„Meine Tochter gehörte zu den rund zweitausend, die nicht aufgefunden wurden", sagte die Frau, ohne auf Simons Einwand einzugehen.

Simons Augen blieben an einer Tasse hängen, in der Kugelschreiber und Bleistifte standen.

„Diese Stifte dort", er deutete auf die Tasse, „sind die alle ausschließlich von Ihrer Tochter benutzt worden?"

„Ja. Sie hatte die Angewohnheit, auf den Enden der Bleistifte herum zu kauen." Es war mehr eine Frage als eine Feststellung, aber Simons wusste, dass, wenn die Stifte tatsächlich nur von Sigourney benutzt worden waren, er gute Chancen hatte, dass eine DNA separiert werden könnte.

„Eine sehr dumme Angewohnheit war das. Ich habe mich immer bemüht, ihr das abzugewöhnen. Aber alle Versuche gingen ins Leere."

„Ich möchte diese Stifte mitnehmen. Und ich brauche auch noch ein Foto Ihrer Tochter."

Die Frau machte eine Handbewegung, die besagen sollte, dass er sich bedienen könne.

„Haben Sie zufällig so etwas wie einen Briefumschlag, wo ich die Stifte hineinpacken kann?“

Die Frau ging hinaus, um den gewünschten Briefumschlag zu holen. In der Zwischenzeit hatte Simons Zeit, sich noch einmal richtig umzusehen. Er hoffte auf ein Stück getragene Unterwäsche. Es war ihm schon klar, dass es nach so langer Zeit ein vergeblicher Wunsch sein würde.

Frau von Blumenschein kam zurück und gab Simons einen DIN A 4 Umschlag und ein Foto ihrer Tochter. „Ich hoffe, das war nun alles, was Sie wollen. Es reißt wieder Gräben auf.“

Simons tat die Frau leid. „Ja, ich weiß.“

„Manchmal wünschte ich, wenn sie denn tot wäre, dass man sie finden würde. Ich könnte sie dann beerdigen und hätte nicht mehr diese Albträume.“

„Hoffen wir, dass Ihre Tochter noch auftaucht“, sagte Simons. Er wusste genau, dass es eine Floskel war. Augenblicklich fiel ihm der Satz ‚Hoffnung ist oft ein vergiftetes Geschenk‘ ein, den Lasse Larsson hin und wieder zu gebrauchen pflegte.

„Und wenn man sie findet, was ist ihr in dieser Zeit alles geschehen? Würde sie es verkraften? Würde sie es überstehen? Oder würde sie ganz einfach daran zerbrechen?“

Simons zuckte die Schultern, sagte aber nichts.

Sie ging wieder zurück ins Wohnzimmer. Adnan äugte von draußen zu ihnen ins Zimmer. Simons spürte seinen Blick.

„Werden Sie mir mitteilen, was aus dem DNA-Vergleich herausgekommen ist?“ fragte die Frau.

„Selbstverständlich“, sagte Simons. „Wir sind jetzt fertig. Sie hören von mir. Versprochen.“

Die Frau brachte Simons zum Ausgang. „Ich danke Ihnen, dass Sie gekommen sind. Ich werde froh sein, wenn sich das Rätsel löst.“

Als auf der Straße sein Blick wieder auf den Lexus fiel, erinnerte er sich an seine Anfrage bezüglich des Kennzeichens. Er nahm sein Handy. Als er in seinem Wagen saß und die Verbindung hergestellt war, fragte er, ob man schon etwas herausbekommen hätte. Man sagte ihm, dass er beim Staatsschutz im Haus nachfragen solle. Dort bekäme er dann eine Antwort. Simons ließ sich gleich weiter verbinden.

„Sie haben sich nach einem Kennzeichen erkundigt", sagte der Kollege, der sich mit Heins gemeldet hatte. „Die Nummer 401D126 auf dem gelben Kennzeichen mit schwarzer Schrift gehört zu einem britischen Diplomaten Kfz-Kennzeichen für Libyen. Der Fahrer ist der Militärattaché Adnan Abu Salama."

Simons bedankte sich und wollte die Verbindung unterbrechen, aber Heins sagte: „Stopp, stopp, stopp! Wir wollen, dass Sie das absolut vertraulich behandeln. Die Bundesrepublik Deutschland möchte im Augenblick keine Differenzen zu Libyern in welcher Art auch immer."

„Aha", sagte Simons konsterniert.

„Haben wir uns verstanden?"

„Ich denke schon." Simons drückte die Verbindung weg und dachte augenblicklich an eine Meldung der Aachener Zeitung in der stand, dass der Freiburger Rüstungsgegner Jürgen Grässlin bei diesem Interview eine Strafanzeige ankündigte. „Ob nun Heckler & Koch diese Waffen direkt geliefert hat oder ob sie über einen Zwischenhändler dorthin gekommen sind – es ist so oder so illegaler Waffenhandel", hatte Grässlin der Aachener Zeitung gesagt. Adnan Abu Salama, Militärattaché der Lybier in Lonon? Was machte der hier in Deutschland? Möglicherweise hatte er etwas mit dem Einkauf der G36-Sturmgewehre von Heckler & Koch zu tun, den Grässlin anprangerte.

Der Sprecher der Kampagne ‚Aktion Aufschrei – Stoppt den Waffenhandel' würde im Jahr 2011 den Aachener Friedenspreis erhalten. Doch davon ahnte Simons zu der Zeit noch nichts.

Er erinnerte sich aber deshalb so genau daran, weil eine Gruppe von jungen, in der Friedensbewegung aktiven Leuten über diesen kürzlich erfolgten Waffenhandel diskutiert hatte und auch er zu den Leuten gehörte, der Lieferungen von deutschen Waffen in Spannungsgebiete verdammte. Aber er war

Beamter der Polizei und hatte deshalb seine Kritik für sich zu behalten.

Simons wählte Andresens Handynummer.

„Ja, klar, was gibt's?"

„Ich habe die Adresse der Mutter des Mädchens ausfindig gemacht, das Ende Januar spurlos verschwunden ist."

„Das ist schön für dich", sagte Andresen. Simons glaubte leisen Spott herauszuhören.

„Ich war bereits bei der Mutter. Sie wohnt in Trassenheide."

„Chapeau! Da hat Lasse aber schnell gehandelt", sagte Andresen.

„Wieso Lasse?"

„Du wirst kaum von selbst hingefahren sein."

„Würde ich dich nicht so genau kennen, Rolf, würde ich denken, du seist ein Arsch."

„Wieso?"

„Lasse saß in der Vernehmung mit Jörn Spielmann, als ich das rausgefunden hatte. Glaubst du wirklich, ich hätte ihn gestört?"

„Na dann, Chapeau für dich."

„Bist du noch in Greifswald?"

„Ja. Aber ich bin schon nicht mehr in der Rechtsmedizin. Warum interessiert dich das so?"

„Weil ich gewisse Gegenstände mitgebracht habe, aus denen sich wahrscheinlich die DNA des verschwundenen Mädchens bestimmen lässt", sagte Simons.

„Nun muss ich aber nicht gleich wieder den Zylinder lüften?" fragte Andresen.

„Es sind Bleistifte, die an den Enden abgekaut sind."

„Von dem Mädchen?"

„So sagte es die Mutter."

„Wo bist du jetzt?"

„Ich fahre gerade durch Bannemin. Noch eine knappe halbe Stunde, dann dürfte ich in Greifswald sein."

„So lange brauche ich für mein Mittagessen", sagte Andresen.

Simons schaute zur Uhr. „Also Viertel vor eins vor der Rechtsmedizin in der Kuhstraße 30."

„Einverstanden."

Simons war über die Brüggstraße gekommen und fand direkt neben der Marienkirche einen Parkplatz. Schräg gegenüber lag die Kuhstraße 30 mit ihrem langgestreckten, einem Bauernhaus ähnlichen gelben Gebäude mit der roten Ziegelbedeckung. Andresen stand davor und erwartete ihn.

„Bist du zu Fuß gegangen?" fragte Andresen kurz.

„Wieso?"

„Vierzig Minuten."

„Die Brücke war hochgeklappt, und ich musste acht Minuten warten."

Sie klingelten. Wie immer meldete sich die Sekretärin. Andresen nannte seinen Namen und sagte, dass sie für Frau Dr. Beckert noch etwas bringen würden. Kurze Zeit später wurde der Schlüssel im Schloss gedreht, und die Tür öffnete sich.

„Sie sind doch gerade erst gegangen", sagte die Frau und lächelte Andresen an.

„Manchmal ändert sich eben etwas in Minuten", sagte Andresen und zwinkerte ihr zu.

„Ich habe der Chefin gesagt, dass Sie noch etwas bringen. Sie hat auch etwas für Sie. Wie Sie sehen können, ändert sich bei uns ebenfalls etwas in Minuten." Sie führte die beiden Kommissare in das durch einen Übergang angeschlossene Nebenhaus, dort die Treppe hoch zum Büro der Rechtsmedizinerin.

„Kaum waren Sie gegangen, sind die DNA-Ergebnisse der beiden Untersuchungen eingegangen. Die im Usedomer See aufgefundenen Teile entsprechen dem mir überlassenen Vergleichsmaterial aus der Haarbürste von", sie schaute auf die Beschriftung der Unterlage, „Liisa Schröder-Holopainen. Das

Vergleichsmaterial aus der Tasche ist mit Chantal Koch identisch." Die Rechtsmediziner legte die Papiere sorgsam übereinander und in eine Zellophanhülle. „Und was haben Sie für mich noch mitgebracht?"

Simons reichte ihr das Briefkuvert mit den Stiften. „Das sind alles Stifte von einem Mädchen, das Ende Januar spurlos verschwunden ist. Sie hatte die Angewohnheit, auf den Bleistiftenden herumzukauen. Es ist zwar sechs Monate her, aber vielleicht lassen sich doch DNA-Spuren nachweisen."

„Schauen wir mal, ob es unserem Labor gelingt. Aber wir haben sicher eine gute Chance."

Die Rechtsmedizinerin übergab Andresen die Zellophanhülle mit den beiden Berichten zur DNA der verschwundenen Mädchen. „Na, dann wollen wir mal. Ich muss noch nach Stralsund zur Leichenschau."

In Rausgehen drehte sich Andresen noch einmal um. „Es könnte sein, dass die DNA an den Bleistiften mit der des aufgefundenen Skeletts übereinstimmt. Aber es ist nur eine Vermutung."

Kurz vor halb drei kamen die beiden Kommissare, jeder in seinem Wagen, in der Anklamer Polizeiinspektion an. Sie trafen auf Larsson, der im Anschlussraum hinter der Spiegelscheibe zum Verhörraum stand und die weitere Befragung Jörn Spielmanns durch Kriminalhauptkommissar Schubert verfolgte.

„Na, da seid ihr beide."

Andresen gab ihm die Zellophanhülle mit den Berichten. „Unsere Befürchtungen haben sich bestätigt. Sowohl Liisa Schröder-Holopainen als auch Chantal Koch sind ermordet worden."

„Ich habe es befürchtet", sagte Larsson. Er drehte den Lautsprecher ab, der das Gespräch hinter der Scheibe wiedergab.

„Und es wird mir immer mehr klar, dass dieser junge Mann dort zwar ein Pyromane, nicht aber ein Mörder ist."

Simons kam nicht umhin, an sein Gespräch mit Larsson zu denken, das er vor genau sechs Tagen, am 11. Juli, mit ihm über den Abgang der Mädchen geführt hatte. Simons hatte im Polizeicomputer gesucht und drei der Mädchen mit den Bränden in Verbindung bringen können. Larsson hingegen war sich nicht ganz sicher gewesen, ob die beiden verschiedenen Taten miteinander verknüpft werden können. Er hätte wetten können, dass Larsson dieses Mal nicht recht behalten würde.

„Du weißt schon, was du damit sagst, Lasse?" fragte Andresen.

„Wenn es nur einen Anhaltspunkt dafür gibt, dass die Zerstückelung der Leichen ähnlich erfolgte, suchen wir aller Wahrscheinlichkeit nach einen Massenmörder."

Simons wollte etwas einwenden, besann sich aber eines Besseren. Zu oft war er schon mit all seinen Einschätzungen, die im Gegensatz zu denen seines Chefs standen, auf die Nase gefallen.

„Ein Massenmörder auf Usedom?" Simons hätte sich ohrfeigen können, aber genau das war jetzt herausgerutscht.

„Ich sagte, wenn es einen Anhaltspunkt dafür gibt, dass die Leichen gleichermaßen zerstückelt worden, Karl", sagte Larsson.

„Konzentrieren wir uns auf den Sportwagen, den uns dieser Daniel Hartmann benannt hat. Er hat zwar eine sehr nebulöse Farbbeschreibung gegeben, aber immerhin hat er gesehen, dass es ein BMW Z4 war."

„Z3", verbesserte Simons.

Andresen sah Simons zweifelnd an.

„Karl hat recht. Ihr habt in dem Bericht geschrieben, dass es ein Z3 gewesen ist. Aber sicher ist nur, dass auch das nicht sicher ist. Denk an die Farbenblindheit des Mannes."

„Aber als Mann wird man doch den Typ eines Autos erkennen", warf Simons ein.

Larsson lachte. „Nicht jeder ist so autogeil wie du, Karl. Sagte er nicht, es sei ein kleines Auto, ein flaches Auto, vielleicht ein Sportwagen?“

Simons nickte.

„Vielleicht ein BMW, ein Z3 könnte es gewesen sein? Aber sicher bin ich da nicht“, fuhr Larsson fort. „Und es könnte rot, blau, silbern oder aber durchaus auch grün gewesen sein?“

„Ja.“

„Vielleicht. Und Vielleicht, Karl, ist kein Fakt.“

„Also suchen wir nicht nur nach einem BMW-Sportwagen, sondern nach einem Sportwagen überhaupt“, sagte Andresen.

Larsson drehte noch einmal den Lautsprecher auf, um zu hören was in der Vernehmung gesprochen wurde.

„Sie bleiben also dabei, dass Sie zwar die sieben Feuer gelegt haben, aber mit der Frau, außer dass Sie sie gesehen haben, nicht in Verbindung zu bringen sind?“ fragte Schubert

„So ist es fast richtig“, antwortete Jörn Spielmann.

„Wieso fast?“ fragte Schubert.

„Weil es acht Feuer sind. Sie haben die Entzündung in dem Zinnowitzer Gartencafé vergessen.“

Larsson schaltete den Lautsprecher endgültig ab. „Wir wissen nicht einmal, Rolf, ob es wirklich ein Sportwagen ist“, sagte er.

„Ich wollte gerade vorschlagen“, sagte Andresen, „bei den Hotels nachzufragen, welche der Gäste mit einem Sportwagen angereist ist. Dann ist es wohl auch hinfällig?“

Larsson dachte eine Sekunde nach. „Aus zwei Gründen, Rolf. Erstens, wenn der Täter durch Zufall erfährt, dass man einen Sportwagen und damit vielleicht ihn sucht, bleibt ihm Zeit zu verschwinden. Zweitens, wir wissen, dass es sich allenfalls um einen flachen Wagen handelt. Es kann ein Sportwagen sein. Es kann aber genauso gut eine flache Limousine sein.“

Larsson verließ den Raum. Simons und Andresen gingen hinter ihm her. Auf dem Gang begegneten sie zwei Frauen in Uniform, die eifrig im Gespräch vertieft waren. Eine der beiden hatte eine Akte in der Hand, die zweite gestikulierte wild mit den Händen. Sie ging aus dem Haus und über den Hof zurück zum Hauptgebäude. An der Ausfahrt zur Straße stand der T4 der Spurensicherung. Maier kam aus dem hinteren Eingang des Haupthauses, winkte den drei Kommissaren noch einmal zu und stieg in sein Dienstfahrzeug.

Simons gab zu bedenken, dass er noch nicht zu Mittag gegessen habe, und Larsson schickte beide in die Kantine, wo er sie in zehn Minuten treffen wollte, um ein weiteres Vorgehen zu besprechen. Im Flur trennten sie sich. Larsson fuhr hinauf in den zweiten Stock und ging zu dem Büro, in dem Kriminalkommissar Fiebig saß. Das Zimmer war relativ klein. Zwei Schreibtische vor dem Fenster. Links saß Fiebig, rechts Kriminalkommissar Renner. Eine Verbindungstür war angelehnt, gab nur einen Spalt frei. Larsson konnte die beiden anderen Mitglieder der Sonderkommission Dieter Sorge und Meumann sehen. Alle schienen an ihren Computern zu arbeiten.

Als die Tür aufging und Larsson hereinkam, hoben die beiden Kommissare den Kopf.

„Wir sind noch kräftig dabei“, sagte Kriminaloberkommissar Fiebig. „Und mein Kollege Renner gleicht schon die Besitzernamen mit dem Zentralcomputer ab. Bisher aber ohne nennenswertes Ergebnis.“

„Es gibt natürlich einige kleinere Vergehen von verschiedenen Besitzern“, warf Kriminalkommissar Renner ein. „Das sind bisher zwei in Flensburg eingetragene Verkehrsübertretungen und eine Bewährungsstrafe in einem Steuervergehen. Kein Sexualdelikt. Aber ich habe erst etwa die Hälfte der Hausbesitzer durchleuchtet.“

„Was mich beunruhigt“, sagte Larsson, „ist, dass uns die Zeit davonläuft. Das erste Mädchen ist Ende Januar verschwunden. Die anderen drei zwischen dem 20. Juni und dem 8. Juli.“

„Wir legen alle Untersuchungen, die wir bisher festgestellt haben, in dem Ordner Z3 ab, so dass Sie sich zu jeder Zeit informieren können, wie weit wir sind“, sagte Fiebig.

„Von dem vierten Mädchen wussten wir gar nichts", stellte Renner fest.

„Wir haben am Mittwoch ja die Tasche mit Leichenteilen gefunden und bei einer Nachsuche ein Skelett. Ob es sich bei diesen Skelett um das vierte Mädchen handelt, muss die Rechtsmedizin klären. Die Voraussetzungen dafür haben meine Kollegen heute Morgen geschaffen. Wir werden es in vierundzwanzig Stunden wissen."

Während er mit den beiden Männern sprach, überlegte Larsson parallel dazu, wie sie die Fahndung gegen einen imaginären vermutlichen Massenmörder ausweiten könnten. Die Insel hatte zwei befahrbare Zugänge, und beide waren durch eine Brücke gesichert. Die Insel war durch den Peenestrom, Achterwasser sowie durch das Stettiner Haff vom Festland getrennt. Die Brücken in Wolgast und in Zecherin bei Anklam ermöglichten die Überfahrt auf die Insel Usedom mit dem Pkw. Und da musste er ansetzen.

Als er wenig später auf dem Weg zur Einsatzleitung war, wurde er von Andresen angerufen. „Das sind ja lange zehn Minuten. Wenn ich noch einen Kaffee trinke, gibt es keine Nachtschlaf."

Larsson schaute zur Uhr. Inzwischen war es nach drei. Alle seine Leute hatten Überstunden, so wie er, und alle würden morgen, am Sonnabend, wieder pünktlich zum Dienst antreten. „Ich habe jetzt noch in der Einsatzleitung zu tun und werde dann auch nach Heringsdorf zurückfahren. Ihr könnt jetzt rausfahren. Alle bisherigen Untersuchungen bezüglich der Hauskäufer sind in dem Ordner Z3 zu finden. Wenn ihr noch Zeit übrig habt, könnt ihr nochmal reinschauen."

„Und du?" fragte Andresen.

„Ich komme spätestens in einer halben, Dreiviertelstunde auch nach. Monika kannst du sagen, dass sie auf mich warten möchte."

In der Einsatzleitung traf er Otmar Selge. Selge war absolut zuverlässig und ein ausgesprochener Fuchs, wenn es darum ging, etwas Ausgeklügeltes zu unternehmen.

„Guten Tag, Herr Hauptkommissar“, sagte Selge und kniff lächelnd ein Auge zu. „Ich glaube, es liegt mal wieder etwas an? Brauchen wir wieder mal ein SEK?“

„Ich brauche zwar deine Hilfe, Otmar, aber ich denke, vorerst wird es ohne Sondereinsatzkommando gehen.“

„Womit kann ich dir denn helfen?“

„Wir hatten doch schon diese Fahndung nach einem Sportwagen“, sagte Larsson.

„Das war erst vor zwei Tagen, Lasse. Glaubst du wirklich, ich sei schon so vertrottelt, dass ich das schon vergessen habe?“

Larsson lachte. „Sie war bisher erfolglos, und deshalb habe ich mir etwas überlegt. Mit deiner Hilfe könnten wir mit relativ niedrigem Einsatz die Insel sperren.“

Selge schien einen Augenblick nachzudenken. „Die Insel sperren. Das ist etwas ganz Neues. Wie stellst du dir das denn vor?“

„An der Kreuzung B110 und der Straße, die nach Zecherin führt, postiert die Polizei einen Wagen mit zwei Zivilbeamten, die den Verkehr beobachten. Auf der gegenüberliegenden Seite postierst du eine Abfangcrew. Passiert ein Sportwagen die Brücke in Richtung Anklam, wird er am Brückenhaus abgefangen.“

„Und wie lange soll ich das machen können?“ fragte Selge.

„Ich denke, wir werden das in zwei Tagen abschließen können. Das Gleiche brauchen wir natürlich an der B111 kurz vor der Brücke von der Insel nach Wolgast“, erklärte Larsson.

„Und wieso glaubst du, dass wir das in achtundvierzig Stunden beenden können?“

„Weil wir einen Zeitungsaufruf starten werden, in dem wir darauf hinweisen, dass wir im Zusammenhang mit einem Verkehrsunfall einen Sportwagen, Typ BMW Z3, dringend suchen.“

„Du weißt, dass ich das nicht ohne Anweisung von ganz oben machen kann“, gab Selge zu bedenken.

„Ich weiß. Ich will nur mal sehen, ob du überhaupt so viele Leute für so eine Sache zur Verfügung stellen kannst."

Selge grinste breit. „Wir können ja nicht viel hier in Anklam, aber das, was du forderst, ließe sich schon noch realisieren."

„Aber nur mit der Zustimmung und dem Segen von ganz oben."

„So ist es."

„Dann geh ich jetzt zum Chef, und der wiederum wird mit deinem Chef bekaspern, wie das zu veranstalten ist."

Mit ein paar Floskeln verabschiedete sich Larsson und machte sich auf dem Weg zu Kriminaloberrat Kruse. In dessen Sekretariat wurde er aufgehalten.

Beatrice Schäfer war neu. Mit der alten Sekretärin hatte sich Larsson gut verstanden, ob es die Neue auch für ihn so gut richten würde, müsste sich erst erweisen.

„Der Chef ist jetzt nicht zu sprechen", sagte die Sekretärin.

Larsson taxierte sie. Er schätzte sie auf Mitte dreißig. „Es ist aber unumgänglich. Ich brauche seine Hilfe nicht morgen, nicht übermorgen, sondern sofort in einer dringenden Fahndungsangelegenheit."

„Er ist in einem Gespräch mit seinem Nachfolger." Beatrice Schäfer hob die Schultern und machte ein ernstes Gesicht. Sie legte den Finger auf den Mund und stieß einen Zischlaut aus. „Sie haben das nicht von mir. Ist das klar?"

„Sonnenklar. Dennoch muss ich den Chef sprechen. Jetzt!"

Mit einem „Aber auf Ihre Verantwortung", ging die Frau zur Tür, die zum Heiligtum führte, und klopfte. Sie steckte vorsichtig den Kopf durch die Tür.

„Wir wollen noch nicht gestört werden", hörte Larsson Kruse sagen.

„Der Kriminalkommissar Lasse Larsson ist da. Er braucht unbedingt Ihre Hilfe für eine Fahndung."

„Er möchte bitte hereinkommen."

Larsson ging durch die Tür ins Chefbüro. An dem Tisch mit der Sitzgarnitur saßen die beiden Männer. Der Kriminaloberrat war in Zivil, der zweite Mann trug die Uniform, die ihn als Polizeioberrat auswies. Aha, dachte Larsson. So sieht also der Neue aus.

„Darf ich kurz vorstellen, mein Nachfolger, Polizeioberrat Müller – Kriminalhauptkommissar Lasse Larsson, der gerade in einer Mordermittlung steckt. Worum geht es?“

In Kurzform aber dennoch ausführlich genug, dass das Vorhaben Larssons bildlich dokumentiert war, berichtete er die Notwendigkeit der zeitlichen Absperrung zur Durchführung einer Personenwagenkontrolle, um dem vermutlichen Mörder habhaft zu werden.

Nachdem der Kriminaloberrat der Aktion grundsätzlich zugestimmt hatte, mischte sich der Polizeioberrat in das Gespräch ein. „Wenn ich ihn noch einen Tipp geben darf, würde ich Ihnen vorschlagen, einen Aufruf über den Norddeutschen Rundfunk zu machen. Ich könnte Ihnen eine Verbindung zum Vorpommern-Studio Greifswald machen.“

Noch bevor Larsson antworten konnte, sagte Kruse: „Das ist eine gute Idee.“

„Dann hätten sie das sowohl in den Zeitungen, so wie sie es vorgeschlagen haben“, sagte Müller, „und gleichzeitig im NDR. Wenn der Mann noch hier ist, wird er es auch hören oder lesen.“

Polizeioberrat, dachte Larsson. Ich weiß nicht einmal, ob Kruse daran gedacht hätte, es über den Rundfunk zu publizieren.

Müller schaute Kruse an. „Ich kann gleich von hier aus anrufen?“

Er nahm sein Handy und suchte die Nummern heraus. Dann ging er an den Schreibtisch Kruses und wählte übers Festnetz die Nummer ein. Wenig später hatte Larsson einen Termin beim Vorpommern-Studio Greifswald des NDR in der Knopfstraße 29.

8. Kapitel

Eine Dreiviertelstunde später traf er nahezu zeitgleich mit Monika vor dem Haus in Loddin ein.

„Du weißt schon, dass ich eigentlich mit meinem Pferd verabredet bin", sagte Monika Landris.

„Wir haben in letzter Zeit sehr wenig Zeit miteinander verbracht", gab Larsson zu bedenken. „Und es ergibt sich jetzt die Möglichkeit, dass wir gemeinsam nach Greifswald fahren."

„Greifswald?"

„Ich muss zum NDR-Studio, um einen Aufruf über das Fernsehen zu starten."

„Da muss ich aber nicht unbedingt mit hin, oder?"

„Wir könnten ja etwas unternehmen. Es wird nicht allzu lange dauern", warf Larsson ein.

Sie gingen ins Haus, und Larsson zog sich schnell ein frisches Hemd über. Er war zu verschwitzt von der Hitze des Tages, als dass es ihm Spaß gemacht hätte, so vor die Kamera zu treten.

Auch Monika machte sich etwas frisch. Es machte sich bezahlt, dass sie bei der Renovierung des Bades einen doppelten Waschtisch hatten montieren lassen.

Sie benutzten die Abkürzung auf der Straße Am Achterwasser, die sie durch das kleine Gewerbegebiet führte, um hinter Kölpinsee die B 111 zu erreichen.

Monika, die im Bad nicht ganz fertig geworden war, hatte den Spiegel hinter der Sonnenblende hervor geklappt und zog sich die Lippen nach.

Als er vor drei Jahren nach Anklam gekommen war, hatte er gehofft, einen ruhigen Job zu machen. Anders als bei der Arbeit bei der Mordkommission in Berlin dachte er eher daran, sich mit kleinen Dieben zu befassen. Er hatte es begrüßt, im Jahr 2002 auf die Insel versetzt worden zu sein. Doch mit der ersten Übernahme eines Mordfalles wegen der Überlastung der Mordkommission in Anklam war man immer wieder auf ihn zurückgekommen; wenn ungeklärte Todesfälle zu beklagen waren, war er schleichend zur stillen Reserve dieser Mordkommission geworden. Man hatte sich damit abgefunden, dass weitere Stellen für dieses Dezernat nicht zur Verfügung stehen würden und sah es nunmehr als selbstverständlich an, Larsson für diese Aufgaben einzubinden.

Obwohl es Freitagnachmittag war, lief der Verkehr auch in Richtung Wolgast relativ zäh, und Larsson musste sich beeilen, damit die für die Aufnahme notwendigen Leute des Senders ihre Arbeitszeit beendeten. Dennoch glitt der Benz ruhig auf der Straße dahin, passierte Koserow, Zempin und Zinnowitz. Auf der Straße kurz hinter Zinnowitz kam Bines Fischraststätte in Sicht.

„Siehst du das kleine Wäldchen?“ Larsson zeigte auf den kleinen Wald gegenüber der Fischraststätte. „Hier haben wir die Tasche mit den Leichenteilen und das Skelett gefunden.“

Monika Landris schaute auf das kleine Waldstück. Auf den ersten Blick, dachte sie, sieht so ein kleines Wäldchen ungefährlich aus. „Ich frage mich, wie man so dicht an der Straße ungesehen eine Leiche ablegen kann.“

„Das ist mir auch ein Rätsel. Die Betreiberin der Raststätte ist befragt worden. Sie sagte, bei ihr sei oft zu viel Betrieb, dass sie wirklich nicht jeden im Auge behalten kann.“

Auch jetzt war der Parkplatz vor der Fischraststätte wieder reichlich besetzt. Kurz bevor Larsson die Einfahrt zum Parkplatz passierte, bog von dort kommend ein Audi A4 ein und nahm ihn praktisch die Vorfahrt. Larsson fluchte.

„Wollen wir ihn stoppen?“ fragte Monika Landris.

„Ich hätte zwar gute Lust dazu, aber wir haben keine Zeit zu verlieren.“

Hinter dem A4 fuhren sie über die Brücke, die Usedom mit dem Festland verband, durchquerten die Stadt Wolgast und bogen wenig später auf die S26 ab. Kurz bevor sie in Greifswald einfuhren, kamen sie durch Eldena. Larsson erinnerte sich an die Vernehmung eines jungen Mörders in seinem ersten Fall, den er auf der Insel zu lösen hatte. Die Eltern des jungen Mannes hatten hier in Eldena ein sehr schönes Haus. Der Junge kam aus gutem Hause, und es war ein Eifersuchtsdrama, das das junge Mädchen das Leben kostete. Man hatte die Tat mehrere Jahre nicht aufklären können. Erst als ein Nachahmer mordete, der einem seiner Opfer die gleichen Merkmale verpasste, nämlich abgeschnittene Ohren, hatte Larsson den Fall als eine Art Beifang aufklären können.

„Woran denkst du?“ fragte Monika Landris.

„An einen Mordfall, der ein Jahr vor unserer Zeit lag.“

„Jetzt denkst du daran?“

„Weil der junge Mörder aus einem dieser gepflegten Häuser kam“, sagte Larsson. „Ich glaube, ich kann dir den Wunsch nach einem Bummel in der Stadt im Augenblick nicht erfüllen.“

„Das ist nichts Neues. Wann hältst du schon irgendwann einmal ein Versprechen ein?“

Larsson sagte nichts.

„Aber essen gehen, essen gehen wirst wir wohl noch mit mir. Oder?“

„Versprochen, ganz großes Ehrenwort.“

„Ins Olive?“

„Wenn du das willst“, sagte Larsson lapidar.

„Wie wäre es, wenn wir am Hafen einmal Fisch essen gehen würden?“

„Wenn es dich glücklich macht.“

Monika Landris hasste es, wenn Larsson so einsilbig war.

Sie waren den Außenring gefahren, und das Navigationsgerät zeigte an, dass sie ihr Ziel erreicht hatten. Direkt vom Ring ab lag ein großer Parkplatz, auf den Larsson den Wagen lenkte.

Sie hatten nur wenige Meter bis zu dem Gebäude, in dem das Vorpommernstudio Greifswald des Norddeutschen Rundfunks untergebracht war. Offensichtlich wurden sie schon erwartet, denn der Pförtner war keineswegs überrascht davon, dass sie praktisch nach Feierabend hier vorsprachen. Wenig später wurden sie von einer jungen Frau abgeholt, die sie in das Studio begleitete und Larsson erklärte, wie er sich in Position setzen sollte. Ein Mann bediente eine auf einem Drehgestell montierte Kamera. Ein zweiter Mann hielt ein Mikrofon etwas über dem Kopf Larssons.

Ein dritter Mann kam, offensichtlich der Aufnahmeleiter, und sagte: „Wenn ich sage ... Jetzt! ... Dann sagen Sie bitte den Text und schauen dabei völlig unverkrampft zur Kamera."

Larsson zog sich noch einmal das Sakko zurecht, dann kam auch schon die Stimme.

„Jetzt!"

„Wir haben einen Verkehrsunfall zu beklagen", sagte Larsson, „bei dem ein Sportwagen beteiligt sein soll. Wir bitten deshalb alle Bewohner, vor allem auch die Hoteliers und Vermieter von Pensionen und Ferienwohnungen, um die Benachrichtigung der Polizei, wenn Ihnen ein solches Fahrzeug aufgefallen oder gar bei ihnen abgestellt worden ist. Es handelt sich wahrscheinlich um einen BMW Z3 Sportwagen oder ein ähnliches aussehendes Fahrzeug. Ihre Nachricht nimmt jede Polizeidienststelle auf. Sie können sie aber auch jederzeit über die Notrufzentrale mit der Nummer 110 machen."

Erst nach der vierten Aufnahme war man zufrieden, und Larsson musste sich sagen lassen, dass es durchaus üblich sei, mehrere Aufnahmen zu machen, um dann die richtige herauszusuchen, oder, wenn es nötig sei, auch zusammenzuschneiden. Nach über einer Stunde wurden sie entlassen und verließen das Gebäude des NDR.

„Während du deinen Text abgespult hast", sagte Monika lächelnd, „habe ich über meinen Smartphone gecheckt, wo wir angemessen essen gehen können."

„Es hätte mich auch verwundert, wenn mein Mädel untätig gewartet hätte, bis ich fertig bin."

„Das Restaurant heißt Büttner's", sie hielt ihm das Smartphone unter die Nase und der konnte das Foto des Hauses sehen. „Es ist ein Feinschmeckerrestaurant und hat bei der Bewertung 4,8 von fünf möglichen Punkten bekommen."

„Dann werden die Preise auch entsprechend sein", maulte Larsson.

„Ich kann dich ja einladen." Monika grinste ihn unverschämt an.

„Soweit kommt das noch."

Sie hatten den Wagen auf dem Parkplatz erreicht. „Und wo liegt das wunderbare fast Fünf-Sterne-Restaurant?"

„Im Ortsteil Wieck."

„Da kenne ich nur die Fischerhütte", sagte Larsson. „Da war ich mal mit Frau Dr. Beckert zum Essen. Es war wirklich gut, und es liegt auch im Ortsteil Wieck."

„Gebratenes Steinbuttfilet mit Macadamianüssen und Wirsing", schwärmte Monica.

„Dreifünfzig", sagte Larsson.

„Nicht ganz, 28,50 ... Euro. Zanderfilet mit Salatherzen und Speckgnocchetti bekommst du für 16,50 oder für 17,00 Euro Saiblingsfilet mit Fenchel und Orange."

„Wollen wir nicht lieber in die Fischerhütte gehen?"

„Heute will ich es einmal aussuchen, Lasse Larsson", sagte Monika Landris. „Immer geht es nach deiner Pfeife, heut möchte ich einmal bestimmen, wo wir hingehen."

„Ich habe nur etwa sechzig Euro in der Tasche", gab Larsson zu bedenken.

„Ich habe auch etwas Geld mit. Haben wir ein Gemeinschaftskonto?"

„Noch nicht", sagte Larsson und lächelte spitzbübisch.

„Dann wird es Zeit."

„Nach der Eheschließung, Schatz", sagte er.

„Eben, darüber will ich noch einmal mit dir sprechen."

Larsson startete den Benz. „Hast du die Fahrtroute auf deinem Smartphone?" versuchte er abzulenken.

Während Monika die Route mit ihrem Smartphone berechnete, ließ Larsson den Wagen anziehen und fuhr zur Ausgang des Parkplatzes. „Rechts oder links?“

„Moment ... links rum. Am Ende der Straße rechts, dann über die Brücke und erst einmal geradeaus.“

„Wie weit ist es?“

„Siebeneinhalb Kilometer“, sagte Monika. „Nach der Abbiegung knapp fünfhundert Meter, dann rechts herum.“

Sie bekamen einen Platz an einem Vierertisch, den sie nicht für sich alleine hatten.

Monika Landris bestellte für sich gebratenes Steinbuttfilet mit Macadamianüssen und Wirsing.

„Und du?“ Sie schaute Larsson herausfordernd an.

Er hob die Schulter. „Steinbutt ist ein sehr edler Fisch ... Ich nehme das Zanderfilet.“

Eigentlich hatte Monika Landris fest vorgehabt, mit Larsson noch einmal über ihre Beziehung zu sprechen. Nun saßen fremde Leute am Tisch, und es ließ sich kein Gespräch in diese Richtung führen.

„Zander? Ist das dein letztes Wort?“

„Was hast du gegen Zander?“ fragte Larsson.

Monika Landris gab die Bestellung so weiter, erweiterte sie nur um Getränke, für sich ein Glas Weißwein, für Larsson einen Sprudel. Die Bedienung rauschte ab, um die Wünsche der Gäste zu erfüllen.

Kurz nachdem ihr Essen gekommen war, zahlten die Gäste, die mit ihnen am Tisch saßen, und verabschiedeten sich.

„Ich weiß genau, dass du den Steinbutt gern gegessen hättest“, sagte Monika Landris, als sie allein waren. „So wie du jetzt reagiert hast, machen es eigentlich nur trotzige Kinder.“

Larsson ärgerte sich über die Kritik. „Ich habe Steinbutt nicht bestellt, weil ich die Macadamianüsse nicht für so wertvoll halte, dass ich dafür 28,50 bezahlen will.“

„Und ich wollte eigentlich heute etwas ganz Besonderes, weil ich der Meinung bin, dass wir aufgrund des immensen

Aufwandes viel zu wenig Zeit für uns zur Verfügung hatten. Ich meine damit nicht die zwei, drei Stunden am Tag, die uns geblieben sind. Ich denke daran, dass ich dich schlafend vorfand, wenn du tatsächlich einmal eher nach Hause kamst als ich. Und deshalb hatte ich mir auf der Fahrt hierher vorgenommen, etwas Besonderes mit dir zu unternehmen."

Larsson wusste, dass sie recht hatte. Er liebte ihre Stimme immer dann, wenn sie so sanft klang wie eben. „Es ist für mich etwas Besonderes, auch wenn ich Zander esse."

Sie bestellte sich ein zweites Glas Wein. „Was ich vermeiden will, Lasse, ist einfach die Tatsache, eine ewige Verlobte zu sein."

Er wollte sie unterbrechen, aber mit einer Handbewegung schnitt sie ihm das Wort ab.

„Der Heiratsantrag von dir liegt ein Jahr zurück. Zu einer Familie gehören Kinder. Jedenfalls für mich. Und ich glaube dich so weit zu kennen, um zu wissen, dass du genau davor Angst hast."

Noch bevor er antworten konnte, wurde ein älteres Ehepaar an ihren Tisch platziert und ersparte Larsson, auf die Feststellung Monikas zu antworten. Das Essen kam – und sie aßen schweigend.

Larsson dachte, dass es doch nicht so schlau gewesen war, Monika mit nach Greifswald geschleppt zu haben. Möglicherweise hätte er sich da eine solche Diskussion erspart.

Monika wiederum dachte daran, wie sie ihn dazu brächte, sich endgültig festzulegen. Und sie hatte auch schon einen Plan. Nun waren diese älteren Leute dazwischengekommen, aber Lasse sollte ja nicht im Traum daran denken, dass er sich weiterhin aus der Affäre ziehen könnte.

Die Rückfahrt nach Loddin verlief sehr ruhig. Larsson war mehr mit seinen Gedanken mehr mit der Aufklärung des Falles der getöteten Mädchen beschäftigt, als mit dem, was Monika gern gehabt hätte. Und sie wiederum wollte ihn nicht nerven.

Aber ihre Stunde kam während der Nacht. Larsson hatte begriffen, dass er hier zumindest Hoffnung geben müsse, wollte er sie nicht verlieren.

„Ich hatte dir versprochen, dass wir eine Reise zum Geburtsort meines Vaters machen werden. Das werde ich damit verbinden, mein Eheversprechen einzulösen“, sagte Larsson zwischen zwei Küssen. Dann umfing sie die Glückseligkeit der Nacht.

9. Kapitel

Am Sonnabend, dem 18. Juli, trafen sich Larsson und Simons in der Kriminalaußenstelle in Heringsdorf. Da Simons vor seinem Chef da war, hatte er sich schon mit den Daten befasst, die die Anklamer Kollegen am Vortag ermittelt und in den virtuellen Aktenordner eingestellt hatten.

„Es gibt eine Auffälligkeit", sagte Simons, als Larsson bei ihm reinschaute. „Eines der Häuser hat einen Besitzer namens Elfriede Maybach. In der Datei für Sexualstraftäter ist ein Walter Maybach erfasst. Er ist erst im Oktober letzten Jahren entlassen worden. Hatte viereinhalb Jahre wegen eines Sexualdelikts."

„Überprüfe, ob da ein Verwandtschaftsverhältnis besteht."

„Das werden wir wohl erst am Montag in Erfahrung bringen", widersprach Simons.

„Mach eine Fahrzeughalteranfrage, ob auf einen der beiden Namen ein Fahrzeug zugelassen ist. Und wenn ja, was für ein für ein Fahrzeugtyp."

„Das ist bereits unterwegs", sagte Simons.

„Hast du schon eine Telefonnummer der Elfriede Maybach?" fragte Larsson.

Simons ärgerte sich darüber, dass Larsson ihn darauf aufmerksam machen musste. Er hatte schon kurz daran gedacht, die Telefonnummer über die Auskunft zu erfragen, war aber dann von diesem Gedanken abgelenkt worden. Dennoch dachte er: Einmal möchte ich ohne Anstoß meines Chefs das Richtige machen. Er fragte sich, warum er seinen ursprünglichen Gedanken nicht ausgeführt hatte. „Noch nicht, aber ich arbeite daran."

„Gut, Karl, wir werden gleich zusammen noch einmal schauen, was wir in den nächsten vierundzwanzig Stunden machen können, um wenigstens das eine Mädchen doch noch zu finden."

Während Simons über die Auskunft versuchte, die Telefonnummer und Adresse der Frau Maybach herauszubekommen, ging Larsson noch einmal in sein Büro. Er fuhr seinen Computer hoch und rief das Piktogramm auf, das er für diesen Fall angelegt hatte. Die Figur des Jörn Spielmann kreiste er ein und schob sie an die Seite, so dass sie nicht mehr unmittelbar den Blick auf sich zog. Für Larsson war der Fall Spielmann geklärt und würde nun von Schubert zu Ende bearbeitet werden. Stattdessen zog er eine neue Figur in den Kreis, die er rot und mit den Anfangsbuchstaben des Walter Maybach, also WM kennzeichnete. Es war ein stilisiertes Männchen mit einer Sense, die den Tod symbolisierte. Für jedes der Mädchen setzte er eine Figur mit den Anfangsbuchstaben der jeweiligen Mädchen ein. Dann fing er an für das Anfang des Jahres verschwundene Mädchen sowohl das Datum ihres Verschwindens, die Anfangsbuchstaben ihres Namens Sigourney von Blumenschein, also SvB und dahinter ein Kreuz, als Zeichen ihres Todes, zu setzen. Das gleiche tat er für Liisa Schröder-Holopainen und Chantal Koch. Hinter die Figur der Pauline Bach setzte er ein Fragezeichen. Sie war die Einzige, die noch zu retten wäre, würde man sie rechtzeitig finden.

Noch während Larsson darüber nachdachte, klopfte Simons an seine Tür und steckte den Kopf herein. „Ich habe die Telefonnummer! Möchtest du selbst mit der Frau sprechen oder soll ich das übernehmen?“

Larsson winkte ihn herein, und Simons legte den Zettel mit der Telefonnummer auf Larssons Schreibtisch.

„Elfriede Maybach“, meldete sich eine Stimme, die Larsson auf jenseits der sechzig einstufte. Er stellte sich vor und sagte: „Ich habe eine Frage, Frau Maybach. Haben Sie ein Auto auf Ihren Namen zugelassen?“

„Zwei, aber warum wollen Sie denn das wissen?“

„Wir suchen einen Sportwagen, der eventuell in einen kleinen Verkehrsunfall verwickelt ist. Einen BMW Z3 möglicherweise.“

„Ich habe keinen BMW", sagte die Frau. „Auf mich ist eine Jaguar-Limousine zugelassen und ein Mazda."

„Ein Mazda Sport?"

„Ja."

„In welcher Farbe, bitte?"

„Ein dunkles Rot, eine Sonderfarbe, metallic. Aber der Wagen befindet sich zurzeit nicht in München. Also kann er auch nicht an einem Verkehrsunfall beteiligt sein."

„Haben Sie die Zulassungsnummer dieses Wagens zur Hand?" fragte Larsson lapidar.

„M wie München, dann die Anfangsbuchstaben meiner beiden Vornamen – wie E für Elfriede und M für Maria – und dann eins, null, zwo."

„Wir reden auch nicht davon, dass der Unfall in München stattgefunden hat", sagte Larsson. „Sie haben noch ein Haus auf Usedom?"

„Ja."

„Haben Sie es derzeit vermietet?"

„Ich habe Ihren Namen nicht richtig verstanden." Jetzt klang die Frau gereizt.

„Ich bin Kriminalhauptkommissar Lasse Larsson."

„Nun muss ich wohl meinen Anwalt einschalten?" fragte die Frau genervt.

„Warum wollen Sie das tun? Ich brauche doch nur ein paar Auskünfte von Ihnen. Wenn Sie aber glauben, mir die nicht geben zu wollen, dann kann ich gern die zuständige Fachdienststelle der Kriminalpolizei in München einschalten. Von meiner Seite aus wäre das aber nicht unbedingt nötig." Er versuchte, seiner Stimme einen beruhigenden Klang zu geben.

„Ich vermiete mein Usedomer Haus nicht. Wenn Freunde von mir es nutzen wollen, dann können sie das, wenn ich nicht selbst ein paar Wochen dort verbringen will."

„Und wer ist derzeit in Ihrem Haus?"

„Ich hatte zum Jahreswechsel mit meinem Neffen einige Tage dort verbracht. Normalerweise fahre ich im Winter freilich nach Gstaad. Aber dieses Mal wollte ich die Reizluft der See genießen. Mein Neffe hat mich mit dem Jaguar nach München zurückgebracht und ist dann mit meinem kleinen Wagen wieder zurückgefahren. Er will dort in Ruhe an seiner Doktorarbeit schreiben. Er besucht Vorlesungen an der Ernst-Moritz-Arndt-Universität in Greifswald."

„Um in Ruhe an einer Doktorarbeit zu schreiben, ist ein solches Haus an diesem wunderschönen Ort der richtige Platz", lobte Larsson „Was studiert Ihr Neffe denn, wenn man fragen darf?"

„Philosophie", sagte Elfriede Maria Maybach gedehnt und voller Stolz.

Larsson lobte diese Wahl. Dann verabschiedete er sich.

„Wir haben es mit einem eiskalt planenden Täter zu tun", sagte Larsson zu Simons, nachdem er sich für die Auskunft bei der Frau Maybach bedankt und den Hörer aufgelegt hatte. „Er bevorzugt einen bestimmten Opfertyp. Hast du mal die Mädchen verglichen? Abgesehen davon, dass sie allesamt Schulmädchen sind, haben sie auch eine gewisse Ähnlichkeit im Aussehen."

Simons nickte. „Brünette. Er mag scheinbar besonders braunhaarige Mädels."

„Bei einer Spontantat gibt es kaum bis keine Konversationen zwischen Mörder und Opfer", fuhr Larsson fort. „Maybach aber hat seine Opfer eingeladen, hat mit ihnen eine Zeit verbracht, sie sexuell abhängig gemacht. Und was das Wichtigste ist, zumindest wissen wir das bei Chantal Koch, er hatte ihr eine gewisse Geborgenheit gegeben. Das war immerhin etwas, was das Mädchen aller Wahrscheinlichkeit nach zu Hause nicht gefunden hatte. Wie es dann eskalierte, wissen wir noch nicht endgültig. Aber wir können sehr gut das Puzzle zusammensetzen aus dem, was sie geschrieben hat. Sie hat ihm Vorhaltungen gemacht, und das war wahrscheinlich ihr Todesurteil. Jedenfalls zu diesem Zeitpunkt. Wenn ich mich recht erinnere, hattest du aus ihrem Tagebuch vorgelesen, ‚Ich schrieb ihn daraufhin an, und leider wurde ich auch etwas ausfallend, weil ich schon sehr sauer war.‘ Du kannst mich gern verbessern, Karl, wenn ich etwas falsch zitiere.“

„Nein, nein“, warf Simons ein, „es waren genau die Worte, die ich gelesen habe.“ Und er ergänzte: „Sie schrieb weiter: ‚Dann sagte er mir, ich brauche nichts zu tun, was ich nicht möchte, nur um ihm zu beweisen, dass ich ihn mag. Aber vielleicht möchte ich etwas tun, was ihm Spaß bringt und ihn an mich bindet.‘“

„Und deshalb hat sie alles getan, was er forderte. Denn er antwortete ihr so, dass es klang als sei eine Beziehung mit ihr nicht ausgeschlossen.“

„Und sie hatte Angst, ihn zu bedrängen, weil sie wusste, dass wenn sie nicht schnell genug wäre, Pauline die Siegerin in diesem Kampf ums vermeintliche Glück sein würde“, sagte Simons.

„Mit einem Wort, Karl, er machte seine Opfer gefügig, indem er redete, und schließlich beherrschte er sie. Es sollte mich nicht wundern, wenn wir am Tatort Spuren finden, in denen wir lesen können, dass sich Chantal völlig unterworfen hat. In der Regel läuft das so ab, dass der Täter sein Opfer fesselt, und vor der Tötung aggressive Handlungen vornimmt. Dann versteckt er die Leiche. Vielleicht vergräbt er sie auch, wenn er die Zeit dafür findet.“

„Die Verstecke waren aber sehr unterschiedlich“, warf Simons ein. „Die erste Leiche fanden wir im Usedomer See. Die Tasche mit den Leichenteilen und das Skelett in dem kleinen Wäldchen.“

„Bei einem spontanen Mord“, sagte Larsson, „wird die Leiche offen dargestellt. Das bestätigt meine Vermutung, dass Maybach ein planender Täter ist. Und dass die Fakten, die wir haben, leider den Schluss zulassen, dass wir es bei Maybach mit einem Massenmörder zu tun haben.“

„Und nun?“ fragte Simons. „Wie wollen wir jetzt weiter verfahren?“

„Wir machen am Montag eine Anfrage an die Greifswalder Universität, ob Walter Maybach dort eingeschrieben ist, bei welcher Fakultät, und ob er regelmäßig die Vorlesungen besucht."

Simons schrieb sich das auf. „Und was ist mit dem Haus in Zirchow?"

„Natürlich werden wir das auch auseinandernehmen. Aber vorher müssen wir erst mal sehen, ob Maybach da ist. Wenn er da ist, brauchen wir ein SEK, denn möglicherweise ist er bewaffnet. In jedem Fall ist ein solcher Mann sehr gefährlich, wenn er in die Enge getrieben wird. Wenn er nicht da ist, können wir das Haus nicht einfach stürmen. Wir müssen dann die Zufahrten so abriegeln, dass er keinen Verdacht schöpft. Gib eine Fahndung nach dem Wagen aus. Und ich brauche das komplette Dossier, das über Walter Maybach bezüglich seiner Verurteilung gespeichert ist." Larsson schrieb die Nummer für Simons auf einen Zettel. „Mach es sofort, Mazda dunkelrot-metallic. Wenn du dann so weit bist, fahren wir nach Zirchow."

Simons ging hinüber ins Büro der Kommissare, um den Mazda in die Fahndung zu geben.

Larsson kehrte zu seinem Diagramm zurück. Um das Fragezeichen hinter dem Namen Pauline Bachs machte er einen roten Kreis. Er suchte die Telefonnummer der Eltern der Pauline Bach in Ulrichshorst und wählte die Nummer.

„Wolfgang Bach, guten Tag."

„Lasse Larsson, guten Tag Herr Bach, ich bin der leitende Kriminalhauptkommissar, der sich um die verschwundenen Mädchen kümmert. Ich habe nur eine Frage – hat sich Pauline schon bei Ihnen gemeldet?"

„Nein. Leider nicht. Aber können Sie mir sagen, was die Polizei tut, um meine Tochter zu finden?"

„Wir prüfen derzeit, welche gleichen Kontakte die verschwundenen Mädchen zu Freunden hatten. Dabei sind wir auf einen Mann gestoßen, der, soweit wir wissen, sowohl mit Chantal Koch Kontakt hatte als auch mit Ihrer Tochter. Aber ich denke, da werde ich Ihnen wohl nichts Neues erzählen. Ihre Frau sagte schon, dass es da eine gewisse Parallelität gäbe."

„Da gab es wohl am letzten Wochenende eine Diskussion. Beide Mädchen waren in irgendeinen Jungen verknallt. Aber mehr kann ich tatsächlich nicht sagen, denn aus Pauline war beim besten Willen nichts herauszubekommen."

„Nur dass es kein Junge war, sondern ein erwachsener Mann. Davon hat Ihnen Ihre Tochter wahrscheinlich nichts gesagt", sagte Larsson.

„Sie kennen den Namen?" fragte Bach aufgeregt.

„Ja."

„Dann können Sie mir seinen Namen geben. Ich würde mich gern mit dem Knaben unterhalten."

„Bedaure", sagte Larsson lapidar, „es ist eine laufende Ermittlung, da sind mir die Hände gebunden."

„Aber das ist doch unglaublich!" schrie der Mann ins Telefon.

„Ich kann Ihre Aufregung verstehen, Herr Bach, aber im Interesse der Ermittlungen müssen Sie sich schon noch eine Weile gedulden." Larsson legte den Hörer auf und wusste genau, dass der Mann jetzt eine Schimpfkanonade auf ihn ablassen würde. Auf seine Reaktion als Vater kann ich ihn wirklich verstehen, dachte er. Ein Glück, dass ich kein Vater bin. Er ging hinüber zum Büro der Kommissare.

„Die Fahndung nach dem Mazda läuft", sagte Simons.

„Dann lass uns eben schnell nach Zirchow fahren und nachsehen, ob Maybach dort ist. Vielleicht haben wir Glück."

Dass am Sonnabend Anreisetag war, merkten sie sehr schnell. Vom Festland kommend, wälzte sich eine dichte Wagenkolonne auf der B110 den jeweiligen Urlaubsaufenthaltsorten entgegen. In Zirchow bogen die Kommissare auf die Straße zum Flughafen ab. Auch da war ein reger Verkehr zu spüren. Einer der Busse, die Passagiere einer Verkehrsmaschine abgeholt hatten, kam ihnen entgegen. Simons musste stark abbremsen und Platz für das große Fahrzeug machen.

Der Parkplatz vor dem Abfertigungsgebäude des Flughafens stand voller Autos. Menschen waren dabei, ihre Koffer aus dem Gebäude herauszutragen und zu verladen. Andere standen herum und erhielten sich; eine Gruppe von Kindern wurde von zwei Erwachsenen betreut, die alle Mühe hatten, die aufgeregte Bande in Schach zu halten.

„Sollte Walter Maybach wirklich kommen", sagte Larsson, „müssen wir vermeiden, dass es hier zu einem Zusammentreffen kommt. Es wäre zu gefährlich für die Menschen rund um den Flughafen."

Sie bogen in die Straße Am Haff ein und suchten das Haus der Frau Maybach. Während nahezu vor allen andern Häusern mehr oder weniger rühriger Betrieb war, lag das Haus Maybach da, als wäre es unbewohnt. Auch der Parkplatz vor dem Haus war leer.

Simons fuhr zur nächsten Ecke und wendete den Wagen. Er stellte ihn so hin, dass sie das Haus Maybach im Blick hatten.

Larsson rief den Kriminaldauerdienst in Anklam an. Er schilderte die Lage und orderte Zivilkräfte zur Überwachung der Zufahrt des kleinen Wohngebietes und des Hauses. Man sagte ihm zwei Fahrzeuge zu.

Während sie auf die Verstärkung aus anderen warteten, wechselten sie einige private Worte. Larsson erkundigte sich nach Simons neuesten Eroberungen, und der berichtete voller Stolz, dass er eine Dresdner Blondine ausgeführt hatte, von der er so begeistert war, dass er in Erwägung zog, ihr einen Heiratsantrag zu machen. Larsson lachte ihn aus.

Eine knappe Stunde später bekam Larsson einen Anruf von einem der Wagen, der ihn am Flughafen erwartete. In der Einfahrt zur Straße Am Haff standen zwei Zivilfahrzeuge der Polizei. Als Simons langsam auf sie zufuhr, machten sie sich durch Lichthupe bemerkbar. Es handelte sich um Beamte, die schon mit Larsson in Verbindung gekommen waren. Sie stiegen aus, und Larsson instruierte die Männer, worum es ging. Einer der Wagen würde nun die Überwachung des Hauses übernehmen, die beiden Männer mit dem zweiten Wagen würden die Zufahrt überwachen und sofort handeln, wenn der Mazda auftauchen würde. Für diesen Fall erfolgte eine Benachrichtigung des Einsatzleiters beim KDD in Anklam und zeitgleich Larssons, der bei diesem Zugriff unbedingt dabei sein wollte.

„Was mich stutzig macht", sagte Larsson, als sie auf der Rückfahrt nach Heringsdorf waren, „ist die Tatsache, dass das Haus wie unbewohnt daliegt. Es gibt also die Möglichkeit, das Maybach bereits abgereist ist. Es gibt eine zweite Möglichkeit, dass er sich, wenn er tatsächlich Vorlesungen der Universität in Greifswald besucht, irgendwo in dieser Stadt aufhält."

„Und es gibt eine dritte Möglichkeit", warf Simons triumphierend ein, „dass er sich irgendwo auf der Insel einen weiteren Unterschlupf gesucht hat."

„Bist du gut, Karl, denn genauso ist es. Es ist also durchaus möglich, dass Maybach noch auf der Insel ist. Ich frage mich nur, wo? Mit so einem auffälligen Auto kann man sich nicht so ohne Weiteres verstecken."

Kurz vor der Seestraße rief Otmar Selge an. „Wie schön, dass du mich davon unterrichtest, dass ihr den Zugriff in Zirchow plant", sagte er vorwurfsvoll. „Der Kriminaloberrat hat mich angerufen und den von dir vorgeschlagenen Plan genehmigt. Und was ist jetzt mit Zirchow?"

„Ich weiß noch nicht, ob es dort einen Zugriff geben wird. Das Haus liegt wie ausgestorben, und es ist sehr fraglich, ob sich dort etwas regt. Wenn aber unsere Zielperson auftaucht, brauchen wir ein MEK für die Festnahme."

„Und die Straßensperren?"

„Morgen ab Mittag sendet der NDR einen Aufruf, dass wir einen BMW Z3 oder einen anderen Sportwagen suchen, der vermutlich an einem Verkehrsunfall beteiligt gewesen sein müsste."

„Du hoffst, dass diese Nachricht deine ZP aufschreckt."

„Ja."

„Ich halte ein MEK für den Fall vor, dass Zirchow losgeht", sagte Selge versöhnlich.

„In dem Augenblick, in dem die Sendung läuft, wird er aufgeschreckt sein. Aber da müssen die Straßensperren stehen“, sagte Larsson.

„Du kannst dich auf mich verlassen, Lasse.“ Damit war das Gespräch zwischen den beiden Polizisten beendet.

Simons bog auf den Parkplatz des Polizeigebäudes ein, der vom Setheweg abging.

„Ich werde jetzt nach Hause fahren“, sagte Larsson, „und mich ein wenig hinlegen. Du solltest dich auch noch ein wenig hinlegen, Karl. Und denk dran, ohne die Dresdner Blondine. Denn du bleibst in Bereitschaft. Es kann jeden Augenblick losgehen, und da brauche ich dich.“

Schon als er ausgestiegen war, drehte sich Larsson noch einmal zu Simons herum. „Wenn du dich mit einem so auffälligen Auto verstecken müsstest, Karl, wo würdest du das tun?“

„Er wird wissen, dass inzwischen nach den verschwundenen Mädchen gesucht wird. Deshalb wird er nicht nach Zirchow zurückkehren.“

„Gut, aber das beantwortet meine Frage nicht.“

„Ich würde das Auto verschwinden lassen und mir ein anderes Fahrzeug besorgen. Oder mit dem Bus oder der ODEG fahren.“

„Wo würdest du das Auto verschwinden lassen?“

„In einer der Hotelgaragen beispielsweise. Oder auf einem Parkplatz, der öffentlich zugänglich ist.“

Larsson dachte einen Augenblick nach. „Mach bitte ein Hilfeersuchen an die zuständige Fachdienststelle in München zwecks Überwachung der Telefonnummer der Elfriede Maybach“, sagte er und winkte Simons noch einmal zu.

10. Kapitel

„Ich weiß nicht, warum wir uns ausgerechnet in dieses Kaff verzogen haben, Walt", sagte das Mädchen. „Hier sagen sich Fuchs und Hase gute Nacht!"

„Und genau deshalb, Linchen, sind wir hier. Wir wollen unserer Liebe frönen, ohne dass man uns stört." Er nahm das Mädchen in den Arm und küsste es.

„Wir sollten machen, dass wir nach München kommen."

„Später."

„Du hast es versprochen", maulte das Mädchen. „Du hast es Chantal und mir versprochen."

„Sag den Namen Chantal nicht mehr", sagte der Mann. Seine Stimme kam grob und verfehlte die erwartete Wirkung nicht.

„Du hast recht. Chantal ist Vergangenheit. Wie hat sie reagiert, als du sie nach Hause geschickt hast?"

„Sie war sauer. Sie hat eine Tasse nach mir geworfen, und ich habe ihr eine geklebt."

„Du hast sie geschlagen?"

„Was hättest du gemacht, wenn jemand eine Tasse nach dir wirft?"

Pauline Bach kannte ihre Freundin genau. Sie wusste buchstäblich, wozu Chantal fähig war, wenn man sie erregte. Sie ging zur kleinen Küche, die der Pantry eines Schiffes nachgebaut war. Sie nahm aus dem Kühlschrank eine Flasche Moët & Chandon, die Walter Maybach aus Greifswald mitgebracht hatte, und die nach seinen Aussagen ihrer Verlobung zugedacht war.

„Ist es nicht ein wenig früh?" fragte der Mann.

„Sonntagmorgen ohne Sorgen", versuchte Pauline Bach seinen Einwurf zu zerstreuen. Sie hielt ihm die Flasche hin.

Walter Maybach setzte sich auf. Noch waren sie nicht aufgestanden. Sie konnte von ihm nicht genug bekommen, und er war allzu bereit, ihr zu geben, was sie forderte. „Hol die Gläser.

Ich möchte auch nicht, dass nur ein einziger Tropfen verlorengeht." Sein Blick ging zur Uhr, die er auf dem Nachttisch abgelegt hatte. Kurz vor zwölf. Der Mittagshunger wird sich bald melden. Außer einigen Büchsen Fisch, einer Partie Räucherlachs und Cracker hatte der Kühlschrank nichts zu bieten. Zum Glück hatte er Schnittbrot mitgebracht und ein ganzes Baguette.

Pauline Bach brachte die Gläser. „Ich bin gleich wieder da", sagte sie. Sie ging zur Toilette.

Walter Maybach schaltete das Fernsehgerät ein, um die Mittagsnachrichten zu hören, und erstarrte. Gezeigt wurde ein Mann, der sich als Kriminalhauptkommissar Lasse Larsson vorstellte und die Bewohner und Besucher der Insel Usedom gleichermaßen aufrief, nach einem Sportwagen Ausschau zu halten, der möglicherweise an einem Verkehrsunfall beteiligt sein solle. Als möglichen Typ nannte er einen BMW Z3 oder ein ähnliches Fahrzeug. Mit einem Schlage war Walter hellwach. Sein Gehirn arbeitete fieberhaft. Was war als Nächstes zu tun? Was, wenn man auf seine Spur gekommen und in das Haus in Zirchow eingedrungen war? Für Kriminalisten würde es nicht allzu schwer sein, Blutspuren festzustellen. Er musste auskundschaften, ob man das Haus schon gefunden hatte. Er beschloss, seine Tante anzurufen. Aber zuvor wollte er feststellen, ob er noch unbeobachtet ins Haus gelangen konnte. Er überlegte, wie er die siebenunddreißig Kilometer zurücklegen könnte. Nur eines wusste er genau, der Mazda war verbrannt. Mit dem Wagen würde er überall auffallen. Wie werde ich die Kiste los, dachte er. Auch die Vermieterin hatte den Wagen gesehen, als er den kleinen Bungalow angemietet hatte, der unmittelbar am Wasser stand.

Als Pauline aus der Toilette kam, stellte er das Fernsehgerät ab.

„Und nun lass uns endlich einen Schluck trinken", sagte er. Er nahm die Flasche Moët, riss die Korkenbanderole auf und drehte den Draht, bis er brach. „Die Gläser."

Willig hielt sie ihm die beiden Gläser entgegen, während er sich bemühte, den Korken frei zu bekommen.

Sie stießen an, und er nippte nur an dem Champagner, während das Mädchen das erste Glas mit einem Zug leerte. „Wenn du so weitertrinkst, wirst du ganz schnell betrunken sein."

„Na und? Ich habe ohnehin nicht vor, heute aus dem Bett zu steigen."

„Das gefällt mir", sagte Maybach. Er zog sie an sich heran und küsste sie flüchtig.

„Was ist?"

„Was soll sein?"

„Das war kein Kuss, allenfalls ein mieser Schmatzer", maulte das Mädchen.

Er goss ihr Glas nach. „Wir sollten eine Kleinigkeit essen", sagte er. „Du könntest jedem ein Stück Baguette mit Räucherlachs fertigmachen."

Willig stand das Mädchen auf. Die Liebe geht auch durch den Magen, dachte sie. Wenn ich diesem Mann halten will, dann werde ich alle weibliche List einsetzen, die möglich ist.

„Warte noch einen Augenblick. Nehmen wir noch einen kleinen Schluck, bevor du in die Küche gehst", sagte er. Er goss beide Gläser halbvoll. „Auf eine schöne Zeit, Linchen."

Sie tranken sich zu wie zwei Verschwörer, die sie sicher eine kurze Zeit lang waren. Doch diese Zeit würde nun zu Ende gehen. Walter Maybach fühlte das instinktiv. Nur das Mädchen ahnte nichts davon, dass die Liebe ihres Lebens sie bereits verlassen hatte.

Als sie mit dem belegten Baguettes aus der Küche kam, goss Maybach gerade diesen wundervollen Champagner nach. Sie setzte sich zu ihm aufs Bett. Maybach hatte den Couchtisch an das Bett gezogen, sodass sie sich nunmehr halb im Liegen den Gaumenfreuden hingeben konnten. Sie hörten, wie die Vermieterin nach ihrer Katze rief, und er sprang auf, um die Gardinen so weit zuzuziehen, dass die alte Frau nicht zu ihnen würde hereinsehen können.

„Ich mag es nicht, wenn diese alte, neugierige Vettel uns so sieht", sagte er erklärend, und Pauline lächelte ihm verstehend zu.

Sie aßen ihre Lachsbaguettes, und Walter Maybach lobte das Mädchen als besonders tüchtige Hausfrau. Das kam an. Sie tranken sich zu.

Wenig später merkte Pauline Bach, dass sich alles um sie herum zu drehen begann. Dann verlor sie das Bewusstsein.

Gegen vier fuhr der kleine, graue Lupo durch Zirchow und bog auf die Lindenstraße ein, die zu einem Teil zum Flughafen führte und in die Straße einmündete, die dann auch im Namen den direkten Hinweis auf diesen Ort darstellte – Flughafenstraße. Doch der Wagen war nicht das einzige Auto, das auf diesem Wege fuhr. Vielmehr gab es einen ganzen Pulk bestehend aus Fahrzeugen, die Passagiere zu einem Abflug brachten als auch andere, die ihre Besitzer in eines der Häuser der Ferienanlage Am Haff brachten.

Der Fahrer des Lupo saß allein in dem Wagen. Das Fahrzeug trug eine Registriernummer Ostvorpommerns, was nicht ungewöhnlich war, denn auch für die Anlage Am Haff galt der Sonnabend als Wechseltag. Mancher Besitzer und auch Angestellte einer Verwaltung der Häuser vollzog die Übergabe selbst; die Urlauber, die an den Stränden der Kaiserbäder ihren Tag verbracht hatten und nun in ihre Ferienhäuser strebten, vervollständigten das lebhafte Bild.

Maybach kam diese ihn einschließende Flut gerade recht. Langsam ließ er sich mitziehen, wobei er sehr genau die Umgebung musterte. Was er sah, ließ bei ihm alle Warnleuchter aufblitzen. Schräg gegenüber des Flughafens, vor der Einmündung zur Straße Am Haff stand ein unscheinbarer dunkler Opel am Straßenrand. Die beiden jungen Männer in Zivil ordnete er ohne

Umschweife der Polizei zu, zumal einer der beiden just in dem Augenblick, als er den Wagen passierte, in ein Mikrofon sprach. Langsam fuhr er in die Ringstraße, die rund um die Häuser verlief. Unweit vom Haus seiner Tante sah er wieder ein mit zwei Männern besetztes Fahrzeug. Sie sind mir dicht auf den Versen, dachte er. Um nicht aufzufallen, stieg Maybach bei einem der Häuser aus, das unweit des am 20. Juni ausgebrannten Hauses stand. Er ging bis an das Haus heran und unterhielt sich mit einem der Bewohner. Als er zurück zu dem Lupo ging, winkte er dem Mann noch einmal zu, der das Winken erwiderte. Er war sich sicher, würde er beobachtet werden, wäre es unwahrscheinlich, dass man ihn mit irgendeiner Unregelmäßigkeit in Verbindung brächte.

Langsam ließ Maybach den Lupo an den Häusern vorbei gleiten, passierte den zur Überwachung des Hauses registrierten Polizeiwagen, der ein Anklamer Kennzeichen trug, dann den zweiten, in dem die beiden Polizisten dabei waren, sich intensiv zu unterhalten. Er fuhr am Flughafen vorbei bis Zirchow und bog dann nach rechts ab. Er würde nicht die Abkürzung über Neppermin nehmen sondern noch einmal durch die Kaiserbäder fahren. Dabei würde er sich mit den regionalen Zeitungen eindecken, um festzustellen, ob man schon nach ihm suchte. Maybach fuhr bis zu dem Parkplatz, der zwischen dem Hotel Kaiserhof und der Reha Klinik mit dem danebenstehenden Hotelturm gelegen ist. Obwohl es dort nahezu aussichtslos ist, einen Platz für den Wagen zu bekommen, hatte er Glück. Manchmal war es ein Vorteil, einen so kleinen Wagen zu fahren.

Auf der Ablage zwischen dem Fußraum und den Armaturenbrett sah er eine Sommerschirmmütze liegen. Mit seiner großen Sonnenbrille und dieser Schirmmütze war er nicht mehr zu erkennen. Dann ging Maybach hinunter zur Seebrücke, an deren Zugang er ein großes Zeitungsgeschäft ausfindig gemacht hatte. Er kaufte sich eine Ostsee Zeitung und den Nordkurier, rollte sie ineinander, so dass er sie bequem unter dem Arm tragen konnte. Dann ging er noch einmal hinaus auf die Brücke. Am Ende der Brücke, wo das Restaurant stand, befand sich die Anlegestelle der Adlerschiffe, die zwischen Bansin und Swinemünde verkehren. Die Adler X hatte gerade festgemacht. Menschen stiegen aus, andere nutzten den Zugang, der von der Polizei kontrolliert wurde. Maybach umrundete das Restaurant und ging gemächlich zurück zum Eingang der Brücke. Unterwegs schaute er auf den Strand, unzähligen Sandburgen und die vielen Menschen, die den herrlichen Sonnentag nutzten.

Langsam ging er zu dem Lupo zurück. Sorgsam musterte er die Umgebung. Jede noch so kleine Wahrnehmung, die auf ein seine Person betreffendes Interesse schließen ließ, machte ihn misstrauisch. Maybach duckte sich in den Eingang des Einkaufszentrums, der zu den Ärzten führte, und suchte den Parkplatz Meter für Meter auf Auffälligkeiten ab. Er fand keine. Er schlenderte zu dem Wagen. Gerade war eine Familie vom Strand zurückgekommen und bestieg die große Limousine, die neben dem Lupo stand und diesen wie ein Beiboot neben einem Tanker erscheinen ließ. Maybach verließ die Parkplatte noch vor dem Nebenfahrzeug und beobachtete, ob ihm ein anderes Fahrzeug folgen würde. Aber er konnte keinen Verfolger ausmachen. Bedächtig legte sich seine Spannung. Als er sich auf der B111 eingefädelt hatte, wurde der Verkehr dichter. Er brauchte fast zwanzig Minuten für die knapp fünf Kilometer bis Bansin. Er fuhr auf den Parkplatz vor dem Lidl-Markt. Endlich kam er dazu, erst die Ostseezeitung, dann den Nordkurier auf Auffälligkeiten abzusuchen. Umsonst. Vielleicht war die Aufregung, die die Meldung im NDR bei ihm ausgelöst hatte, unbegründet. Aber nein, das war sie natürlich nicht. Er dachte daran, dass man nicht unbegründet das Haus von Tante Elfriede unter Beobachtung halten würde. Er stieg aus, ging in die Backstube vor dem Lidl-Eingang. Er kaufte ein Vollkornbrot, das er sich schneiden ließ. Dann ging er in den Lidl-Markt hinein, suchte ein paar Dinge zusammen, die er für wichtig hielt, falls sie die Unterkunft würden räumen müssen. Er nahm zwei Dosen mit geräucherter Mettwurst mit grünem Pfeffer eines deutschen Anbieters, eine Knoblauchwurst, zwei französische Weichkäse, eine Packung Gruyère und eine Packung Appenzeller. Er nahm ein Glas mit einem löslichen Kaffee, ebenfalls pulverisierte Kaffeesahne. Er legte eine Flasche stilles Wasser und zwei mit Kohlensäure in den Einkaufswagen. Er schob den Einkaufswagen zur Kasse und zahlte.

Ich müsste jetzt Tante Elfriede anrufen, dachte er. Das alte Huhn bietet die einzige Anlaufstelle, die mir verblieben ist. Sie hatte immer ein Faible für ihn gehabt. Kinderlos wie sie in ihrer Ehe geblieben war, hatte sie ihn schon als Kind verhätschelt. Bei diesem Gedanken musste er lächeln. Doch eines hatte sie ihm nie geben können – das jugendlich feste Fleisch, in das er allzu gern eindrang; die Unbekümmertheit, die Neugier auf das Leben und die ersten Erfahrungen in und mit der Liebe, die heranwachsenden Mädchen zu eigen war, und die sie nach der ersten und mit jeder weiteren Enttäuschung in ihrem Leben verloren.

Nachdem er die beiden Tüten in den Kofferraum des Lupos verstaut und den Einkaufswagen an seinen Ausgangsursprung zurückgebracht hatte, fuhr er die Seestraße in Richtung Strand, bis rechtsseitig die Poststelle auftauchte. Maybach bog in die Schulstraße ein und parkte den Wagen. Dann ging er die wenigen Meter zurück und betrat die Post. Er war dicht davor, von dem öffentlichen Apparat sein Telefonat zu tätigen, überlegte es sich im letzten Augenblick anders. Um nicht aufzufallen, kaufte er einen Zehnerpack Briefmarken. Dann machte er sich auf den Weg, zurück zu dem gemieteten Ferienhäuschen.

Zwischen Zempin und Zinnowitz schrak er zusammen. Zuerst hörte er die Sirenen heranfahrender Polizeifahrzeuge. Dann sah er sie überholen. Schnell fuhren die im Wege fahrenden Wagen an die Seite. Auch der Gegenverkehr bemühte sich, die Straße freizumachen.

Was ist passiert? Walter Maybach schoss der Schrecken durch den Kopf und lähmte ihn für einen Augenblick. Das Herz schlug buchstäblich bis zum Halse. Als er sich gefangen hatte, suchte er schnellstens, sich ganz rechts einzuordnen. Die beiden Funkwagen rasten vorbei und er versuchte, sich hinter ihnen auf der Straße einzuordnen. Er konnte gerade noch sehen, wie die beiden Wagen auf die Straße einbogen, die Zinnowitz mit dem rund fünf Kilometer entfernten Netzelkow verband. Schlagartig wurde ihm bewusst, dass seine Tarnung aufgeflogen sein musste.

Was für ein Glück, dass er noch nicht von der Hauptstraße abgefahren war, sonst säße er jetzt in der Falle. Wie, so fragte er sich, ist die Polizei so schnell auf mich gekommen? Er fuhr weiter bis Bannemin. Sicher haben sie schon die Brücken zum Festland unter Kontrolle. Bin ich erst einmal auf der Zufahrt zur Brücke, kann ich schlecht wieder ausscheren. Sie hätten mich im Nu.

Geistesgegenwärtig bog er nach Trassenheide ab. Die Strecke war ihm noch geläufig. Wie ein Schleier tauchte Sigourney vor ihm auf. Sie war ein schönes, ein stolzes, aber auch ein überaus ambivalentes Mädchen gewesen; ein Mädchen, das die Liebe in allen Facetten erfahren wollte und ihn gleichzeitig so tief verletzte, dass er sie bestrafen musste. Sie hätte das niemals tun dürfen, dachte Maybach, niemals.

Langsam wurde der Strom der Autos, die in Richtung Peenemünde fuhren, weniger. Dafür nahm die Fahrzeugdichte von den Autos etwas zu, die von den Stränden in Richtung Festland fuhren.

Maybach machte eine Telefonzelle aus, von der er seine Tante Elfriede anrufen würde. Er wartete, bis ein junges Mädchen die Zelle verließ. Er musterte es, versuchte, es in sein Beuteschema einzupassen, was ihm nicht gelang.

„Ja ...“ Die Stimme seiner Tante kam schnarrend aus dem Hörer und berührte ihn unangenehm.

„Tanta Elvira ...“ Er nannte sie immer Elvira, wenn er sie milde stimmen wollte. Sie hatten es einmal so vereinbart, als sie zusammen Mozarts Don Giovanni an der Münchner Oper gesehen und sie sich mit Donna Elvira verglichen hatte. Das lag lange zurück. Damals war er erst vierzehn Jahre alt gewesen, aber er hatte sich gewünscht, dass sie ihn mitnehmen möge, nachdem sie ihm die Geschichte erzählt hatte, die dem Libretto zugrunde lag. Die Anrede Elvira war ihr Geheimnis gewesen, und nur er durfte sie so nennen. Geheimnisse verbanden. Inzwischen aber war viel Zeit vergangen.

Maybach wurde zur Bundeswehr eingezogen. Er war zuerst im Kosovo, dann in Afghanistan gewesen. Die Sitten waren verroht. Der Tod im Kriege setzt eigene, nie gekannte Grausamkeiten frei. Sie hatten auf Talibs uriniert, mit denen sie ein stundenlanges Feuergefecht durchstehen mussten. Es hatte Verwundete auf beiden Seiten gegeben und Tote. Seine Freundin Sandra hatte Maybach nach einigen unbeherrschten Ausbrüchen wegen seelischer Grausamkeiten verlassen und einen anderen, einen nicht durch PTBS geschädigten Mann geheiratet. Maybach hatte versucht, sie zurück zu bekommen, aber sie hatte ihn nicht mehr an sich herangelassen. Und als er sie beinahe einmal unbemerkt von anderen zur Rechenschaft stellen wollte, war der neue Mann wie aus dem Nichts aufgetaucht, und es hatte einen wahnsinnigen Kampf gegeben, der erst durch eine herbeigerufene Streife beendet werden konnte. Ein Gericht hatte dann eine Anordnung erlassen, dass er sich Sandra nicht weiter als auf hundert Meter entfernt nähern durfte. Die Strafandrohung war eindeutig. Alle Frauen waren so. Alle wollten nur ihren Vorteil. Und wenn dieser Vorteil einmal entschwand, dann waren sie schnell dabei, den jeweiligen Mann fallen zu lassen. Er hasste derartige Frauen, die sich so verhielten. Er schwor Rache an allen Frauen zu nehmen, an allen, die sich so verhielten. Sigourney war die erste Frau nach Sandra, die das zu spüren bekommen hatte.

„Waldi ... Wo bist du?“

„Auf der Insel.“

„Was hast du mit der Polizei zu tun?“

„Nichts, Tante Elvira. Nichts.“

„Hattest du einen Verkehrsunfall mit dem Mazda?“

„Nein.“

Noch bevor Elfriede Maria Maybach etwas sagen konnte, hatte Maybach die Verbindung getrennt.

Wie auch immer, er würde die Konsequenzen nicht ändern können, die sich nun aus der Entwicklung der Aufklärung ergäben. Und er war sich klar darüber, dass auch die Zuneigung seiner Tante zu ihm weitere Turbulenzen nicht mehr aushielte. Wozu also Rücksicht nehmen. Selbst wenn er wollte, das Rad des Lebens ließ sich nicht zurückdrehen. Der Zeitpunkt war gekommen, an dem er begreifen musste, völlig allein dazustehen. Das Glück hatte ihn verlassen. Der Zeitpunkt für den Rückzug seines persönlichen Glücks ließ sich für ihn leicht ermitteln – er war gleichzusetzen mit seinem Eintritt in die Bundeswehr und seiner Versetzung zum Auslandseinsatz in Afghanistan.

Nachdenklich verließ er die Telefonzelle. Jetzt hieße es erst einmal, einen klaren Kopf zu bewahren. Er fuhr weiter bis Karlshagen. Am Hafen stellte er seinen Wagen zwischen einer Reihe anderer Fahrzeuge ab. Im Restaurant direkt am Hafen mit Blick auf die Yachten, die zum Anfassen nahe hier festgemacht waren, konnte man herrlich träumen. Mit Sigourney war er hier nie gewesen. Zu der Jahreszeit war das Restaurant geschlossen gewesen. Das Mädchen tauchte in seiner Fantasie wieder auf. Ein nebulöses Gesicht mit einer wundervollen, jugendlichen Figur, das ihn wahnsinnig gemacht hatte. Der Versuch, Sigourney gegen Sandra auszutauschen, war gescheitert. Sie sprachen nicht die gemeinsame Sprache zweier Liebender, die nötig ist, wenn es einen großen Altersunterschied gab. Die Gier nach der Macht über das Mädchen war zu groß, als dass er sie hätte verbergen können.

Sigourney wiederum war zu klug, zu berechnend, um nicht zu sehen, dass alles, was sie von diesem Mann wollte, mit der ersten gemeinsamen Nacht in Erfüllung gegangen war. Er hatte sie zur Frau gemacht. Mehr Gemeinsamkeiten erwartete Sigourney nicht und war auch nicht breit, diese zu dulden.

Maybach hatte sich einen Platz direkt am Geländer zur Umrandung des Hafens gesucht. So konnte er auf und zum Teil in die Boote schauen, die unmittelbar vor ihm festlagen. Direkt gegenüber lag einer der großen, weißen Stahlkutter, die nun nicht mehr zum Fischen, sondern umgebaut waren und mit Gästen zu Angelfahrten ausliefen. Früher war dieser Kutter schwarz gewesen und nach der Wende auf den Namen Deutsche Einheit umbenannt worden. Nun hatte man auch den geschichtsträchtigen Namen gegen den Frauennamen Annika ausgetauscht. Der Kutter mit der Registriernummer KG 141 gehörte einer Familie, deren Sohn in Afghanistan fast erblindet war und dessen Traum sich – sowohl als Kuttenführer als auch als Ehemann jener Namensgeberin Annika – in Luft Aufgelöst hatte. Eben das entnahm er einem Gespräch, das am Nebentisch geführt wurde.

Genau vor ihm lag eine größere Motoryacht. *Just evening* stand am Bug. Just evening – nur abends – was für ein Name. Was wollte der Besitzer damit zum Ausdruck bringen? Maybach taxierte die Yacht. Lässig in dem Drehsessel am Außenführerstand zurückgelehnt, saß ein älterer Mann und ließ sich bedienen. Just evening – wie ich sehe, stimmt es nicht ganz. Der Alte ist nicht nur abends aktiv, dachte Maybach. Die Frau mochte etwa dreißig Jahre jünger sein. Sie scherzten und tranken sich zu. Maybach versuchte zu erraten, was sie tranken. Er tippte auf Bacardi auf Eis mit Ginger Ale. Hin und wieder erwischte er einen Wortfetzen, der bis zu ihm herüberkam. Er verstand etwas von Süd-Schweden. Vielleicht sollte er mit ihnen fahren. Aber allein schon die Frage danach würde ihn verdächtig machen.

Maybach bestellte einen Boddenzander an Wurzelgemüse und ein Glas Chablis. Es war im klar, dass es für lange Zeit die letzte extraordinäre Mahlzeit sein würde, die er sich gönnen könnte. Dabei überschlug er sein Barvermögen. Kleine Sünden straft der liebe Gott gleich, dachte er, große etwas später. Was für ein blöder Spruch. Die größte Sünde, die er in seiner Situation machen konnte, war, sich nicht rechtzeitig mit Geld eingedeckt zu haben. Sicher würde man seine Kreditkarte sperren.

Und wenn nicht, dann ausschließlich deshalb, um feststellen zu können, wo er sich zur Zeit der Geldabhebung befand. So ließe sich präzise sein Bewegungsprotokoll erstellen. Er taxierte seine Möglichkeiten, zu entkommen. Schon die Tatsache, dass man ihn auf der Insel separieren würde – wenn man es nicht schon getan hatte, wovon er ausgehen musste – war schlimm genug. Die Flucht über Polen war ihm verwehrt. Zum einen waren da die fehlenden polnischen Sprachkenntnisse, zum anderen seine prekäre finanzielle Lage. Auch wenn Polen preisgünstiger wäre als Deutschland, Geld wollte man in jedem Fall sehen. Immer wieder schaute er fasziniert zu der Yacht, die sehr einladend direkt vor seinen Augen vertäut lag.

Das Essen kam, und er stellte fest, dass es sehr lecker aussah. Er hatte noch keine zwei Bissen in den Mund geschoben, als er sah, wie ein Funkwagen der Polizei langsam durch den Hafen und auf der schmalen Längsseite, wo sich das große Fischgeschäft befand und auch der Kutter mit dem Namen Annika am Kai vertäut lag, zum Ende der Landzunge zu fuhr. Dort wendete er und kam sehr langsam zurück. Maybach sah, dass das Fenster heruntergekurbelt war und der Fahrer vor jeder Yacht anhielt. Der zweite Mann des Funkwagens ging vor ihm her und unterhielt sich jeweils mit der Besatzung der Boote.

11. Kapitel

Als er nach Hause kam, saß Monika Landris in einem Strandkorb, den sie unter der halb überdachten Veranda aufgestellt hatten und in dem sie Schutz suchten, wenn der Wind direkt aus Norden und damit genau auf die Veranda blies. Aber an diesem Tag war es nahezu windstill. Dennoch saß sie in dem Strandkorb.

„Ich dachte, wir wollten pünktlich zu Mittag essen“, sagte sie, ohne ihre Augen zu öffnen.

„Ja.“ Larsson nickte. Seine Hände erfassten ihr Gesicht und drehten es zu seinem, während er sich auf den zweiten Platz in den Strandkorb setzte. „Du weißt, wie das ist, wenn man auf einer heißen Spur ist. Und dir ist sehr wohl bekannt, dass wir nichts unversucht lassen dürfen, einen weiteren Mord zu verhindern.“

„Du bist noch immer der Meinung, dass es sich um einen Serientäter handelt?“

„Ja.“

„Statistisch braucht es mehr als zwei Morde, um einen Serientäter zu fassen“, sagte Monika Landris zweifelnd.

„Da liegen wir bereits darüber“, sagte Larsson lakonisch.

„Was ist das mit den Rechtsextremen? Könnten wir etwas damit zu tun haben?“

„Nach unseren bisherigen Erkenntnissen sind die raus.“

„Und wenn du dich täuschst?“

„Ich täusche mich nicht. Ganz ohne Zweifel wissen wir jetzt, wer für die Morde verantwortlich ist. Und es ist eine Frage der Zeit, den Mann dingfest zu machen. Viel Zeit haben wir aber nicht, bevor er wieder zuschlägt.“

„Ich schlage vor, wir werden statt des Kaffees am Nachmittag zu Mittag essen. Und zwar jetzt!“ Monika Landris lächelte ihn zu, während sie aufstand, um das Lachsgratin zu servieren.

Obwohl es ein heißer Sommertag war, fror Larsson. Es war die Übermüdung, die sich bemerkbar machte. Er lehnte sich zurück in den Strandkorb und war zwei Minuten später fest eingeschlafen. Er wurde munter, als Monika vor ihm stand, zärtlich übers Gesicht strich und sagte: „Ich weiß, Lasse, dass du in letzter Zeit wenig Schlaf bekommen hast. Aber bevor du fest einschläfst, sollten wir eine Kleinigkeit essen."

Sie ging zum Tisch zurück und legte vor.

Larsson stand auf, und ging an ihr vorbei zum Badezimmer. Dabei murmelte er: „Ich mache mich nur ein wenig frisch."

Monika Landris hatte eine Flasche Chablis aus der Kühlung genommen und auf den Tisch gestellt. Vorsorglich noch ein Wasser mit Kohlensäure.

Larsson kam auf die Terrasse zurück und sah den Wein. „Davon werde ich wohl kaum etwas trinken können", sagte er. „Wir alle sind in Bereitschaft. Es kann durchaus sein, dass ich noch einmal weg muss."

„Aber ich darf?" fragte sie.

Larsson lächelte ihr zu und nickte. „Ein Chablis? Wusstest du eigentlich, dass Chablis ein Chardonnay ist?" Er wartete ihre Antwort nicht ab. „Chablis ist eine Gemeinde im französischen Département Yonne in der Region Burgund in der Nähe von Auxerre und Pontigny gelegen", sagte er langsam.

„Ich dachte", sagte Monika, „in Burgund würde man nur roten Wein herstellen."

„Das Chablis ist auch das nördlichste Weinbaugebiet in Burgund. Auf den Kalksteinhängen wird ausschließlich Chardonnay angebaut. Die Rebfläche verteilt sich auf Chablis und einige angrenzende Gemeinden. Der erzeugte Wein wird unter dem Namen Chablis vermarktet und ist schon wirklich etwas Besonderes. Er ist fruchtig, trocken und von einer erfrischenden Säure. Ein guter Chablis hat meist eine grün-goldene Farbe."

Sie wollte ihn fragen, woher er das wisse, aber im Haus ging das Telefon.

„Ich gehe schon", sagte Monika Landris.

Während Larsson anfing zu essen, hörte er sie im Hintergrund sagen: „Ich werde ihm das ausrichten. Er wird Sie sicher gleich anrufen."

Monika kam zurück an den Tisch. „Sie haben den roten Mazda gefunden", sagte sie, „und ein junges Mädchen namens Pauline Bach ... das Mädchen lebt. Aber sie haben wohl die Leiche einer anderen Frau gefunden."

„Gott sei Dank lebt das Mädchen wenigstens. Und was ist mit Walter Maybach? Hat man den Kerl gefunden?"

Sie schüttelte den Kopf.

„Wo hat man die Frau gefunden?"

„Unweit von hier am Achterwasser, in Netzelkow." Sie sah sein fragendes Gesicht. „Netzelkow geht auf der Höhe Zinnowitz links ab."

Obwohl es ein heißer Tag war, verfinsterte sich schlagartig der Himmel, und ein erster Blitz zuckte auf, gefolgt von einem donnernden Grollen. Ein kurzes Sommergewitter ging hernieder, gefolgt von einigen heftigen Windstößen, die sie mit ihrem Essen ins Haus flüchten ließen.

„Ich werde mich gleich auf den Weg machen. Aber ich muss erst noch eine Kleinigkeit essen. Wer weiß, wann ich wieder dazu komme."

Monika nickte. Sie stand auf und bediente den Kaffeeautomaten, dem sie zwei Espressi entlockte. Als sie damit zum Tisch kam, war Larsson gerade mit dem Essen fertig und schob den Teller zurück, damit sie die Tasse voll abstellen konnte.

Nachdem er den ersten Schluck Espresso getrunken und festgestellt hatte, dass er noch sehr heiß war, nahm er sein Handy aus der Tasche und drückte die Schnellwahltaste, die ihn mit der Einsatzleitung in Anklam verband. Mit wenigen Sätzen wurde er davon unterrichtet, dass zwei Funkwagen bereits vor Ort in Netzelkow waren und wie sich die Lage dort darstellte. Man hatte nicht nur das Auto und das Mädchen gefunden, sondern eine sehr übel zugerichtete ältere Frau, die die Besitzerin des Hauses war und der kleinen, zu einer Ferienwohnung ausgebauten Remise, die sie im Sommer vermietete. Sie war getötet worden. Die Einsatzleitung hatte bereits die Rechtsmedizin in Greifswald verständigt und die Spurensicherung auf den Weg gebracht. Darüber hinaus lief auch eine Fahndung nach einem VW Lupo an.

„Was ist mit Walter Maybach?“ fragte er.

„Das wissen wir nicht“, sagte der diensthabende Einsatzleiter. „Aber der Kollege Selge hat beide Brückenzugänge unter Kontrolle.“

Als das Gespräch beendet war, trank Larsson den Espresso aus. „Ich muss los“, sagte er. „Maybach ist wahrscheinlich noch auf der Insel. Der Mann ist gefährlich, und wir suchen eine Stecknadel im Heuhaufen.“

Larssons Handy klingelte.

Simons war dran. „Du weißt sicher schon, dass man den Mazda gefunden hat“, sagte er.

„Ja, man hat mich gerade verständigt.“

„Es ist auch noch ein Bericht und eine Beurteilung über Walter Maybach eingegangen. Er war in mehreren Auslandseinsätzen bei der KSK der Bundeswehr.“

Bisher hatte Larsson angenommen, dass Maybach gefährlich sei, weil ein gejagter Mörder immer gefährlich ist. Aber die Tatsache, dass er bei einer Spezialeinheit der Bundeswehr gedient hatte, die seit ihrer Aufstellung unter anderem zur Terrorismusbekämpfung und der Verfolgung von Kriegsverbrechern im ehemaligen Jugoslawien und seit 2001 im Krieg in Afghanistan eingesetzt ist, potenzierte die Gefährlichkeit des Mannes ins Unermessliche. Ein solcher Mann könnte mühelos eine halbe Armee der Polizei beschäftigen und weiteren erheblichen Schaden anrichten.

„Bist du gar nicht nach Hause gefahren, Karl?“

„Dann hätten wir jetzt diese Information nicht. Ich fahre jetzt nach Netzelkow.“

„Ich bin auch schon auf dem Weg", sagte Larsson. „Wir treffen uns dort. Bring das Protokoll mit, das wir über die Tagebucheintragungen von Chantal Koch haben."

Die dunklen Wolken hatten sich nach Osten verzogen, und die Sonne schaute nunmehr am wolkenlosen Himmel, als er das Haus in Netzelkow erreichte. Die ganzen Tage hatte Larsson dem Moment entgegengefiebert, der das grausame Spiel des Serienmörders beenden würde. Und nun musste er feststellen, dass ihm dieser abermals durch die Lappen gegangen war. Einer der Funkwagen blockierte die Einfahrt zu dem Grundstück, der zweite stand im Hof. Larsson konnte es aus seinem Fahrzeug heraus sehen. Neben dem Wagen in der Einfahrt standen ein Notarztwagen und der schwarze Audi der Rechtsmedizinerin Dr. Beckert aus Greifswald. Vor dem Notarztwagen unterhielten sich zwei Polizisten mit dem Fahrer des Rettungswagens. Der Arzt, den die Kollegen angefordert hatten, war noch in einem der Häuser. Larsson war sich sicher, dass es sich um Pauline Bach handeln musste, die er betreute. In dem Moment, als er zu der Gruppe sich unterhaltender Männer stieß, sah er aus dem Augenwinkeln heraus, dass Karl Simons parkte. Deshalb wartete er, bis Simons herangekommen war.

Auf dem kurzen Weg zum Haus sahen sie in der Einfahrt zu der Remise den roten Mazda stehen.

Einer der Beamten der Funkwagen unterrichtete die Kommissare davon, wie man die Frau und das Mädchen aufgefunden hatte.

„Wer hat sie gefunden?" fragte Larsson.

„Ein Verwandter, der in Stralsund wohnt und die alte Frau hin und wieder besucht. Er hat einen Nervenzusammenbruch."

Larsson sagte nichts. Er nickte Simons zu, und sie gingen beide zusammen zum Haus. Die Türen zum Flur standen offen.

Rechts ging das Wohnzimmer ab, dessen Fenster den Blick auf das dichte Ufer des Achterwassers freigab. Larsson registrierte diesen herrlichen Ausblick im Unterbewusstsein. Auf der Couch lag das junge Mädchen, das er sofort als Pauline Bach erkannte. Obwohl der Notarzt leise auf sie einredete, schien sie nicht ansprechbar.

Der Arzt schaute auf die beiden Polizisten, die leise hereingekommen waren. „Sie hat einen Schock. Ich habe ihr nur ein leichtes Beruhigungsmittel gespritzt. Ihr Freund hat sie wohl außer Gefecht gesetzt."

„Mit K.o.-Tropfen?" fragte Larsson.

„Ich denke, ja."

Larsson nickte, und die beiden Männer gingen zurück in den Flur und in das linksseitig abgehende Schlafzimmer der Vermieterin. An der Türe bleiben sie schlagartig stehen. In einer Ecke kniete ein etwa vierzigjähriger Mann und schluchzte.

„Bestell in Anklam jemanden vom psychologischen Dienst, Karl", sagte Larsson zu Simons. „Der Mann braucht kompetente Betreuung."

Simons ging hinaus, um zu telefonieren.

Larsson wandte sich dem weinenden Mann zu. „Kommen Sie, gehen Sie ins Wohnzimmer. Das ist kein Anblick für Sie." Er half dem Mann aufzustehen und brachte ihn ins Wohnzimmer. „Können Sie ihm etwas zur Beruhigung geben", fragte er den Notarzt.

„Ich hatte das ja schon angeboten, aber er hatte abgelehnt."

„Lassen Sie sich etwas geben", munterte Larsson den Mann auf. Dann drehte er sich wieder dem Notarzt zu. „Wann kann ich mit Pauline Bach sprechen? Ich brauche dringend Auskünfte von ihr. Davon wird abhängen, ob weiteres Unheil geschieht."

„Eigentlich braucht sie dringend Ruhe. Ein Schock ist ein Schock. Und die Ruhigstellung bewirkt, dass sich ihre ganze Wahrnehmung normalisiert."

„Können Sie beschleunigen, dass sie wieder wach wird?"

„Sie ist nicht völlig weg. Sie hört Sie jetzt auch. Sie ist nur in ihren Empfindungen etwas eingeschränkt und sehr müde."

„Können Sie?" fragte Larsson nachdrücklich.

„Ja."

„Dann machen Sie es!"

„Sie braucht etwa eine Viertelstunde."

Larsson nickte und verließ den Raum. Er traf Simons, der vom Telefonieren zurückkam.

„Es kommt eine Notfallpsychologin. Aber es wird etwa eine Stunde dauern, bis sie hier ist."

Er ging zurück zum Schlafzimmer. Die Rechtsmedizinerin war gerade damit beschäftigt, den Leichnam der alten Frau zu untersuchen.

Was Larsson sah, erinnerte ihn an seinen ersten Usedom-Fall, der Jagd nach dem Inselmörder. Er würde diesen 24. Juni 2002 sein Leben lang niemals vergessen können. Es war Simons gewesen, der ihn damals angerufen hatte, um ihm zu sagen: „Es ist schon wieder etwas passiert. Frau Voigt ist tot. Es sieht aus wie ein einem Schlachthaus! Blut über Blut ..." Er hatte noch gehört, wie Simons sich erbrach. Auch daran erinnerte er sich. Als er dann Im Haus des Mordes eintraf, hatte er die Frau am Boden liegen sehen, der man die Ohren abgeschnitten hatte. Er versuchte, sich an den Namen zu erinnern. Voigt, aber bitte mit i, also Voigt, hatte sie sich ihm damals vorgestellt.

Im Gang wurden Stimmen laut. Es war die Spurensicherung, wie nun auch vor Ort eingetroffen war. Larsson drehte sich um und ging den Männern entgegen.

„Mach bitte etwas leiser", sagte er und legte den Finger auf den Mund. „Ihr erinnert euch sicher an den Fall Manja Voigt in Heringsdorf. Hier sieht es ähnlich aus. Die Rechtsmedizinerin ist noch dabei, die Leiche zu untersuchen. Hier dauert es also noch eine Zeit. Aber ihr könnt euch schon draußen nützlich machen und euch die Remise, in der das Mädchen gefunden wurde, und den Mazda vornehmen."

Die Männer um Paul Maier zogen sich nach draußen zurück. Nur Maier selbst ging hinter Larsson her.

Als Larsson wieder im Schlafzimmer war, drehte Frau Dr. Beckert den Leichnam gerade wieder auf den Rücken herum.

„Ich mache schnell noch ein paar Fotos vom Lageort", sagte Maier und deutete auf das Bett. „Dann gehe ich zu meinen Leuten."

Als Larsson das faltige, wettergebräunte Gesicht der Leiche sah, das ihn an seine schwedische Großmutter väterlicherseits erinnerte, die er nur einmal in seinem Leben gesehen hatte, und die kurz nach seinem Besuch in Schweden verstorben war, fühlte er den Puls in seinen Halsschlagadern pochen. Nur das Blut, das die Bluse der Frau gefärbt hatte, differenzierte diesen Vergleich zwischen den beiden Frauen. Larsson sah aus dem Fenster. An einer Wäscheleine hing Wäsche zum Trocknen. Handtücher, Bettzeug und Unterwäsche einer Frau – einer älteren, nicht ganz schlanken Frau. Auf der Kommode des Schlafzimmers blieb sein Blick an einer Jade-Figur hängen. Er hatte diese Figur schon einmal gesehen. Sie stellte Eros, den Gott der Liebe dar. Heute ist Eros der Namensgeber all dessen was wir erotisch nennen, dachte Larsson. Der beliebte italienische Sänger Eros Ramazotti macht sich die Anziehungskraft des Wortes Eros zunutze. Ein Künstlername vielleicht? Später würde er es nachlesen und den vollen Namen bei Wikipedia finden – Eros Luciano Walter Ramazotti Molina. Er fragte sich, ob Ramazotti den Erfolg gehabt haben würde, den er zweifellos hatte, wenn er als Walter Molina in die Annalen eigegangen wäre. Dann blieb sein Blick an einem unter Glas gerahmten Bild hängen, das ein Gedicht über die Liebe freigab.

Welch eine Nacht, Götter und Göttinnen!
Wie Rosen war das Bett! Da sanken, Liebes, wir
Beide ins Feuer und wollten vor Wonne zerrinnen!
Und aus den Lippen flossen dort und hier,
Suchend sich unsere Seelen –

Lebt wohl, ihr Sorgen, ihr sollt mich nicht quälen.
Ich habe in diesen köstlichen Stunden,
Wie man vor Wonne stirbt, gefunden!
Petronius – aus Gastmahl des Trimalchio.

Eine solche Huldigung der Liebe hätte er in so einem kleinen pommerschen Dorf, in einem relativ einfachen Haushalt nicht erwartet. Aber das waren die kleinen, angenehmen Überraschungen des Lebens.

Die Rechtsmedizinerin schaute auf. „Es ist viel Blut, aber ich denke, dass die Frau zuvor schon getötet wurde. Sie wird also nicht gemerkt haben, wie er ihr die Halsschlagader aufgeschnitten hat.“ Als sie den fragenden Blick Larsson sah, erklärte sie, dass der Frau allem Anschein nach vor der Öffnung der Halsschlagader das Genick gebrochen wurde. Sie würde ihm schnellstens Bescheid sagen, ob ihre Schnelldiagnose richtig sei.

„Ist schon einen Transportmittel bestellt?“ fragte Larsson.

Dr. Beckert schüttelte den Kopf.

Es war Simons nicht entgangen. „Ich mach das schon“, sagte er und ging wieder hinaus, um zu telefonieren.

„Wir müssen sehen, dass wir schnellstens alle Berichte von Ihnen bekommen, die zu diesem Fall gehören“, sagte Larsson. „Es ist eine Situation eingetreten, die mich annehmen lässt, dass wir es mit einem Serientäter zu tun haben.“ Er drehte sich um und ging zurück zum Wohnzimmer.

„Das Mädchen ist jetzt ansprechbar“, sagte der Notarzt, der noch bei dem Neffen der Getöteten stand.

„Ist sie soweit stabil, dass wir sie in einer Stunde nach Hause schicken können?

„Ich denke schon, dass es geht. Sie macht jetzt einen stabilen Eindruck.“

Larsson wandte sich an den Neffen. „Gibt es hier noch einen Raum, in dem ich mit dem Mädchen ungestört sprechen kann?“

„Unter dem Dach gibt es ein ausgebautes Zimmer, das ich benutze, wenn ich hier übernachte."

Larsson nickte ihm zu. Dann drehte er sich zu dem Mädchen. „Können wir zusammen nach oben das Zimmer gehen, Pauline? Ich habe einige Fragen an Sie."

Das Mädchen stand auf, und Larsson schaute, ob sie schon sicher auf den Beinen stand.

Im Flur stand Simons, der gerade telefoniert hatte und sein Handy wegsteckte.

„Du kannst mit hochkommen, Karl." Larsson deutete zur Treppe.

Auf dem Weg nach oben rief sich Larsson in Gedanken noch einmal alle Fakten ab, zum denen er das Mädchen befragen würde.

„Wie lange kennen Sie Walter Maybach schon?"

„Seit Mai."

„Seit Mai schon. Wie haben Sie ihn kennengelernt?"

„Durch Chantal."

„Chantal Koch?"

„Ja."

„Dann hat Chantal Maybach schon eher kennengelernt als Sie?"

„Zwei Wochen."

„Können sie mir sagen, wie Chantal Maybach kennengelernt hat?"

„Er sprach sie wohl an, als sie vom Tennisplatz kam."

„Gab es dafür einen Grund?"

„Sie hatte sich mit Daniel gestritten, und das muss Walt mitgekriegt haben. Jedenfalls hat er sie nach diesem Streit angesprochen", sagte das Mädchen. Sie sprach den Namen Walt amerikanisch aus. „Sie muss ziemlich durcheinander und aufgewühlt gewesen sein, denn sie ist zu Walt ins Auto gestiegen."

„In den roten Mazda."

„Ja."

„Und dann hat sie, ich meine Chantal, Sie dem Walter Maybach vorgestellt?“

„Ja.“

„Wann war das?“

„Eine Woche später, vielleicht etwas mehr.“

„Ist das üblich, dass eine Freundin eine neue Bekanntschaft der anderen Freundin vorstellt?“ fragte Larsson.

„Wir hatten eigentlich keine Geheimnisse voreinander.“

„Aber Maybach gefiel Ihnen auch?“

Pauline Bach nickte. „Er ist ein gutaussehender Mann. Anders als die Kerlchen in unserem Alter.“

Larsson macht sich eine Notiz. „Aber ist es denn heutzutage üblich, dass zwei junge Mädchen sich einen Mann teilen?“

„Ich sagte ihr, dass mir Walt gefalle und ich ihn übernehmen würde, wenn sie in satt habe.“

Das ist schon ganz schön abgebrüht, dachte Larsson. Früher hatten die Mädchen in diesem Alter die Eierschalen noch hinter den Ohren.

„Und dann sagte sie Ihnen, dass sie ihn satt hat?“

„Nein.“

„Nein? Und trotzdem sind Sie an ihn rangegangen?“

„Ich bin nicht an ihn rangegangen. Er ist an mich rangegangen.“

„Wie das?“

Simons schaute aus dem Fenster und sah, wie sich die Spurensicherung über den Sportwagen Maybachs hermachte.

„Ich war mit Chantal am Tennisplatz verabredet. Aber als ich kam, spielte sie noch. Und dann kam Walt. Wir schauten eine Weile zu, und dann fragte er, ob ich daran interessiert sei, mit ihm ein Eis essen zu gehen. Und dann sind wir ins Terrassencafé in Ahlbeck gefahren. Kurz bevor wir fertig waren, rief Chantal auf seinem Handy an und fragte, wo er denn bliebe. Also zahlte er, und wir fuhren zurück zum Tennisplatz. An der Ecke ließ er mich aussteigen, damit wir nicht zusammen ankämen. Aber er ließ sich meine Telefonnummer geben.“

„Und Chantal?“ fragte Larsson.

„Sie hat ihm wohl eine Szene gemacht, aber er konnte sie beruhigen.“

„Wo ist Chantal?“

Pauline Bach zuckte mit den Schultern. „Ich weiß es nicht.“

„Aber Sie waren doch mit Walter Maybach zusammen. Da müssen Sie doch wissen wo Chantal ist“, stellte Larsson fest.

„Nein, weiß ich nicht.“

„Sie sollten sich überlegen, mir langsam reinen Wein einzuschränken“, sagte Larsson. „Es gibt zwei Möglichkeiten. Die eine ist, Sie sagen mir, was tatsächlich zwischen Chantal und Ihnen gelaufen ist, und ich rufe ihren Vater an, dass er Sie abholen kann. Die zweite Möglichkeit ist, ich lasse Sie nach Anklam bringen, und Sie bleiben so lange bei uns, bis ich von Ihnen die Wahrheit über Ihr Verhältnis zu Chantal bekomme. Wir haben einige Fakten gesammelt, von denen wir wissen, dass sie stimmen. Also muss das, was Sie mir erzählen, Pauline, sich mit unseren Ermittlungen decken.“

Das Mädchen schien einen Augenblick nachzudenken. Dann sagte sie: „Ich will eigentlich gar nicht nach Hause. Mein Vater wird nur herumnörgeln. Und dazu habe ich gar keine Lust.“

Larsson lachte auf. „Und wozu haben sie Lust?“

Das Mädchen hob die Schultern, sagte aber nichts.

„In Ihrem Alter muss man sich leider noch der Erziehungsgewalt der Eltern beugen. Und Ihr Vater hat mich angerufen und mir unmissverständlich gesagt, dass er sofort wissen will, wo er Sie finden kann, wenn wir es wüssten.“

„Und?“

Larsson legte den Kugelschreiber nachdenklich auf den kleinen Tisch. „Wir haben jetzt den 18. Juli. Vor genau zehn Tagen hat Chantal eine Eintragung in ihr Tagebuch gemacht ... Karl, kannst du das bitte mal raussuchen und vorlesen ...“

Simons begann zu lesen. „Ich fühle mich so mies, dass ich vor seinen Augen ...“

„Stopp! Den ersten Satz sparen wir aus“, griff Larsson ein.

Simons nickte verstehend. „Er hat sich tatsächlich für morgen mit mir verabredet. Und er hat mir versprechen müssen, dass wir uns weiter schreiben. Dann sagte er mir, ich brauche nichts zu tun, was ich nicht möchte, nur um ihm zu beweisen, dass ich ihn mag. Aber vielleicht möchte ich etwas tun, was ihm Spaß bringt und ihn an mich bindet. Und deshalb werde ich alles tun, was er fordert. Er schrieb so, dass es klang als sei eine Beziehung mit mir nicht ausgeschlossen. Ich habe Angst, ihn zu bedrängen, aber ich weiß auch, dass, wenn ich nicht schnell genug bin, Pauline die Siegerin sein wird. Das war die letzte Eintragung von ihr."

„Das ist eine verdammte Lüge! Dieses Miststück!" intervenierte das Mädchen laut.

Larsson nickte Simons zu. „Karl."

„Ich sprach ihn auf Pauline an. Aber er lachte nur und sagte, ich soll ihr nichts von uns sagen, dann wäre schon alles in Ordnung. Mit Pauline, das sei längst aus, weil sie nicht die Frau ist, die er sucht. Ob das stimmt? Ich weiß es nicht, obwohl ich es gern glauben würde. Er hat mir aber verziehen, denn er ist ein erfahrener Mann."

„Nur Lügen ... wie kann man nur so lügen?" Die Selbstsicherheit des Mädchens schien zu bröckeln.

„Ich schrieb dann mit Pauline von ihm. Sie sagte mir, dass er nicht zu einer Beziehung bereit ist."

„Wieso schrieb Chantal Ihnen, Pauline?" fragte Larsson.

„Wahrscheinlich deshalb, weil sie beide nicht mehr miteinander redeten", warf Simons ein.

„Genauso ist es, Karl Das ist ein nicht zu widerlegendes Indiz dafür, dass sich die Mädchen um diesen Mann stritten." Larsson nickte Simons zu.

„Wir redeten doch noch einmal miteinander. Nach der Schule. Diese Lügnerin wollte mir weismachen, sie sei schwanger. Und dabei hat Walt mir versichert, er hätte nicht mit ihr geschlafen. Sie sei viel zu unreif dafür. Und er suche nur ein Mädchen wie mich, das sich nicht so zickig anstellen würde."

„Chantal hat Walter Maybach Vorhaltungen gemacht, und das war wahrscheinlich ihr Todesurteil", sagte Larsson lakonisch. Dabei beobachtete er die Reaktion des Mädchens.

„Was ist das für ein Unsinn? Todesurteil!" Der Satz Larssons machte sie wütend, und das war unüberhörbar.

„Wie standen Sie zu Walter Maybach?" fragte Larsson.

„Was ist das für eine Frage? Wir lieben uns."

„Und deshalb sagt Ihnen Chantal Koch, sie sei schwanger von Maybach?"

„Walt hat mir heute Morgen versichert, es gebe Chantal nicht mehr in seinem Leben."

Unten im Flur wurde es laut. Offensichtlich waren die Leute des Beerdigungsinstituts gekommen, um den Leichnam der Vermieterin abzuholen. Deshalb ging Simons für einen Moment aus dem Raum, um nach dem Rechten zu sehen. Auf der Treppe traf er auf die Rechtsmedizinerin, die sich von Larsson verabschieden wollte. Er sah ihr nach. An der Eingangstür zu dem Zimmer, in dem Larsson die Befragung machte, schaute sie in den Raum hinein.

„Ich bin fertig, Herr Larsson, und fahre jetzt nach Greifswald zurück."

„Eine Frage noch", sagte Larsson. „Wissen Sie schon, zu welchem Mädchen der Kopf gehört, der im Usedomer See als sie gefunden wurde?"

„Aber sicher. Ich habe den Bericht zu Ihnen auf den Polizeiserver gelegt."

„Danke. Aber ich bin noch nicht wieder dazu gekommen, im Büro nach dem Rechten zu sehen", sagte Larsson. „Und die DNA des Skeletts?"

Dr. Beckert machte eine Kopfbewegung, die Larsson daran erinnern sollte, dass das Mädchen noch vor ihm sitzt.

„Wenn Sie es wissen, dann sollten Sie es freundlicherweise laut sagen."

„Die DNA des Kopfes stimmt mit der uns überlassenen Probe von Chantal Koch überein."

„Nein!“ Es war ein verzweifelter Schrei, den Pauline Bach von sich gegeben hatte.

Larsson nickte der Rechtsmedizinerin zu. „Danke, Frau Dr. Beckert. Kommen Sie gut nach Greifswald zurück. – Sie haben es gehört, Chantal Koch ist tot. Sie ist einem Gewaltverbrechen zum Opfer gefallen.“

„Das kann nicht sein, Walt hat mir heute Morgen gesagt, er habe sie in die Wüste geschickt. Daraufhin habe im Chantal eine Tasse an den Kopf geworfen, und er habe ihr eine geklebt. Das ist alles.“

Larsson wartete einen Augenblick, bis das Mädchen schwieg. Die Farbe war aus ihrem Gesicht gewichen, denn langsam begann sie zu begreifen, dass Walter Maybach nicht der war, den sie bereit war zu sehen. Als er glaubte, dass sie sich ein wenig gefangen hatte, stand er auf.

Simons kam zurück. „Die Leiche ist abgeholt worden.“

„Ich bin gleich wieder da.“ Damit verließ Larsson den Raum und ging hinaus bis zu dem Geländer auf der Terrasse. Die Männer der Spurensicherung standen nun um den roten Mazda herum.

Maier kam auf ihn zu. „Können wir jetzt oben anfangen? Außer einigen Fotos von dem Lagerort der Leiche haben wir noch nichts.“

„Ja, natürlich, Paul.“

Larsson wählte die Nummer der Einsatzleitung in Anklam und erkundigte sich, ob es schon etwas in der Fahndung Walter Maybach gegeben hätte. Das war nicht der Fall. Dann tat er das, was er eigentlich tun wollte, als er den Raum verließ. Er ging zur Toilette. Als er kurze Zeit später wieder das Zimmer betrat, in dem die Befragung der Pauline Bach stattfand, fand er das Mädchen leise vor sich hin weinend vor.

Simons stand am Fenster, machte ein betretenes Gesicht und hob die Schultern, als Larsson hereinkam.

„Es ist immer schmerzhaft, eine Erkenntnis zu erlangen, die einem in dieser Weise verständlich gemacht wird“, sagte Larsson in einem versöhnlichen Ton.

„Ich glaube nicht, dass Walt ein Mörder ist“, sagte das Mädchen zwischen zwei Schluchzern.

„Er konnte gut reden, nicht wahr?“

„Ja.“

„Und er hat es verstanden, Sie so für sich zu begeistern, dass Sie zu allem bereit waren.“

„Ich wollte mit Walt weggehen.“

„Wohin wollten Sie denn gehen?“

„Zuerst nach München und dann ... und dann irgendwohin ins Ausland. Aber es stand noch nicht fest, wohin.“

„Daraus wird er wohl nun nichts mehr werden“, sagte Larsson nachdenklich und wusste, dass das dem Mädchen sehr weh tun würde.

„Ich falle ins Bodenlose“, sagte Pauline Bach leise. „Ich liebe einen Mann, und es stellt sich heraus, dass er ein Mörder ist. Ich kann das noch nicht fassen.“

Mit einem Mal fing sie an zu zittern.

„Schau mal, ob der Notarzt noch da ist“, sagte Larsson zu Simons. „Er möchte sich noch einmal das Mädchen ansehen.“

Während Simons hinunter zum Parterre ging, um den Arzt zu holen, sprach Larsson noch einmal auf das Mädchen ein.

„Sie wollten nicht nach Hause. In diesem Fall würde ich vorschlagen, die gehen für einige Tage zur Beobachtung in die Klinik nach Greifswald.“

Zwischen zwei Seufzern, sagte das Mädchen: „Alles wäre sicher besser, als jetzt nach Hause zu meinen Eltern zu kommen.“

12. Kapitel

Nach dem ersten Stahlkutter, bei dem die Polizisten etwas länger verharrt hatten, kam die Serviererin vorbei, und Maybach rief sie zu sich und bezahlte. Er wischte sich noch einmal mit der Serviette über den Mund, während er sowohl die Polizisten versuchte, mit seinen Blicken einzufangen, als auch das Geschehen auf der Yacht verfolgte. Dann fiel ihm ein, dass er nicht einmal die Tüte mit der eingekauften Verpflegung bei sich hatte. Die lag in dem Lupo, den er zwischen einer Reihe Autos abgestellt hatte. Langsam ging er die wenigen Meter auf die Yacht zu.

„Es ist ein wirklich wundervolles, sehr beeindruckendes Boot, das Sie haben", sagte er, und setzte sein freundlichstes Gesicht auf, mit dem er bisher immer alle Menschen für sich einnehmen konnte. Dabei achtete er genau darauf, dass er nicht zu laut sprach. Er wollte vermeiden, dass die Personen auf der Terrasse des Restaurants später der Polizei die Unterhaltung wiedergeben könnten. Lässig schob er die Zeitung unter den Arm, die er bisher in der rechten Hand gehalten hatte.

Die Frau schaute scheinbar gelassen zu ihm herüber, während der Mann sich persönlich durch das Lob der Yacht angesprochen fühlte.

„Ja, da haben Sie recht. Es ist eine wunderschöne 500.000-Euro-Yacht", sagte er selbstgefällig und lächelte Maybach aufmunternd zu. „Ich wette, Sie haben so ein Schiff noch nicht einmal von innen gesehen, oder?"

„Die Wette geht an Sie. Ich habe nur einen kleinen die Jollen-Kreuzer am Starnberger See liegen", sagte Maybach. „Aber was ist das schon gegen eine solch imposante Yacht."

„So, so, am Starnberger See." Der Mann schien eine Sekunde lang zu überlegen, aber dann besiegte ihn seine Geltungssucht. „Also, wenn Sie Lust haben", sagte er gewichtig, „lade ich Sie auf einen Drink ein, und Sie können sich gern mein Schiff mal ansehen."

„Das ist aber sehr freundlich." Geschickt schwang sich Maybach über die Reling auf die Yacht. Dann gab er der Frau seine Hand und stellte sich vor. „Sagen Sie einfach Walt zu mir, wie alle meine Freunde." Er drehte sich um. „Und Ihnen danke ich ganz besonders für diese Einladung."

„Na dann, Walt, will ich Ihnen gern das Innere des Schiffes zeigen. Übrigens, mein Name ist Dr. Ewald Hausmann. Sie können Doktor zu mir sagen." Er deutete mit der Hand zum Niedergang und sagte: „Ich geh dann mal voraus."

Die beiden Männer verschwanden für eine kurze Zeit unter Deck. Als sie wieder hoch kamen, schien die Farbe aus Hausmanns Gesicht gewichen zu sein.

„Du löst zuerst die Hecktrosse, Irene", sagte er leise, „dann die am Vorderschiff. Ich möchte Walt zu einer kleinen Probefahrt einladen."

Ein Blick genügte Maybach, um festzustellen, dass die Polizisten jetzt an dem weißen Kutter standen.

Während die Frau die Leinen löste, hatte sich der Yachteigner auf den Steuerstand begeben und startete den Motor. Mit dem Bugstrahlrohr löste er das Boot von dem Steg und ließ es mit langsamer Kraft vorauslaufen.

„Du hast die Leinen nicht ordentlich zusammengelegt, Irene. Bitte lege erst die Bugleine zusammen und dann die Achterleine."

Als die Frau aufbegehren wollte, legte er die Stirn in Falten und unterbrach sie mit einer herrischen Bewegung. „Tu es einfach."

Maybach verfolgte die Frau mit seinem Blick und sah, dass sie sich tatsächlich an der Leine zu schaffen machte. Dann registrierte er noch, dass sie nach achtern ging und dort das gleiche machte. Gelangweilt schaute er, wie sie an den anderen Booten vorbeiglitten und sie die Abgrenzung zum Hafen der Wasserschutzpolizei passierten. Drei Boote der Wasserschutzpolizei lagen an der Pier. Ein alter Tonnenleger, ein Schiff, das Maybach mit seinen undefinierbaren Aufbauten keinem Zweck zuordnen konnte und das Polizeiboot Damerow. Vor der Damerow sah er zwei Besatzungsmitglieder diskutieren. Die Männer sahen nicht einmal auf, als sie die Stelle passierten. Einen Augenblick nur hatte er die Frau außer Augen gelassen und sich von dem Anblick der Wasserschutzpolizeistationen ablenken lassen. Plötzlich machte das Boot einen Ruck nach vorne. Offensichtlich hatte der Eigner den Motor auf Volllast gestellt. Auch Maybach konnte sich kaum halten. Aber während er gegen eine Seitenbarriere geschleudert wurde, sah er, wie die Frau über Bord ging.

13. Kapitel

„Der Mann hat sich ein wenig hingelegt. Die Beruhigungsspritze wirkt jetzt“, sagte der Notarzt, als er das Zimmer betrat. Hinter ihm kam Simons die Treppe hoch.

„Ich möchte, dass sie sich noch einmal Pauline Bach ansehen. Ich möchte veranlassen, dass sie für ein, zwei Tage zur Beobachtung in die Psychiatrie kommt.“

„Ist sie damit einverstanden?“

„Ist sie.“

„Aber sie ist noch nicht volljährig“, warf der Notarzt ein.

„Das ist wohl so, aber wenn ein Arzt feststellt, dass sie eventuell suizidgefährdet ist, und das scheint mir hier der Fall zu sein, wäre es nur verständlich, wenn dieser Arzt eine solche Neigung zu unterbinden versucht.“

„Das wäre dann seine Pflicht“, sagte der Arzt. Er ging näher zu Pauline Bach heran, setzte sich auf den neben ihr stehenden Stuhl und ergriff ihre Hand. Dabei spürte er ihr Zittern. „Sie haben gehört, was der Hauptkommissar gesagt hat? Glauben Sie wirklich, selbstmordgefährdet zu sein?“

Das Mädchen nickte.

„Gut, dann werde ich Sie zur Beobachtung ins Klinikum Greifswald einweisen.“ Er drehte sich Larsson zu. „Ich könnte sie zwar gleich mitnehmen, aber vielleicht ist es besser, wir bestellen einen Krankenwagen.“

Larsson schaute das Mädchen an. Es zitterte noch immer. Er nickte dem Arzt zu. „Ich denke auch, in diesem Fall wäre ein Krankenwagen von Vorteil.“

„Ich habe einen guten Kollegen in dieser Abteilung arbeiten und werde gleich mal nachfragen“, sagte der Arzt. Dann ging er hinaus, um zu telefonieren.

„Ich habe noch eine vorläufig letzte Frage an Sie, Fräulein Bach.“ Larsson beobachtete das Mädchen. Er sah, dass sie ihn nicht wirklich wahrzunehmen schien. Dennoch versuchte es noch einmal. „Können Sie mir sagen, ob Sie von anderen Frauen, mit denen Maybach Kontakt hatte, wussten?“

Sie schaute ihn an, als habe er sie nach einem achtzehnten Weltwunder gefragt. „Außer Chantal kannte er keine anderen Frauen“, sagte sie leise. „Jedenfalls keine, von der ich es wissen würde.“

Larssons Handy schnurrte auf den Tisch. Es war die Einsatzleitung in Anklam, die ihn von der Festnahme Walter Maybachs unterrichtete. Darüber hinaus bestätigte der Einsatzleiter, dass er nun aufgrund eines richterlichen Durchsuchungsbefehls nach den § 102-110 ein Team nach Zirchow geschickt habe, welches das Haus auf den Kopf stellen würde. Larsson bedankte sich für die Nachricht und sagte, dass er sich nun selbst nach Zirchow begeben würde, um sich einen eigenen Eindruck machen zu können.

„Sie hat einen Platz in der psychiatrischen Klinik in Greifswald mit der besten Betreuung, die man sich vorstellen kann“, sagte der Notarzt, der das Zimmer wieder betreten hatte.

„Jetzt müssen wir nur noch den Krankenwagen bestellen“, sagte Simons. „Soll ich das übernehmen?“

„Das habe ich bereits veranlasst.“ Der Arzt lächelte Simons zu.

„Würden Sie so lange warten, bis der Wagen hier ist? Wir müssen dringend zu einer anderen Baustelle“, sagte Larsson.

„Sie können sich auf mich verlassen.“

Larsson stand auf und gab dem Mädchen die Hand. „Seien Sie tapfer, es kommt schon alles wieder ins Lot.“

„Danke.“

Larsson merkte, dass das Mädchen langsam ruhiger wurde. Mit einem Nicken verließ er, im Schlepp Simons, dem Raum.

Im Parterre ging Larsson noch einmal zu dem Schlafzimmer der ermordeten Frau, während Simons dem Ausgang zustrebte.

„Ich will nicht in dich dringen, Paul, aber es würde mich interessieren, wie weit ihr seid.“

„Sag nicht, dass du noch einen anderen Auftrag für uns hast.“

„Man hat den mutmaßlichen Mörder gefasst. Jetzt wird das Haus seiner Tante in Zirchow, das er bewohnt hatte, auseinandergenommen. Ich würde gern sehen, dass du dabei bist."

„Wir sind hier aber noch nicht ganz fertig."

„Könnten das deine Leute eventuell allein machen?"

„Wir sind nur mit einem Auto hier."

„Das ist das kleinste Problem, Paul. Können sie das allein machen?"

„Ja, natürlich", sagte Paul Maier.

„Ich warte draußen im Auto auf dich." Damit drehte Larsson sich um und ging hinaus zu seinem Fahrzeug. Draußen stand noch einer der beiden Funkwagen, die er beim Eintreffen vorgefunden hatte und der Wagen des Arztes, der das Mädchen noch betreute. Er ging zu Simons, der bei den Männern des Funkwagens stand.

„Karl, du fährst bitte bei den Bachs in Ulrichshorst vorbei und erklärst den Eltern, dass das Mädchen für zwei Tage in die Psychiatrie eingewiesen wurde. Während dieser Zeit wird dort niemand vorgelassen. Auch die Eltern nicht."

Paul Maier kam aus dem Haus, ging zum Einsatzfahrzeug und holte aus dem T4 eine Tasche. „Wir können fahren", sagte er zu Larsson. Kurz vor der Ausfallstraße nach Zinnowitz kam ihnen der Autotransporter entgegen, um den Mazda für die Untersuchung bei der KTU in Anklam abzuholen.

Als sie in Zirchow ankamen, waren die Kollegen schon eifrig bei der Arbeit. Paul Maier machte sich sofort auf, um festzustellen, wie weit man schon Dinge gefunden hatte, die der Auswertung von Nutzen sein könnten.

„Wir haben etwas Interessantes gefunden, das Sie interessieren wird, Kollege", sagte Kriminaloberkommissar Fiebig zu Larsson. „Hier auf dem Laptop."

Larsson war hinter Fiebig getreten und schaute nun auf den kleinen Film, den Fiebig startete. Zu sehen war ein Zimmer, das Larsson auf Anhieb bekannt vorkam. Doch wurde die Tür geöffnet, und ein junges Mädchen kam herein – Chantal Koch –

und ging auf die Kamera zu, so dass man sie zuerst ganz, dann nur ihren Bauch, wenig später nur ihr Gesicht sehen konnte.

„Offensichtlich wurde das Zimmer von ihrer eigenen Webcam gefilmt“, sagte Fiebig.

Wenig später erschien das Mädchen wieder und zog sich langsam aus. Dabei achtete es genau darauf, dass die Kamera ihren Körper vollständig erfasste.

„Gibt es auf diesem Gerät noch weiteres Bildmaterial, das uns in diesem Fall voranbringen würde?“

„Ich bin gerade erst dabei, das zu untersuchen. Aber ich denke, das ist doch schon ein Anfang.“

„Wir hatten schon einen Hinweis auf dieses Bild im Tagebuch des Mädchens gefunden“, sagte Larsson. „Ich wusste nur nicht, dass Maybach das gefilmt hat. Aber es ist natürlich ein wichtiger Teil der Beweiskette. Was ist das?“

„Der Dialog zwischen den beiden. Alles, was wir auf seinem Laptop gefunden haben.“

Von: Red – Igel
Gesendet: 14.12.2012 14:26:09
An: Traumfee
Betreff: Tennisplatz

Hallo Chantal,

ich habe Dich heute auf dem Tennislatz gesehen. Du weißt schon, dass Du wunderschön bist. Ich würde Dich gern treffen. Streit gibt es immer nur mit Gleichaltrigen, die einem ohnehin nichts bieten können.

Von: Traumfee
Gesendet: 14.12.2012 14:40:03
An: Red – Igel
Betreff: Tennisplatz

Wer bist Du?

Von: Red – Igel
Gesendet: 14.12.2012 14:35:07
An: Traumfee
Betreff: Tennisplatz

Das sage ich Dir, wenn wir uns treffen.

Von: Traumfee
Gesendet: 14.12.2012 14:40:03
An: Red – Igel
Betreff: Tennisplatz

Aber ich kenne Dich doch gar nicht!

Von: Red – Igel
Gesendet: 14.12.2012 14:55:38
An: Traumfee
Betreff: Tennisplatz

Das ist doch kein Grund! Lerne mich kennen, und Du wirst begeistert sein.

Von: Traumfee
Gesendet: 14.12.2012 15:08:09
An: Red – Igel
Betreff: Tennisplatz

Ich treffe mich nicht mit fremden Männern.

Von: Red – Igel
Gesendet: 14.12.2012 15:12:12
An: Traumfee
Betreff: Tennisplatz

Das kann ich durchaus verstehen. Aber am Tag und in der Nähe des Tennisplatzes ist es doch gar kein Risiko. Da gibt es viele Menschen. Also kein Problem, denn wo viele Menschen sind, kann nichts passieren.

Von: Traumfee
Gesendet: 14.12.2012 15:26:22
An: Red – Igel
Betreff: Tennisplatz

Das stimmt.

Von: Red – Igel
Gesendet: 14.12.2012 15:29:43
An: Traumfee
Betreff: Tennisplatz

Morgen um 15 Uhr???

Von: Traumfee
Gesendet: 14.12.2012 15:36:57
An: Red – Igel
Betreff: Tennisplatz

Einverstanden. Wo?

Von: Red – Igel
Gesendet: 14.12.2012 15:40:12
An: Traumfee
Betreff: Tennisplatz

Mach Du einen Vorschlag ...

Von: Traumfee
Gesendet: 14.12.2012 15:55:01
An: Red – Igel
Betreff: Tennisplatz

Am Zugang zur Ahlbecker Seebrücke. Wie erkenne ich Dich?

Von: Red – Igel
Gesendet: 14.12.2012 15:58:59
An: Traumfee
Betreff: Tennisplatz

Ich werde Dich erkennen, Chantal!

„Nun wissen wir auch, wie er sie angebaggert hat“, sagte Larsson. „Bis dahin ist es ja noch ganz zivil. Aber wir sollten diesen Schriftverkehr auch separat auflisten, damit ich eine Übersicht habe.“

„Frischfleisch ziehen nennen es die Täter, die gezielt mit Kindern und Jugendlichen Kontakt im Internet aufnehmen. Oft sind ausgerechnet die scheinbar sicheren Kinderchats ihre erste Wahl. In elternfreien Zonen kennen diese Männer keine Tabus. Durch die Anonymität ist das Risiko längst nicht so hoch, wie wenn sie Kinder auf dem Spielplatz oder Jugendliche an der Schule ansprechen“, sagte Kriminaloberkommissar Fiebig.

„Ich weiß. Ekelhaft.“

„Spielplatz war gestern. Heute haben Männer, die ein sexuelles Interesse an Kindern haben, einen direkten Draht ins Kinderzimmer, über eine Webcam sogar mit Bild. So wie das, was gerade hier auf dem Laptop abgelaufen ist.“

„Dass man da keinen Riegel vorschieben kann“, gab Larsson zu bedenken.

„Die Täter wissen, wie sie sich zum virtuellen Freund und Vertrauten von Kindern oder auch Jugendlichen machen können. Gerade diese Zielgruppen können durch bewährte Tricks auch dazu gebracht werden, gegenüber ihren Eltern zu schweigen. Oft vergehen nur wenige Tage vom Chat bis zu einem heimlichen Treffen.“

„Die Folgen solcher Blind Dates ohne Wissen der Eltern waren schon in vielen Fällen Missbrauch bis hin zur Vergewaltigung. Zurück bleiben die traumatisierten Kinder und die fassungslose Eltern.“ Larsson machte sich von dem Bild los und suchte Maier, den er im Heizungsraum des Hauses fand. Im Eingang traf er auf Simons, der vom Besuch der Eltern Pauline Bachs kam.

„Wie haben es die Bachs aufgenommen?“ fragte Larsson.

„Natürlich waren sie erleichtert, dass ihre Tochter gefunden wurde und lebt. Dann wollte der Vater unbedingt nach Greifswald fahren.“

„Ein besorgter Vater, Karl. Was willst du machen?“

„Er faselte etwas von Manipulation durch die Polizei, um Fahndungspannen zu vertuschen.“ Simons zog die Schultern hoch und lächelte. „Ich dachte, der Mann würde jeden Augenblick durchdrehen. Seine Frau versuchte ihn zu beruhigen. Gemeinsam konnten wir ihn schließlich überreden, erst einmal in Greifswald anzurufen und sich auf der Station des Krankenhauses zu erkundigen.“

Maier war gerade dabei, mit Luminol, das er auf den Boden aufsprühte, menschliches Blut nachzuweisen.

„Und?“

„Hier hat es eine richtige Sauerei gegeben“, sagte Maier. Er deutete auf eine Kettensäge, die an der Wand in einer Halterung befestigt war. „Die Maschine ist zum Einsatz gekommen. Die ganze Kette ist voller Blut. Man hat zwar versucht, sie zu säubern, aber umsonst.“

„Dazu gehört aber eine Menge Kaltblütigkeit“, warf Larsson ein.

„Statistisch gesehen gab es bei uns in der Bundesrepublik im vorigen Jahr 907 Morde. Mindestens, denn nicht jeder Mord wird entdeckt. Die Dunkelziffer dürfte beim Doppelten liegen“, sagte Maier. „Und der Grad der Grausamkeit nimmt ständig zu. Hier möchte ich auch nicht dabei gewesen sein.“

„Ja“, warf Larsson ein, „die Brutalität übersteigt unser Vorstellungsvermögen. Menschen, die so etwas getan haben, sind wandelnde Zeitbomben. Sie können es jederzeit wieder tun. Was ist das?“ fragte Larsson und zeigte auf einen offenen Karton.

„Kabelbinder für die Montage elektrischer Anlagen“, sagte Maier. „Solche hat Maybach dazu verwendet, das Mädchen in Netzelkow ans Bett zu fesseln.“

Das Luminol machte die Laufspur von Schuhen sichtbar. „Hier ist jemand direkt durchs Blut gelaufen.“

„Glaubst du eigentlich, dass jeder zum Mörder werden kann?“ fragte Maier.

„Es gibt sicher Situationen, die unterschiedlicher zu bewerten sind, als etwa ein Mord aus Habgier. Zum Beispiel, wenn jemand über Jahre hinweg eingesperrt war und vergewaltigt wurde. Jeder kann also in die Situation kommen, dass er irgendwann die Kontrolle über sich verliert“, antwortete Larsson.

„Sagt ein Mordermittler“, warf Maier ein und kniff ein Auge zu.

Kriminalkommissar Meumann, welcher der Sonderermittlungsgruppe Liisa ebenfalls zugeteilt war, stand plötzlich in der Tür. Er musste die letzten Sätze von Maier und Larsson mitbekommen haben. „In jedem Menschen steckt der Trieb zu töten“, sagte er, „wenn er in eine besondere Situation geraten ist, aus der herauszukommen er keine andere Möglichkeit sieht."

„Ich wette, Sie haben etwas für mich, sonst würden sie sich nicht so anschleichen", sagte Larsson.

„Für Sie? Ich glaube eher für Paul."

„Wieso?" ließ sich Paul Maier hören.

„Wir haben einen Fleck im Schlafzimmer gefunden, kein Blut, aber bestimmt eine Körperflüssigkeit, möglicherweise handelt es sich um Urin. Jedenfalls riecht es so."

Maier stand auf und legte den Sprayer mit dem Luminol in die Tasche. „Hier muss ich noch einige Proben nehmen", sagte er zu Larsson. Dann durchquerten sie den Flur wollten hinauf in den ersten Stock, wo das Schlafzimmer gelegen war. Larsson betrat die erste Treppenstufe, als Fiebig ihn rief.

„Kollege Larsson, vielleicht wollen Sie sich das ansehen ... auf dem Laptop befinden sich pornografische Seiten."

„Ist doch eigentlich nicht ungewöhnlich", sagte Larsson und wollte weitergehen.

„Nein, wenn es normale Pornos wären, sicher nicht", stoppte ihn Fiebig. „Das aber sind so sadistische Bilder, dass sich durchaus Assoziationen zu diesem Fall ergeben."

Larsson und Simons gingen mit Fiebig zu dem Tisch, auf dem der Laptop stand, und Fiebig startete den Film. In der Tat waren diese Bilder sadistisch. Sie zeigten junge Frauen, die in die verschiedensten Masken eingeschnürt waren; sie wanden sich und rangen offensichtlich um ihr Leben, da die Luftzufuhr gesperrt war. Aber eines war bei diesen Frauen gleich – sie waren bei der Darstellung ihres Todeskampfes ans Bett gefesselt.

„Stopp. Fahren Sie den Film noch einmal ein ganz kleines Stück zurück."

Fiebig versuchte den Film sequenzweise zurückzuholen.

„Hier. Sehen Sie, womit die Mädchen gefesselt sind?" fragte Larsson.

„Es scheint, als wären es Kabelbinder. So etwas benutzen die Israelis bei ihren Einsätzen. Kabelbinder kosten fast nichts, sind aber sehr effektiv."

„Genau. Der Täter muss von diesen Darstellungen derart fasziniert gewesen sein, dass es selbst anfing zu experimentieren", sagte Larsson und dachte an die Kabelbinder im Heizungsraum und die Feststellung Maiers, Maybach habe solche Kabelbinder in Netzelkow verwendet. „Nur dass es sich hier um Filme handelt, die von einer Produktionsfirma hergestellt worden sind. Die Mädchen sind Schauspielerinnen, die nach dem Dreh aufstehen und nach Hause gehen. Wir haben es mit einem Täter zu tun, der seine Opfer nicht mehr freilassen konnte, weil er sonst enttarnt worden wäre. Anscheinend bereitete ihm sein erster Mord Befriedigung, und er tötete erneut. Wann ist der Film gespeichert worden?"

„Anfang letzten Jahres", sagte Fiebig.

„Hoffen wir, dass er nicht noch früher begonnen hat zu morden. Stellen Sie bitte ein Tape zusammen, dass alle auffälligen Bewegungen zusammenfasst, die mit den Morden in Zusammenhang gebracht werden, beziehungsweise Einfluss auf seine Psyche gehabt haben können. Wir werden das Band dann einem Kriminalpsychologen beim BKA schicken. Vielleicht hilft ihm das bei der Motivsuche."

Larsson wandte sich ab, und die beiden Kommissare gingen in den ersten Stock, wo sie Maier in voller Aktion sahen. Er hatte das Stück aus dem Teppichboden herausgeschnitten, beiseitegelegt und gab nun Anweisungen Schreibtisch und Bett zu verrückten. Gemeinsam verschoben sie zuerst das Bett.

„Ich habe es vermutet", sagte Maier und beugte sich über einige Flecken. Offensichtlich war sich der Mörder seiner Sache sicher gewesen, denn er hatte sich keine Mühe gegeben, die Flecken zu beseitigen. „Ohne Zweifel, es ist Blut."

Während Maier zum Heizungsraum ging, um seine Tasche mit dem Luminolsprayer zu holen, rückten die beiden anderen

Männern den Schreibtisch beiseite. Die Wand unterhalb der Schreibtischplatte war mit Blutspritzer übersät.

„Nach der Art, wie die Blutspritzer verteilt sind, muss der Täter mit einer unheimlichen Gewalt zugeschlagen haben“, stellte Larsson fest.

Paul Maier kam zurück, nahm Proben von dem Blut und steckte sie jeweils in ein unterschiedliches Röhrchen. „Das muss zur Serologie der Rechtsmedizin, um eine DNA-Analyse machen zu lassen.“

Simons rief den Notdienst der Rechtsmedizin in Greifswald an. Wider Erwarten war Frau Dr. Beckert noch im Haus und ließ es auch zu, dass er mit ihr verbunden wurde.

„Wahrscheinlich bekommen wir die Ergebnisse erst am Montagvormittag“, sagte Simons zu Larsson, als das Gespräch beendet war.

Larsson schaute zum Fenster. Draußen war es dunkel geworden. Als wäre es Gedankenübertragung, rief Monika Landris an und fragte, wann er nach Hause zu kommen gedenke. Als er sie beruhigt hatte, rief er bei der Einsatzleitung an. Er erfuhr, dass Walter Maybach sich seit geraumer Zeit im Gewahrsam in Anklam befand. Larsson erklärte, die Vernehmung am Folgetag, dem 19. Juli, selbst zu übernehmen.

„Was haben wir denn hier?“ fragte Maier laut in die Runde. Er hatte dem Wandschrank geöffnet und sah eine kleine Schramme, bei der eine Beschädigung der Oberfläche zu sehen war. „Ich muss mir die Tasche noch einmal vornehmen, in der die Leichenteile gefunden wurden. Genau dort habe ich eine solche Farbe entdeckt. Kratzte ein wenig von dieser Farbe ab, sicherte sie in einem der üblichen, durchsichtigen kleinen Beutel.“

„Ich würde dich bitten, Paul, die Kabelbinder in dem Heizungsraum noch einmal anzusehen, um festzustellen, ob irgendwelche Spuren daran zu finden sind.“

„Hast du eine besondere Veranlassung dazu?“ fragte Maier.

„Auf der Festplatte des Laptops hat es Filme, bei denen solche Binder zur Fesselung von Opfern verwendet worden sind. Das ist der ganze Hintergrund. Dennoch ist es wichtig."

Larsson drehte sich Simons zu. „Wir werden jetzt nach Hause fahren und uns einige Stunden aufs Ohr legen. Ich denke, wir werden uns morgen um neun in Anklam treffen, um Maybach zu verhören."

„Morgen ist Sonntag", maulte Simons.

„Wie ich dich kenne, Karl, hast du ohnehin nichts vor."

Simons empfand das schräge Lächeln Larssons als diabolisch.

14. Kapitel

Als Larsson auf den Hof der Polizeiinspektion der Friedländer Straße in Anklam fuhr, sah er Simons Wagen stehen. Ein Lächeln huschte über sein Gesicht, denn anders hatte er es von seinem Mitarbeiter nicht erwartet, obwohl der am Vorabend über diesen Einsatz gemauert hatte. Wenn es darauf ankam, konnte sich Larsson auf den jungen Karl Simons verlassen. Er war überzeugt davon, dass Simons noch eine sprunghafte Karriere innerhalb der Kriminalpolizei vor sich hatte. Die Tür zu dem Raum mit der Glasscheibe jenseits des eigentlichen Verhörzimmers, aus dem man ungesehen das laufende Verhör beobachten konnte war geöffnet. Als Larsson hineinschaute, sah er Simons, der interessiert durch die Scheibe blickte.

Auf der anderen Seite der Scheibe saß am Verhörtisch Walter Maybach. Er sah blass und unausgeschlafen aus. Dennoch musste Larsson sich eingestehen, dass dieser Maybach ein durchaus gutaussehender Mann war. Das ließ ihn verstehen, dass die jungen Mädchen sich zu ihm hingezogen fühlten.

„Was fasziniert dich an diesen Mann so, Karl?"

Simons schien erschrocken. „Warum schleichst du dich so an?"

„Ich habe mich nicht an geschlichen, Karl. Aber du warst mit deinen Gedanken woanders. Wo?"

„Bei der Tasche mit den Leichenteilen und dem Skelett, das wir am letzten Mittwoch gefunden haben. Diesem Kerl dort kann man das eigentlich gar nicht zutrauen."

„Was stand in der Beurteilung, die über den Mann gekommen ist?"

„Dass er bei einer Spezialeinheit der Bundeswehr war. Aber wo genau, war nebulös abgefasst. Du weißt ja, diese Einheiten sind geheimnisumwittert."

„Normalerweise können wir heute nur das Nötigste machen, denn wir haben noch nicht einmal einen Vernehmungsplan erstellt. Dazu fehlen uns die Auswertungen der Spurensicherung und der Forensik“, sagte Larsson. „Aber eine unverzügliche Vernehmung muss die Regel sein. Komm, lass uns anfangen. Umso eher sind wir fertig und können nach Hause fahren.“

„Ich habe uns hier ein Protokoll über die Yachtentführung und Festnahme ausgedruckt“, sagte Simons.

Als die Tür zum Verhörraum aufgemacht wurde, schaute Maybach auf. Larsson stellte fest, dass der Mann ziemlich gefasst war, und nickte dem Beamten, der für die Bewachung des Mannes zu sorgen hatte, grüßend zu.

Larsson und Simons setzten sich, und Simons schaltete das Aufzeichnungsgerät ein.

Larsson schaute Maybach in die Augen. „Wir werden jetzt das Gespräch aufzeichnen. Haben Sie etwas dagegen?“

„Nein.“

„Ich belehren Sie jetzt, dass Ihnen gemäß § 163 a Abs. 4 S. 1 der Strafprozessordnung StPO zur Last gelegt wird, mindestens drei minderjährige, junge Frauen zu sexuellen Handlungen überredet und sie anschließend ermordet zu haben. Darüber hinaus haben Sie ohne ersichtlichen Grund die Vermieterin der Ferienwohnung in Netzelkow getötet. Es steht Ihnen frei, sich zu dieser Beschuldigung zu äußern oder zur Sache nicht auszusagen. Dieses Schweigerecht, sofern Sie es überhaupt vorziehen in Anspruch zu nehmen, bezieht sich nicht auf die Personalien im Sinne von Paragraph 111 OWiG“, begann Larsson die Vernehmung.

„Was ist OWiG?“ fragte Maybach.

„OWiG ist das deutsche Ordnungswidrigkeitenrecht. Eine falsche Namensangabe stellt gemäß § 111 OWiG eine Ordnungswidrigkeit nach dem deutschen Ordnungswidrigkeitenrecht nur dann dar, wenn dies gegenüber einer zuständigen Behörde bei Ausübung ihres Amtes erfolgt. Haben Sie das soweit verstanden?“

Maybach nickte.

„Sie heißen?“

„Walter Maybach."

„Ist Walter Ihr einziger Vorname?"

„Ja."

„Maybach ist Ihr Geburtsname?"

„Ja."

„Wann sind Sie geboren?" fragte Larsson.

„Am 23. Mai 1967."

„Wie ist Ihr Familienstand?"

„Ledig."

„Wo sind Sie polizeilich gemeldet?"

Maybach nannte die Adresse in München, die gleichzeitig die Adresse seiner Tante Elfriede-Maria Maybach war.

„Ihre Staatsangehörigkeit?"

„Deutsch."

„Wie ist Ihre Schulbildung?"

„Normal."

„Was heißt bei Ihnen normal?"

„Grundschule bis zur zehnten Klasse, Oberschule, Abschluss Abitur, Notendurchschnitt 1,3."

„Das ist überdurchschnittlich."

„Nicht für meine Eltern. Ihnen wäre eine glatte Eins lieber gewesen."

„Was für einen Beruf haben Sie erlernt?"

„Weisungsgemäß, wie es in Familien gehobenen Standes üblich ist, habe ich den Beruf meines Vaters ergriffen und bin Bankkaufmann geworden."

„Bei welcher Bank waren Sie tätig?"

„Bei der Deutschen Bank in Singen am Hohentwiel."

„Lebt Ihre Familie nicht in München?"

„Man wollte mich aus der Schusslinie haben", sagte Maybach.

„Aus welchem Grund wollte man Sie aus der Schusslinie haben?"

„Ich hatte eine kurze Affäre mit einer jungen Kollegin aus der Bank meines Vaters. Der Vater diese Kolleginnen war der

Direktor meines Vaters. Als die junge Frau schwanger wurde, begann der Ärger."

„Sie begannen also Ihre Lehre in Singen?" fragte Larsson weiter, während er sich Notizen machte.

„Ich begann meine Lehre in München. Aufgrund der eben geschilderten Probleme hat man mich dann in Singen untergebracht."

„Haben Sie dort Ihre Lehre beendet?"

„Ja."

„Wo haben Sie nach Ihrer Lehrzeit weiter als Bankkaufmann gearbeitet?"

„Ich habe nie wieder als Bankkaufmann gearbeitet."

„Sie sind jetzt achtunddreißig Jahre alt. Schildern Sie uns doch einmal, welche Tätigkeiten Sie nach Ihrer Lehrzeit ausgeführt haben."

„Ich bin zum Bund gegangen."

„Sie wollen also damit sagen, dass Sie die ganze Zeit beim Bund waren?"

„Bis fast zum Ende des vorigen Jahres. Danach versuchte ich einen Studienplatz in Greifswald zu bekommen."

„Haben Sie den Studienplatz bekommen?"

„Ja, zum Wintersemester habe ich angefangen."

„Sie wohnen derzeit wo?"

„In dem neuen Siedlungsgebiet in Zirchow, im Haus meiner Tante Elfriede-Maria Maybach."

„Fahren Sie jeden Tag nach Greifswald?"

„Nicht jeden Tag. Ich kann dort nachts ein Zimmer nutzen."

„Ich brauche die Adresse."

Walter Maybach nannte die Adresse. Das Haus lag im Zentrum Greifswalds. Larsson erinnerte sich, den Straßennamen schon gelesen zu haben, wenn er zur Rechtsmedizin in die Kuhstraße fuhr.

„Ich belehre Sie weiterhin dahingehend", sagte Larsson, „dass es Ihnen freisteht, jederzeit, also auch schon vor dem Beginn Ihrer Vernehmung, einen von Ihnen laut § 136 Abs. 1 S. 2

zu wählenden Verteidiger zu konsultieren (§ 136 Abs. 1 S. 2). Haben Sie bereits einen Verteidiger, den Sie benennen können?"

„Nein."

„Haben Sie vor, vor Ihrer Aussage mit einem Verteidiger Ihrer Wahl oder mit einem Pflichtverteidiger zu sprechen?"

Maybach schien einen Augenblick nachzudenken, dann sagte er: „Nein, das habe ich nicht."

„Aber Sie haben den Vorwurf, den wir Ihnen machen, erfasst."

„Selbstverständlich."

„Werden Sie von Ihrem Aussageverweigerungsrecht Gebrauch machen?"

Wieder schienen Maybach nachzudenken. „Nein, das werde ich nicht. Aber ich erwarte, dass, wenn ich kooperieren, es sich beim Strafmaß niederschlägt."

„Darauf habe ich keinen Einfluss", sagte Larsson. „Das ist ausschließlich Sache des Staatsanwaltes und letzten Endes des Gerichts."

„Dann werde ich wahrscheinlich das zugeben, was Sie mir zur Last legen. Nicht mehr und nicht weniger."

„Soll das heißen, dass außer den uns bekannten Opfern weitere dazukommen?"

Maybach hob die Schultern, sagte aber nichts.

Larsson wusste, was das heißen sollte. Seine Einschätzung, sie hätten es mit einem Serienmörder zu tun, war also absolut richtig gewesen. „In Ordnung", sagte er. „Fangen wir erst einmal damit an, was wir haben. Geben Sie zu, die Vermieterin der Wohnung in Netzelkow, die neunundsechzigjährige Ulrike Sartori, umgebracht zu haben?"

„Ja, das gebe ich zu."

„Was war der Grund für diese Tat?"

„Ich wollte mir deren Wagen ausleihen. Aber sie hatte wohl den Aufruf gehört, in dem nach mir gesucht wurde."

„Und das sagte sie Ihnen?"

„Ja. Sie sagte, sie werde die Polizei verständigen, dass der Mann, den sie suchen, bei ihr untergekrochen sei."

„Und das konnten Sie keinesfalls zulassen."

„Sie sagen es, und ich tötete sie in dem Moment, als sie den Telefonhörer abnahm und von draußen das Geräusch eines Autos kam. Es war keine Sekunde zu früh, denn nur Sekunden später rief der Postbote vom Eingang den Namen der Frau und sagte, dass er ein Päckchen für sie habe."

„Weiter ..."

„Der Postmann hatte Glück, nicht weiter vorzudringen. Nicht auszudenken, wenn er das Wohnzimmer betreten hätte."

„Wir hätten wohl einen Toten mehr", sagte Larsson lapidar.

Walter Maybach nickte. „So würde es wohl sein. Dennoch bin ich froh, dass ich das auffällige Auto nicht entsorgen musste. Das wäre wahrscheinlich das größte Problem gewesen. Jeder in dem kleinen Ort kannte und erwartete jeden Tag diesen Karren."

Larsson wunderte sich über die Ruhe und die Gelassenheit, mit der Walter Maybach seine Fragen beantwortete. Man musste schon ganz schön abgebrüht sein, wenn einem der Tod anderer Menschen, den man selbst herbeigeführt hat, so gut wie nicht tangierte. Und wenn, dann nur leicht amüsierte.

„Wie haben Sie den Tod der Frau herbeigeführt?" kam Larsson auf die Vermieterin zurück.

„Sie haben es doch gesehen."

„Ich habe eine tote Frau gesehen. Aber ich möchte wissen, wie Sie sie umgebracht haben."

„Haben Sie das Blut nicht gesehen?"

„Das habe ich."

„Dann wissen Sie, dass ich ihr die Kehle durchgeschnitten und die Halsschlagader geöffnet habe."

„Das habe ich wohl gesehen. Aber die Rechtsmedizinerin hält das nicht vordergründig für die Todesursache."

Maybach lächelte maliziös. „Gratuliere. Und was war es Ihrer Meinung nach?"

„Ein Genickbruch."

„Chapeau. Das in so kurzer Zeit festzustellen ist schon ein Kunststück. Es wird zu wenig Blut gewesen sein. Das hat Sie wohl misstrauisch gemacht."

„Haben Sie der Frau das Genick gebrochen?"

Maybach nickte. „So wie es in der Nahkampfausbildung gelehrt wird. Ein kurzer Ruck, ein Knacken ... aus."

„Warum haben Sie ihr dann noch die Kehle durchgeschnitten?"

„Doppelt hält eben besser." Maybach sagte das mit Ruhe und einem Lächeln, als wäre das die Erklärung eines Schneiders zu einer besonders gelungenen Hosennaht. Dabei zwirbelte er wie in Trance immer wieder eine Strähne seines Haars.

Larsson fragte sich, ob das beginnende Unsicherheit war oder eine andere Ursache hatte. Erregtheit. Ja, das wird es sein, dachte Larsson. Diese Typen, die immer wieder morden müssen, erregt allein der Gedanke daran so, dass sie in eine Art Trancezustand kommen, wenn sie nur daran denken. Und das war auch eine Erklärung dafür, dass Maybach der Frau nicht nur das Genick brach. Dieser Walter Maybach brauchte den Geruch des Blutes, das ihn so erregte, dass er kam. Bei diesem Gedanken musste Larsson mit einer aufkommenden Übelkeit kämpfen. Er hatte schon viel gesehen in der Zeit, in der er bei der Mordkommission in Berlin gearbeitet hatte. Selbst einen ausgeweideten jungen Mann, dessen Innereien sich dann teilweise im Kühlschrank der Küche wiederfanden.

„Aber wenn Sie doch wissen, dass ein Genickbruch tödlich ist, ist doch eine Nachversicherung auf diese Art und Weise absolut überflüssig. Geben Sie mir da recht?" fasste Larsson nach.

„Absolut."

„Wir ermitteln ja in mehreren Todesfällen. Soweit ich das übersehen kann, ist immer Blut geflossen. Können Sie das bestätigen?"

Walter Maybach nickte.

„Nur noch einmal fürs Protokoll ... Können Sie das bestätigen?"

„Ja."

„Ich nehme an – nein, ich formuliere die Frage anders. Haben Sie auch diese Personen, bevor Blut geflossen ist, mit einem Genickbruch getötet?"

„Ja, das habe ich."

„Weil ihnen diese Personen etwas bedeutet haben?"

„Genau deshalb. So hatten sie keine Schmerzen zu erleiden." Über Maybach Gesicht huschte ein Lächeln.

„Sind Sie bei Ihrem Einsatz bei der Vermieterin Sartori von Ihrem Grundsatz abgewichen? Ich nehme nicht an, dass Ihnen diese alte Frau etwas bedeutet hat, was gleichzusetzen wäre mit der Zuneigung zu den jungen Frauen."

Maybach lachte laut. „Diese Annahme, Hauptkommissar, ist absolut richtig."

„Warum haben Sie ihr dann gleich das Genick gebrochen?"

Larsson war aufgestanden und wiederholte seine Frage. Das Fenster ging zum Hof und hatte eine vergitterte Milchglasscheibe. Aber Larsson wusste, wie es auf dem Hof aussah. In der vierten Reihe der geparkten Autos auf diesem Hof würde sein Wagen stehen, und der von Simons zwei Plätze weiter ebenfalls.

„Das lässt sich sehr einfach sagen. Vor der Tür hielt ja das Postauto. Hätte sie geschrien ..."

„War das der einzige Grund?" Obwohl es für derartige Handlungen niemals eine Entschuldigung geben könnte, wollte Larsson Maybach eine Möglichkeit eröffnen, zumindest seinen seelischen Zustand darzulegen.

„Ich hatte in der Tat überlegt, sie zu betäuben, zusammenzuschnüren und wie ein Paket in einem der Wandschränke abzustellen. Aber dann kam die Post dazwischen. Da galt es einfach, schnell zu handeln."

„Und schnell zu handeln haben Sie ja gelernt."

„Ja. Man kann sonst schnell das Leben verlieren", sagte Maybach, keine Spur ein Anzeichen von Reue zeigend.

„In Afghanistan?“ wechselte Larsson spontan das Thema.

„Auch. Aber dort ganz besonders.“

Das Aufnahmegerät signalisierte, eine neue Kassette zu brauchen. Simons nahm den Austausch vor und schaute Larsson fragend an.

„Es ist fraglich, Karl, ob du irgendjemand finden kannst, der diesem Gebäude des Sonntags Schreibarbeiten verrichtet. Aber du kannst es ja versuchen.“

Simons ging hinaus und würde beim KDD nachfragen, ob an diesem Sonntag eine solche Kraft überhaupt zur Verfügung stünde. Unterwegs traf er Paul Meier, mit dem er einige Worte wechselte.

„Kommen wir noch einmal zurück auf Afghanistan“, sagte Larsson, als Simons gegangen war.

„Es ist krank“, sagte Maybach. „Sie sind in einem Außenkommando und haben den ganzen Tag nichts weiter zu tun, als in den zerklüfteten Bergen nach Bewegungen Ausschau zu halten. Und dann sehen Sie zwischen einigen Felsen eine winzige Bewegung. Durch das Glas sehen Sie einen Turban, der hin und her wippt. Ist es ein Talib in Bewegung? Oder irgendein Bewohner eines der umliegenden Dörfer? In Sekundenschnelle müssen Sie entscheiden, ob Sie den Turbanträger ins Jenseits befördern oder nicht. Vielleicht ist er ein Feind. Wahrscheinlich sogar, aber er ist auch ein Mensch. Und sie haben einen Befehl. Der Befehl lautet, die Bluebox um Kundus von den Taliban sauber zu halten. Also visieren Sie ihn an und bleiben ganz ruhig mit dem Finger am Hahn, bis Sie glauben, dass es der richtige Augenblick ist. In dieser Zeit müssen Sie Ihren Adrenalinspiegel unter Kontrolle halten, denn so schwer es beim ersten Mal ist, einen Menschen ins Jenseits zu befördern, so prickelnd ist es, wenn Sie sich mit dem Tod arrangiert haben.“

„Prickelnd?“ fragte Larsson langgezogen.

„Sie sind im höchsten Maße erregt. Menschenjagd ist eine ganz besondere Jagd, nicht zu vergleichen mit dem Abschuss eines Wildschweins.“

Larsson bemerkte, dass allein die Darstellung der Kriegserlebnisse in dem Mann eine fiebernde Erregung auslöste. „Was ist das Besondere für Sie bei dieser Jagd nach Menschen?"

„Das ist sehr unterschiedlich. In der Regel sind Sniper sehr gefestigte Menschen, die mit großer Ruhe an den Abschluss eines Feindes herangehen. Sie wissen genau, dass die Talibs nicht zögern, unsere Jungs ins Jenseits zu befördern. Also sehen Sie es als ganz normal an, einen Talib zu töten."

„Sie auch? Ich meine, sehen Sie es auch als ganz normal an?"

Walter Maybach lachte kurz auf.

Für Larsson fühlte es sich ein wenig hysterisch an. Er notierte sich: Einen forensischen Psychologen zur Begutachtung der Schuldfähigkeit anfordern – und setzte drei Ausrufezeichen dahinter.

„Der Widerhall eines Schusses durch die Berge der Region ist so ungeheuerlich, dass es wie die Begleitmusik des Himmels klingt ... Ja, für mich auch. Waren Sie schon mal in einem Feuergefecht, Hauptkommissar, von dem Sie nicht wissen, ob Sie es überleben?"

Larsson schüttelte den Kopf.

„Einer der Einsätze startete mitten in der Nacht, denn wer Char Darah beherrscht, kann auch Kundus kontrollieren. Die Bundeswehr glaubte, Talibanführer aus diesem heikelsten Distrikt vertrieben zu haben. Aber stimmte das wirklich? Und wenn, dann für wie lange? Es hatte Zwischenfälle mit der Zivilbevölkerung gegeben. Erst hatten sie einem Lehrer ein Ohr abgeschnitten. Dann hatten sie einen Bauarbeiter ermordet und ihm ein Schild mit den Worten um den Hals gehängt: Ich bin ein Verräter. Kurz darauf, schlugen einige Raketen nahe des Bundeswehrcamps in Kundus ein. Die Bluebox war scheinbar nicht mehr ganz frei von Talibs." Maybach unterstrich seine Ausführungen mit heftigen Gesten. „Da stand in der nordafghanischen Provinzhauptstadt fest, dass der Distrikt Char Darah zu kippen drohte. Selbst die Vereinten Nationen erwogen, ihre

Fahrten nach Char Darah einzustellen, und afghanische Mitarbeiter internationaler Organisationen mit ihren Familien von dort abzuziehen. Also musste etwas getan werden. Aber wir wussten, es war eine Mission in sehr kritischen Zeiten. Unsere Patrouille war rund sechs Kilometer südlich von Kundus-Stadt in eine Sprengfalle geraten. Teil der gepanzerten Patrouille war ein sogenannter Beweglicher Arzttrupp, der die Opfer sofort versorgte. Der erst im März vorigen Jahres zum Gouverneur der Provinz Kundus ernannte Mohammad Omar, machte die Taliban und das Terrornetz El Kaida für den Anschlag verantwortlich. Omar sagte, die Bundeswehr sei im Distrikt Char Darah mit einem ferngezündeten Sprengsatz angegriffen worden. Und dieser Ort gilt noch heute als eine der unsichersten Gegenden in der Provinz Kundus. Mein Bauchgefühl sagte mir, dass es an diesem Tag mit großer Wahrscheinlichkeit zu weiteren Gefechten kommen würde. Und ich sollte recht behalten. Der Einsatzleiter, ein Hauptmann, war ein sehr umsichtiger Mann, der immer an die Sicherheit seiner Männer dachte. Als es hell wurde, bemerkten wir leere Straßen wo sonst immer viele unterwegs waren. Das ist immer ein Anzeichen, dass es knallt. Die Menschen in Char Darah haben feine Antennen für dicke Luft und der Weg ins Talibanland war so gefährlich, dass einen Mann mit einem Metalldetektor vor uns herging und nach Minen suchte, denn es gab vage Informationen über Sprengfallen. Eine Sechskilomine macht schon richtig bum. Wir stürmten über ein Feld, als die Taliban angriffen. Genau genommen waren wir in einen Hinterhalt geraten, der militärisch sehr gut durchdacht war. Das muss man den Burschen schon lassen. Das Gefecht begann am frühen Morgen und ging, mit kleinen Unterbrechungen, bis in den späten Abend. Ein Freund von mir ist am Nachmittag durch einen Querschläger schwer verletzt worden."

„Ja, das ist sicher furchtbar, und man ist froh, wenn es einen nicht selbst erwischt hat." Larsson las das Festnahmeprotokoll der Wasserschutzpolizei.

„Beinahe wäre es Ihnen ja gelungen, eine Yacht zu kapern ... Skagerrak, ein hochtrabender Name“, änderte Larsson abermals abrupt das Thema.

„Das finde ich überhaupt nicht“, widersprach Maybach. „Es war eine durchaus hochseegängige Yacht mit allem Drum und Dran.“

„Umso ärgerlicher ist es ja für Sie, einen solchen Fehler gemacht zu haben.“

„Wie meinen Sie das?“

„So wie ich es gesagt habe. Sie haben nicht richtig aufgepasst, haben einen Passagier verloren. Und das genau an der Hafenausfahrt auf Höhe der Polizeiboote. Solche Sünden bestraft der liebe Gott gleich. So etwas hätte Ihnen nie passieren dürfen“, sagte Larsson kopfschüttelnd mit leichtem Sport.

„Da gebe ich Ihnen recht. In Afghanistan wäre eine solche Oberflächlichkeit möglicherweise mit dem Tod bestraft worden. Ich habe mich einen Augenblick lang von den Booten der Wasserschutzpolizei ablenken lassen, aber diese Sekunde war die Sekunde des Scheiterns.“

Larsson glaubte, eine Bewusstseinsstörung bei dem Mann wahrzunehmen, da er keinerlei Schuldgefühle zu haben schien. Ob das so war, oder ob es sich um eine Persönlichkeitsstörung handelte, die durch den Einsatz und das Töten in Afghanistan herrührte, ließ sich nicht so leicht beantworten. Aber das würde letztlich ein forensischer Psychiater feststellen müssen.

„Wo wollten Sie eigentlich hin?“

„Letztlich wollte ich eine Zeit zum Nachdenken haben und mich in die schwedischen Wälder absetzen. Ich habe ein Überlebenstraining absolviert und hätte durchaus bis zum Winter dort bleiben können, ohne entdeckt zu werden“, sagte Maybach.

„Sie wären nur nicht weit gekommen. In dem Moment, in dem Sie von Bord gegangen wären, hätte der Kapitän wohl ein SOS an die Küstenwache abgegeben. Und die Schweden verstehen da gar keinen Spaß.“

Maybach lächelte maliziös. „Ich weiß nicht, ob jemand, der mit seinem Schiff auf dem Grund des Meeres liegt, die Küstenwache verständigen kann.“

Simons kam von seinem kleinen Ausflug durch Haus zurück. Als Larsson in fragend ansah, sagte er: „Ich habe Maier getroffen. Er ist auch schon bei der Arbeit und hat auch schon ein Ergebnis.“

Simons schob Larsson einen Zettel zu. Es gibt zwei Blutspuren an Kabelbindern. Ob sie von verschiedenen und uns bekannten Personen sind, muss erst noch festgestellt werden. Außerdem ist fünf Zentimeter breites graues Klebeband gefunden worden.

„Haben Sie in Afghanistan Gefangene gefesselt?“ fragte Larsson Maybach.

„Ja.“

„Womit haben Sie sie gefesselt?“

„Mit Kabelbindern. Einfach und effektiv, dabei billig in der Anschaffung.“

„Benutzen Sie bei Ihren Unternehmungen in Zirchow auch Kabelbinder?“

„Ja.“

„Was geschah am 20. Juni?“

„Am 20. Juni?“

„Das war ein Montag“, sagte Larsson. „Als das Haus auf der Kliffkante brannte.“

Walter Maybach hob die Schultern. „Ich hatte dieses Mädchen schon eine ganze Weile beobachtet. Ich wusste, wie sie hieß, Liisa. Sie gefiel mir, und ich hatte den Eindruck, dass sie unglücklich war.“

„Und das konnten Sie nicht ertragen.“

„Ich saß wie jeden Abend am Fenster und starrte auf das Haus, in dem das Mädchen wohnte. Plötzlich sah ich Rauch aufsteigen, aber noch kein Feuer. So viel Rauch aber konnte nur von einem Feuer kommen. Und dann dauerte es auch gar nicht lange, da sah ich die ersten Flammen in die Nacht züngeln ...“

Walter Maybach hatte sein zweites Glas Châteauneuf-du-Pape eingegossen und lehnte sich zurück in den Sessel. Dann ging sein Blick durch das große Fenster zum wiederholten Male hinaus zu dem Haus, das er seit Tagen beobachtete. Eine ganze Zeit hat er gesehen, wie das Mädchen etwas gelesen hatte und dann fernsah. Später hatte es telefoniert, wobei sie einen nicht sonderlich freudigen Gesichtsausdruck machte.

Er glaubte, einen Schatten wahrgenommen zu haben, der sich an einem der Bäume dicht an dem Haus anpresste. Er tat das als Halluzinationen ab, weil die Bewegung plötzlich nicht mehr auszumachen war. Es wird ein Windzug gewesen sein, der irgendetwas zum Boden gleiten lassen hat, dachte er, und wandte sich wieder seinem wundervollen Rotwein zu. Es war ein herrlicher Tag gewesen, voller Sonne und blauem Himmel und junger Mädchen am Strand von Ahlbeck, die seine sexuellen Wünsche beflügelten.

Dann nahm das Mädchen Chantal, dessen Figur er auf dem Tennisplatz in Ahlbeck bewundert hatte, Besitz von seinem Denken. Ihre geschmeidigen Bewegungen hatten ihn so fasziniert, dass er nicht vermochte, den Blick von ihr zu nehmen. Er hatte beobachten können, wie sich mit einem der Burschen gestritten hatte, der scheinbar ein Anrecht auf sie durchsetzen wollte. Sie aber hatte den jungen Mann abblitzen lassen. Walter Maybach erkannte blitzschnell seine Chance und sprach sie an. Seither hatte er eine erste Verbildung zu dieser Chantal geknüpft, die sich ganz gut anließ. Sie wünschte er sich jetzt her. Da er wusste, dass das nicht möglich war, zog er einen Vergleich mit dem Mädchen in dem anderen Haus und stellte gewisse Ähnlichkeiten fest. Er liebte die Jugend; das junge frische Fleisch zwischen seinen Fingern war wie der Himmel auf Erden. Und dann gingen seine Gedanken zurück bis zu dem

Punkt, an dem er sich für Mädchen zu interessieren begann, die erheblich jünger waren als er.

Als er zwölf Jahre alt war und die ersten sexuellen Triebe verspürte, schaute er nicht nach gleichaltrigen Mädchen oder, wie es eigentlich bei seinen Freunden üblich war, zu Mädchen, die etwas älter waren und von denen man etwas lernen konnte; er, Walter Maybach, entdeckte seine Liebe zu sieben oder achtjährigen Mädchen. Er beobachtete sie beim Spielen, nicht weil ihn die Puppen interessierten, mit denen die Mädchen eine heile Familie nachspielten. Sex beherrschte sein Denken. Und manchmal spielte er mit ihnen und den Puppen, einfach um die Mädchen berühren zu können.

Mit siebzehn Jahren unterließ er es endlich, mit den Kindern und den Puppen zu spielen. Es begann für Walter eine Zeit häufiger sexueller Kontakte zu gleichaltrigen oder älteren Frauen. Eine der Frauen war die Ehefrau eines jüngst verstorbenen Opernsängers gewesen. Sie hieß Ruth und war eine ausgesprochene Schönheit, auch wenn sie gut zwanzig Jahre älter war als er. Er lernte sie in einem Tanzlokal kennen. Ganz offensichtlich war die Frau auf der Suche nach einem jungen Liebhaber, als sie auf Walter traf. Er hatte die Frau für sich interessieren können, und es ließ nicht lange auf sich warten, da lud sie Walter zu sich nach Hause ein. Dann kam, was kommen musste. Ungeübt im sexuellen Verkehr kam er viel zu schnell und empfand das als ausgesprochen deprimierend. Er hatte der Frau nicht geben können, was sie erwartet hatte. Und so war sie eine der ersten schmerzlichen Erfahrungen in seinem Leben, denn sie sagte es ihm ganz deutlich, nannte ihn einen sexuellen Versager.

Also würde er wieder nach jüngeren Frauen Ausschau halten, nach Mädchen, aber das ging nie so weit, dass er zu dieser Zeit daran dachte, sie in seine sexuellen Fantasien einzubauen. Ganz selten dachte er an die Zeit der Spiele mit den Puppen; aber getrennt hatte er sie letztlich glücklicherweise aus seinen Wunschträumen verbannen können. Davon war er geheilt, seit er mit fünfzehn einem halb so alten Mädchen seine Hand ins

Höschen gesteckt hatte. Das hatte ein Nachspiel mit einer Vernehmung bei der Polizei. Doch er hatte einige Erkenntnisse aus dieser Vernehmung mitgenommen. So, dass Geschlechtsverkehr mit Minderjährigen in Deutschland nicht grundsätzlich verboten war. Es kommt auf das Alter des Teenagers und des älteren Sexualpartners an – und darauf, in welchem Verhältnis sie stehen. Ab welchem Alter sexuelle Handlungen zwischen Personen erlaubt sind, ist im deutschen Recht detailliert geregelt. Ziel der Gesetzgebung ist es, unreife und unerfahrene Kinder und Jugendliche vor Übergriffen zu schützen. Deshalb sind die Regeln strenger, je jünger die Kinder oder Jugendlichen sind. Verboten und somit auch – nach einem bedauerlichen Fehlgriff – aus seinen heimlichen Träumen verbannt, war Verkehr mit Kindern bis einschließlich dreizehn Jahre. Sexuelle Handlungen mit so jungen Minderjährigen sind generell verboten. Sie gelten laut Paragraph 176 des Strafgesetzbuches als sexueller Missbrauch von Kindern und werden mit bis zu zehn Jahren Haft bestraft. Verboten ist nicht nur Geschlechtsverkehr mit den Kindern, man darf vor ihnen auch selbst keine sexuellen Handlungen vornehmen oder ihnen Pornos zeigen.

Verkehr mit Jugendlichen im Alter von vierzehn und fünfzehn Jahren war eine Zeitlang für Walter Maybach interessant, denn sexuelle Kontakte sind dann erlaubt, wenn der ältere Sexualpartner höchstens einundzwanzig Jahre alt ist. Ist er älter, können sexuelle Kontakte nach Paragraph 182 des Strafgesetzbuches als sexueller Missbrauch von Jugendlichen geahndet werden, wenn die „fehlende Fähigkeit des Opfers zu sexuellen Selbstbestimmung“ ausgenutzt wird.

Als er einundzwanzigsten Geburtstag feierte, war für ihn das größte aller Geschenke, das er nunmehr staatlich lizenziert Sex mit Sechzehn- oder Siebzehnjährigen haben durfte. Und in Gedanken an die Aufklärung, die er bei der Vernehmung durch die Polizei erfahren hatte, schwor er sich, sich erst mit Mädchen zu befassen, die das sechzehnte Jahr erreicht hatten. Chantal hatte dieses Alter erreicht.

Walter Maybach beugte sich vor, um sein Glas mit dem Châteauneuf-du-Pape erreichen zu können. Was war das? Von dem Haus, in dem er das Mädchen beobachtet hatte, sah er Rauch aufsteigen, aber noch kein Feuer. Er wusste, so viel Rauch konnte nur von einem Feuer kommen. Und schon sah er die ersten noch kleinen Flammen in die Nacht züngeln. Dann stürzte er hinaus in die Nacht, um das Mädchen rechtzeitig vor dem Verbrennungstod zu retten.

„Sie mussten sich also beeilen?“ fragte Larsson. „Warum?“

„Aus zwei Gründen. Erstens, weil wenn ein Rohrdach brennt, das extrem schnell geht und eine enorme Hitzeentwicklung hat, so dass ich möglicherweise zu spät kommen würde. Zweitens wollte ich vermeiden, dass es irgendwo jemanden gibt, der noch munter ist und sieht, dass Liisa mit zu mir nach Hause kommt.“

„Warum wollten Sie vermeiden, dass jemand sieht, wie Sie eine Person vor dem sicheren Tod bewahren? Sie wären ein Held geworden.“

„Wie in Afghanistan?“

„Waren Sie dort ein Held?“

„Wir waren alle Helden, irgendwie. Wir hatten überlebt und andere getötet, um zu überleben.“

„Das ist im Krieg nicht anders“, sagte Larsson kurz.

„In dem Moment wollte ich sie für mich, nicht mit anderen Leuten teilen“, fuhr Maybach fort.

„Hatten Sie etwas Besonderes mit ihr vor?“

„Ich wollte ihren Dank, und ich wollte ihn ganz allein für mich auskosten.“

Larsson notierte: sexueller Antrieb zur Rettung LSH aus dem Haus. „Wie soll ich das verstehen? Ihren Dank, den Sie für sich ganz allein auskosten wollten?“

„Wie schon? Wie kann sich eine Frau bei einem Mann bedanken, der ihr Leben gerettet hat?“

„Ich halte so etwas für eine Selbstverständlichkeit“, sagte Larsson. „Wenn ich einem Menschen das Leben rette, erwarte ich vielleicht ein einfaches Wort: Danke! Mehr nicht. Und dabei ist es gleichgültig, ob es sich um eine Frau oder um einen Mann handelt.“

Walter Maybach schien eine Sekunde nachzudenken. „Im Prinzip ist es richtig. Nicht aber bei einem Mädchen, das ein großes Interesse geweckt hat. Jedenfalls bei mir ist das so.“

„Ein sexuelles Interesse?“

Maybach nickte.

„Sie wissen ich brauche eine Antwort, kein Zeichen“, warf Larsson ein. „Ein sexuelles Interesse?“

„Ja.“

„Sie haben sie also gerettet ... Nein, anders ... Haben Sie Liisa Schröder-Holopainen ausschließlich deshalb gerettet, um mit ihr allein sein zu können?“

„Das trifft im Prinzip den Kern.“

„Haben Sie schon, als Sie feststellten, dass das Haus brennt, daran gedacht, mit ihr Sex zu haben?“

„Ja.“

„Haben Sie zu diesem Zeitpunkt schon daran gedacht, das Mädchen umzubringen?“

„Wo denken Sie hin?“ sagte Maybach völlig ruhig. „Ein Mädchen, das dankbar ist, kann verschwiegen sein. Sagen Sie mir also einen Grund, warum ich zu diesem Zeitpunkt daran gedacht habe, sie umzubringen.“

Larsson dachte an den Karton mit den Kabelbindern, den Maier und er im Haus Maybach auf der Klippe gefunden – und an den Film mit den Gewalttaten an den Frauen, den sie auf der Festplatte seines Laptops gefunden hatten. Die Gewaltfantasien Maybachs mussten zu dem Zeitpunkt ihren Höhepunkt erreicht haben. Wahrscheinlich begannen sich hier die Grenzen zwischen Fantasie und Realität seines Lebens allmählich zu verwischen, und er fing an, Tötungsutensilien – in diesem Falle die Kabelbinder – zu kaufen.

„Die Kabelbinder ... Erinnern Sie sich daran, wo Sie die gekauft haben?“

„In einem Baumarkt in ...“

„Ja?“

„In einem Obi-Baumarkt.“

„In welchem Ort?“

Walter Maybach hob die Schultern, sagte aber nichts.

Entsinnen Sie sich noch, wann Sie die Binder gekauft haben?“

„Sicher ...“

„Also wann?“

Walter Maybach hob wieder nur die Schultern.

„Hatten Sie die Kabelbinder gekauft, weil Sie diese im Haus gebraucht haben?“ fragte Larsson.

„Nicht wirklich. Ich habe sie in Erinnerung an unsere Einsätze in Afghanistan gekauft, bei denen diese Dinger wirklich sehr nützlich waren.“

„In Erinnerung an Ihre Einsätze in Afghanistan?“

„Ja.“

„Was haben derartige Einsätze in einem Kriegsgebiet mit dem Haus Ihrer Tante zu tun?“

„Ich dachte, einen Einbrecher damit zu fesseln, wenn ich einen erwischen sollte.“

„Gab es denn einen bestimmten Verdacht, dass jemand bei Ihnen einzubrechen beabsichtigt?“

„Nein. Aber Vorsicht ist die Mutter der Porzellankiste.“

Larsson notierte: Klammert sich an Verleugnungs- und Rationalisierungserklärungen. „Haben Sie wirklich nicht daran gedacht, eine Frau mit diesem Kabelbindern zu fesseln, wenn es denn nötig wäre?“

„Die Tötung einer Frau?“

„Ja, die Tötung einer Frau“, sagte Larsson. „Haben Sie oft daran gedacht, eine Frau zu töten? Ich denke dabei an Ihre Reaktion auf meine Frage. Soll das heißen, dass außer den uns bekannten Opfern weitere dazukommen? Sie sagten“, Larsson blätterte in seinen Aufzeichnungen zurück, „dann werde ich wahrscheinlich das zugeben, was Sie mir zur Last legen. Nicht mehr und nicht weniger. Es war ein Quasigeständnis.“

„Werden Sie sich für mich verwenden, wenn ich Ihnen einen weiteren Mord gestehe?“

„Einen weiteren Mord?“ Larsson versuchte, seinem Ton etwas Beruhigendes zu geben, um etwas Zeit zu gewinnen.

„Meinen ersten Mord. Er ist nie aufgeklärt worden. Sie können das prüfen.“

Larsson war sich im Klaren darüber, dass der Mann dabei war, etwas zu gestehen, was möglicherweise niemals Aufklärung erfahren würde. „Ihren ersten Mord? Wann war das?“

Maybach lachte. „Ohne eine Erklärung, dass Sie sich für mich verwenden werden, werde ich wirklich gar nichts gestehen.“

„Ich werde mit der Staatsanwaltschaft darüber sprechen“, sagte Larsson.

„Dann fragen Sie mich danach, wenn Sie das getan haben.“

„Wenn ich die Mädchen vergleiche, mit denen Sie Kontakt aufgenommen haben, fällt mir auf, dass es immer der gleiche Typ war“, stellte Larsson fest.

„Alle sehen Ruth ähnlich ...“

Erste Liebesnacht – Enttäuschung – Ruth, notierte Larsson.

„Ruth hat doch einen Familiennamen.“ Larsson schaute Maybach herausfordernd an.

„Den sage ich Ihnen, wenn Sie mit der Staatsanwaltschaft einen Deal vereinbart haben.“

„Kommen wir zurück auf den 20. Juni. Was geschah, als Sie mit dem Mädchen in Ihrem Haus waren?“

„Sie wollte mit ihrer Mutter telefonieren. Aber dann wäre mein Einsatz sinnlos gewesen.“

„Weiter. Was haben Sie mit Liisa Schröder-Holopainen gemacht, als sie merkte, was Sie von ihr wollten?“

„Ich habe sie ans Bett gefesselt."

„Mit Kabelbindern?"

„Ja."

„So wie in dem Video, das Sie auf dem Laptop haben?"

„Genau so."

„Und weiter?" fragte Larsson.

Als Walter Maybach schwieg, sagte er: „Sie haben das Mädchen in Angst versetzt, so, wie es in dem Video vorgeführt wird."

„Ja."

„Schrie sie?"

„Ja."

„Aber Sie zeigten kein Erbarmen?"

„Wie denn? Wenn sie jetzt geredet hätte, wäre ich sofort festgenommen worden."

„Haben Sie sie vergewaltiget?"

Walter Maybach antwortete nicht. Und Larsson fasste nach. „Sie haben Sie vergewaltigt?"

Maybach nickte.

„Wie bitte?"

„Ja."

„Und sie konnte sich nicht wehren ... Sehen so Helden aus?" Larsson notierte: Helden oder Sadisten? „Waren Sie eigentlich ein Einzelkind?" fragte er.

„Ich hatte noch eine Schwester. Hannah. Aber sie ist gestorben, als ich vierzehn Jahre alt war." Maybach spielte wieder mit seinen Haaren.

Die Frage berührt ihn, dachte Larsson, da muss ich noch mal nachbohren. „Wie alt war Ihre Schwester, als sie starb?"

„Zwölf."

„Was ist passiert?"

Maybach zuckte mit den Schultern. „Sie starb an Unterkühlung."

„Wie das?" fragte Larsson.

„Wir wollten schlittschuhfahren, aber das Eis hat wohl noch nicht richtig getragen. Meine Schwester brach ein. Und als ich sie aus dem Wasser zog, hat sie nur noch wenige Augenblicke gelebt.“

„Hat es keinen Notarzt gegeben?“ fragte Larsson und notierte: Recherche, wie die Schwester Maybachs umgekommen ist.

„Doch. Aber der konnte nur noch ihren Tod feststellen.“

Larsson schaute zu Simons. Der nickte ihm zu und schaute so diskret auf seine Armbanduhr, dass Larsson seinerseits feststellte, dass an der Zeit war, die Vernehmung für diesen Tag zu beenden.

Als Maybach zurück in seine Zelle gebracht worden war, sagte Larsson: „Ich habe noch einige Aufträge für dich. Wir fangen morgen erst am Vormittag gegen zehn an, denn ich muss erst mit der Staatsanwaltschaft sprechen. Du könntest in der Zeit versuchen zu erfahren, wie die Schwester Maybachs tatsächlich umgekommen ist. Das muss etwa 1981 in München gewesen sein. Dann starte eine Anfrage, ob beim BKA einen Mordfall an der Frau eines Opernsängers namens Ruth aktenkundig ist, der in den Jahren 1984-1987 stattgefunden haben muss.“

„Wenn es den tatsächlich gegeben hat“, warf Simons ein.

15. Kapitel

Am Montag, dem 18. Juli, traf sich Larsson um acht Uhr mit seinem engsten Team in der Dienststelle in Heringsdorf.

„Wir werden heute die Vernehmung von Walter Maybach fortsetzen. Wie weit bist du mit den Ermittlungen zu den Fragen, die sich gestern noch ergeben haben, Karl?"

„Zu der Frage, wie die Schwester Maybachs tatsächlich zu Tode gekommen ist, habe ich noch keine erschöpfende Antwort. Die soll ich heute Vormittag bekommen. Die schriftliche Anfrage beim BKA bezüglich der Frau eines Opernsängers in München namens Ruth soundso bekomme ich in den nächsten Stunden."

„Da bleibst du dran, ich brauche das heute zur Vernehmung. Rolf wird heute die Vernehmung mit mir zusammen übernehmen. Und du, Monika... „

„Ich weiß, ich soll hier die Stellung halten. Ist es nicht so wie immer?" fragte Monika Landris.

Larsson nickte. „Wir starten in zehn Minuten, Rolf. Ich will nur noch ein Telefonat führen." Damit stand er auf, um in sein Büro zu gehen, von wo er mit der Staatsanwaltschaft telefonierte, um zu sehen, ob irgendwelche Spielräume bezüglich einer Zusage für einen Deal mit dem Serienmörder zur Verfügung stünden. Aber er wusste genau, dass es nicht der Fall sein würde. Das bestätigte sich auch in dem Gespräch mit dem Oberstaatsanwalt in Stralsund.

Viertel nach neun trafen die beiden Kommissare Larsson und Andresen in der Polizeiinspektion Anklam ein.

„Du kannst schon sehen, dass Maybach in den Verhörraum gebracht wird. Ich gehe noch einmal schnell zum Chef." Damit eilte Larsson ins Obergeschoss, während Andresen gleich vom Parkplatz aus in den Seitenflügel ging, in dem das Verhör stattfinden würde.

„Wie schaut es aus?“ wurde er von Kriminaloberrat Theo Kruse begrüßt. „Ich hatte in dieser Sache heute schon drei Anrufe. Einen vom Oberstaatsanwalt in Stralsund, einen aus Schwerin. Das LKA wollte sich schlau machen, wie weit wir gekommen sind. Offensichtlich traut man uns nicht zu, mit einem Serienmörder umzugehen. Der dritte Anruf kam vom BKA direkt aus Wiesbaden. Man hat die Niederlassung in Berlin angewiesen, den Fall von uns zu übernehmen. Ausschlaggebend dafür war letztlich eine Anfrage von Ihrem Referat wegen einer verschwundenen Ruth.“

„Die Bearbeitung eines Serienmörders in Deutschland hat oberste Priorität.“

„Dann können wir ja die Vernehmungen beenden.“

„Nein, das würde ich nicht sagen. Wir machen weiter, bis das BKA den Mann abholt. Und ich möchte, dass wir ordentliche Berichte und Einschätzungen abgeben. Ein Sexualmörder dieser Größenordnung ist schon etwas ganz Besonderes, selbst in meiner langen Laufbahn. Und man soll ruhig sehen, dass bei uns nicht geschlampt wird.“

„Nur dreißig Prozent aller Serienmörder tun es um des Sexes willen allein“, sagte Larsson. „Und Walter Maybach sieht ganz bestimmt nicht so aus, als hätte er Mühe, eine Frau ins Bett zu kriegen. Siebzig Prozent der Serienmörder machen das ausschließlich aus Sadismus. Schauen wir also, zu welcher Gruppe unser Mann gehört.“

Mechanisch, fast wie im Trance ging Larsson zum Fahrstuhl, entsann sich dann aber anders und nahm die Treppe ins Parterre. Im Inneren hörte noch die Stimme Kruses, die mitgeteilt hatte, dass der Fall Maybach eine solche Priorität habe, dass das BKA ihn selbst zu lösen gedachte. Larsson war zu sehr engagierter Jäger, um eine solche Nachricht zu begrüßen. Er hatte Maybach gejagt, und sein Team hatte den Hauptanteil an der Dingfestmachung des Serienmörders. Er reklamierte das für sich, obwohl die eigentliche Festnahme mehr durch Zufall aber dann durch die Wasserschutzpolizei erfolgt war.

Andresen hatte zwischenzeitlich noch das geschriebene Protokoll abgeholt und es von Maybach unterschrieben lassen, das er Larsson bei seinem Eintritt in das Verhörzimmer übergab.

„Montag, 18.7.2005. Zweiter Vernehmungstag Walter Maybach. Anwesend sind Kriminal Oberkommissar Rolf Andresen und Kriminalhauptkommissar Lasse Larsson“, begann Larsson die Aufzeichnung der Vernehmung. „Haben Sie sich gut erholt während der Nacht?“ fragte Larsson Maybach. Dabei gab sich Mühe, seine Stimme einen beruhigenden Klang zu geben.

„Eigentlich schon.“

„Das heißt was?“

„Ich habe natürlich die halbe Nacht nachgedacht, wie es nun weitergeht. Aber viele Möglichkeiten wird es doch wohl nicht geben? Oder? Haben Sie denn etwas bei der Staatsanwaltschaft erreicht?“

„Der Oberstaatsanwalt hat mir gesagt, dass er die geringste Strafe beantragen wird, die Ihre Taten zulassen.“

„Also lebenslänglich.“

Larsson hob die Schultern. „Zwischen 1996 und 2000 wurden beispielsweise aus der JVA Straubing fünfundzwanzig Gefangene mit diesem Urteil entlassen, davon vier nach fünfzehn Jahren, einer erst nach siebenunddreißig Jahren.“

„Und bei mir? Was glauben Sie?“

Larsson war sich im Klaren darüber, dass Maybach wohl wusste, was auf ihn zukam. Umso mehr wunderte ihn, wie ruhig der Mann dabei blieb. Andere Mörder, die er schon vernommen hatte, hatten so lange geleugnet und sich zum Teil schreiend gewährt, bis die Indizien so erdrückend waren, dass sie unter dieser Last zusammenbrachen. Bei Maybach schien das anders zu sein.

„Das kommt letztlich auf das Gericht an“, sagte Larsson ruhig.

„Nicht auf den Staatsanwalt?“

„Natürlich auch auf den Staatsanwalt. Aber es soll schon vorgekommen sein, dass Gerichte im Strafmaß über den Antrag des Staatsanwaltes hinaus entschieden haben."

„Er hat Ihnen nichts Festes zugesagt, der Staatsanwalt", stellte Maybach fest.

„Für ein milderes Urteil darf keine besondere Schwere der Schuld vorliegen."

„Wird man bei mir auf eine besondere Schwere der Schuld plädieren?" fragte Maybach.

Larsson machte ein bedenkliches Gesicht und hob wieder die Schultern. „Hat aber das Gericht bei seinem Urteil über die Verhängung der lebenslangen Freiheitsstrafe eine besondere Schwere der Schuld festgestellt, kann der Straftäter nicht mit einer vorzeitigen Entlassung nach frühestens fünfzehn Jahren rechnen."

„Fünfzehn Jahre ... Da wäre ich dreiundfünfzig", sagte Maybach leise.

„Zwar darf ein Verurteilter nach wie vor auf eine Freilassung hoffen, jedoch verlängert sich durch das Feststellen der besonderen Schwere der Schuld die durchschnittliche Haftdauer von siebzehn bis zwanzig Jahren auf etwa dreiundzwanzig bis fünfundzwanzig Jahre."

„Besondere Schuldschwere? Wie stellt man die eigentlich fest? Trifft die überhaupt für mich zu? Ich weiß, in mir wohnt ein Tier. Ich kann doch dafür gar nichts!"

„Eine besondere Schuldschwere ist zu bejahen, sagt das Gesetz, wenn gegenüber vergleichbaren Taten ein deutlich höheres Maß an Schuld vorliegt. Das betrifft zum Beispiel mehrfachen Mord und erbarmungslose Brutalität, höchst grausame und qualvolle Behandlung des Opfers, der Motive besondere Verwerflichkeit oder der Täterpersönlichkeit abartige sexuelle oder gewalttätige Neigungen."

„In mir wohnt ein Tier", wiederholte Maybach, „ein monströses, böses Tier ... Eines, das mich treibt."

Larsson blätterte in dem unterschriebenen Protokoll. „Hat es für Sie Schwierigkeiten bei der Unterschrift gegeben?“

Maybach schüttelte den Kopf. Als er Larsson fragenden Blick sah, sagte er: „Nein.“

„Dann wollen wir weitermachen, wo wir gestern aufgehört haben. Inzwischen sind einige Auswertungen der KTU eingetroffen. Sie haben die elektrische Säge benutzt, um Leichen zu zerteilen. Ist das richtig?“

„Ja.“

„War es erste Mal, bei Liisa Schröder-Holopainen?“

„Ja, es war das erste Mal, das erste Mal überhaupt, dass ich eine Frau ... zerlegt habe.“

„Wie sind Sie darauf gekommen, so etwas Entsetzliches zu machen? Es wäre doch einfacher gewesen, die komplette Leiche im Auto abzutransportieren.“

„Afghanistan.“

„Was Afghanistan?“

„Dort habe ich durch Sägen zerlegte Leichen gesehen.“

„Durch die Taliban?“

„Auch.“

Larsson verzichtete darauf zu fragen, welche Gruppierungen noch dafür noch infrage gekommen wären. Es war ihm sehr wohl bekannt, dass es genügend Quälereien an einheimischen Paschtunis in dem gebeutelten Land auch durch Teile der alliierten International Security Assistance Force gegeben hatte.

„Wie haben Sie die Leiche Liisa Schröder-Holopainens weggebracht?“

„Mit dem Auto über die B110, dann die Stolper Straße durch den kleinen Ort Welzin bis zur schmalsten Stelle des Usedomer Sees. Kurz hinter dieser schmalen Stelle, an der noch ein breiter Wassergraben die Straße vom Usedomer See trennt, geht ein befahrbarer schmaler Weg direkt bis zum See.“

„Hatten Sie keine Angst davor, dass Sie jemand sieht?“ fragte Larsson.

„Beim zweiten Mal wäre das beinahe passiert. Deshalb habe ich auch später einen Ausweichort gefunden."

„Bleiben wir beim zweiten Mal."

„Chantal", sagte Maybach.

„Warum musste Chantal Koch sterben?"

„Sie hatte zuerst ihrer Freundin Pauline gesagt, sie sei schwanger. Und dann hat sie versucht, mich damit zu erpressen. Es war also eine unabdingbare Notwendigkeit, sie aus dem Weg zu räumen."

Larsson dachte einen Augenblick über das Gespräch mit Fiebig nach, der ihm einen Videoausschnitt zeigte, der das Zimmer Chantal Kochs wiedergab. „Ich habe auf Ihrem Laptop gesehen, dass Sie sich in Chantal Kochs Zimmer gehackt haben. Sie haben sie dann wahrscheinlich nahezu rund um die Uhr beobachten können."

„Das war auch gar nicht schwierig. Und so konnte ich ihr nahe sein, wenn sie zu Hause war und einige Male konnte ich feststellen, wann sie weggehen wollte und wohin sie gehen wollte. Und so konnte ich es immer einrichten, ihr rein zufällig zu begegnen."

„Wissen Sie, dass Chantal Ihnen vertraut hat?"

„Aber ja doch."

„Dass Chantal Sie ehrlich geliebt hat? Wissen Sie das auch?" fragte Larsson.

„Ja. Alle Mädchen lieben mich."

„Alle Mädchen?"

„Nahezu alle Mädchen."

Es klopfte. Simons kam herein. Er jonglierte ein Tablett mit mit fünf Bechern Kaffee, hatte eine Mappe unter dem Arm, die er Larsson auf den Tisch legte. „Es ist alles, was du haben wolltest."

Er fand die Einlassung der Kriminalpolizei in München zu dem Ertrinkungstod Maybachs Schwester mit dem Hinweis, dass eigentlich ein solcher Fall nicht aufbewahrt worden wäre. Lediglich die Widersprüche bei der Vernehmung des jungen Walter

Maybach, in die er sich verwickelte, hatten einen Verdacht beinhaltet, der nicht ausgeräumt werden konnte. Larsson blätterte weiter zu den Berichten über den Tod von Ruth Schinaske. Was er da las, ließ seinen Atem stocken. Der Tod wurde durch die Öffnung der Halsschlagader ausgelöst. Darüber hinaus gab es Verletzungen im Genitalbereich. Der größte Teil der festgestellten Einzelverletzungen war in abnehmender Reichenfolge an den kleinen Schamlippen, am Scheideneingang, an den großen Schamlippen, an der hinteren Kommissur und an den Scheidenwänden entstanden. Die hintere Scheidenwand und das hintere Scheidengewölbe waren am wenigsten betroffen, da scheinbar das Messer nicht lang genug war.

Larsson brauchte ein paar Sekunden, um sich zu fassen. Noch einmal gingen seine Gedanken zurück zur Schwester Maybachs. „Hattest du in München noch einmal nachgefragt, ob ein persönlicher Kontakt zu dem Vernehmer möglich wäre?“

Simons schüttelte den Kopf. „Habe ich. Der Mann ist vor neun Jahren verstorben.“

„Kann man nichts machen. Danke, Karl.“

Larsson wandte sich Maybach zu. „Ihre Schwester ...“

„Hannah?“

„Ja. Ihre Schwester Hannah ist nicht von allein in das Wasserloch gefallen.“

„Sagt wer?“

„Ein Protokoll aus ihrem Heimatort München, das vor vierundzwanzig Jahren aufgenommen wurde.“

„Aber damals konnte man mir gar nichts nachweisen.“

„Das hängt wahrscheinlich damit zusammen, dass man aufgrund ihres damals sehr jugendlichen Alters nicht richtig nachgehakt hat.“

„Das hat man schon. Aber ich konnte nachweisen, nicht schuldig gewesen zu sein.“

In Larsson kam ein Verdacht auf. „Nahezu alle Mädchen mögen Sie, richtig?“

„Absolut richtig“, sagte Maybach und lächelte.

„Hannah auch?“

„Ja, Hannah ganz besonders.“

„Haben Sie damals versucht, sie zu berühren?“

„Aber sicher doch. Ich denke, das hätten an meiner Stelle alle Jungs getan, wenn sie nur eine Möglichkeit dazu gehabt hätten.“

„Haben Sie mit ihr damals sexuellen Verkehr gehabt?“ Larsson wusste, dass er die Antwort dieser Frage zu einer Gesamtbeurteilung der Straftaten des Täters auch für den Psychologen gebrauchte.

„Sie hat immer wahnsinnig geil gerochen. Ich fand das wunderbar, und weil ich wusste, dass sie mich liebte, habe ich sie langsam darauf vorbereitet. Und da sie sehr gut entwickelt und nicht dumm war, wusste sie genau, was ich von ihr wollte.“

„Ich bin gar nicht sicher, ob Sie sich erinnern können, wie nahe dieses gemeinsame Erlebnis an dem Zeitpunkt des Unfalls gelegen war?“ sagte Larsson provozierend.

„Ich habe ein ausgezeichnetes Gedächtnis, Hauptkommissar.“

„Es ist lange her, ich glaube nicht dass Sie sich an eine solche Kleinigkeit erinnern.“

„Es ist keine Kleinigkeit, war es für uns beide nicht, und deshalb erinnere ich mich genau“, sagte Walter Maybach ein wenig zu laut.

Larsson merkte, dass er ihn genau auf dem richtigen Fuß erwischt hatte.

„Es war zwei Tage, bevor das Unglück passierte.“

„Hatten Ihre Eltern etwas von Ihrer Liebe mitbekommen?“

„Nein. Aber sie hatten sicher schon lange einen Verdacht, dass wir dichter beieinander waren, als es sich gehört hätte.“

Larsson stieß laut die Luft aus. „Ein absolut nachvollziehbares Motiv, einen Menschen aus dem Verkehr zu ziehen, der einem großen Schaden zufügen könnte, wenn er es denn wollen würde.“

„Das mag für Sie so aussehen. Es war aber nicht so.“

„Sie sagten, dass Ihre Eltern Sie von München nach Singen abgeschoben hatten. Waren Sie ein Problemkind?“

„Vielleicht. Nein, ich denke schon, dass meine Eltern mich als ein solches erkannt haben.“

Larsson blätterte noch einmal auf die nächste Seite zu Ruth Schinaske und las kurz, wann die Frau zu Tode gekommen war.

„Erinnern Sie sich an den 13. September 1984?“

Maybach schien nachzudenken. „13. September 1984“, sagte er gedehnt.

Larsson merkte, dass Maybach Zeit schinden und dabei prüfen wollte, was er über diese Zeit überhaupt wusste.

„Zwischen dem ersten sexuellen Kontakt mit Ihrer Schwester Hannah und dem ersten Kontakt mit einer reifen Frau waren drei Jahre vergangen.“

„Sie meinen Ruth? Diesen Namen hatte ich wohl erwähnt.“

„Ja“, sagte Larsson. „Hatte diese Ruth auch einen Nachnamen?“

„Ich kann mich nicht mehr erinnern.“

„Wie? Sie können sich nicht mehr erinnern? Ich denke, Sie haben so ein phänomenales Gedächtnis.“

Maybach hob die Schultern. „Ich kann mich nicht erinnern.“

„Ruth Schinaske ... Es war, wie Sie richtig sagten, die Frau eines Opernsängers. Und diese hat sie mächtig erbost, weil sie Sie einen Versager genannt hat.“

„Sie war die erste Frau, die sich das gewagt hatte“, stieß Maybach aus.

„Wie viele Kontakte hatten Sie denn während der knapp drei Jahre, die zwischen den sexuellen Kontakten mit ihrer Schwester und Ruth Schinaske lagen?“

„Zwei oder drei. So genau weiß ich das nun wirklich nicht mehr, weil es keine Bedeutung für mich hatte.“ Maybach fühlte sich in diesem Moment genauso ohnmächtig wie damals, als Ruth nackt aus dem Bad kam und ihm mit hohntriefender Stimme mitteilte, dass so ein Junge sie wohl kaum befriedigen könnte.

„Worauf ich hinauswill, ist, dass ich von Ihnen wissen will, wie sie sich für diese Erniedrigung gerächt haben. Dass Sie Ruth Schinaske getötet haben, ist durch Ihre Aussage schon belegt. Jetzt will ich von Ihnen wissen, wie das ganze Prozedere des Mordes abgelaufen ist."

Obwohl Walter Maybach die ganze Zeit nur einmal aus der Ruhe gebracht werden konnte, als es mit dem Sex mit seiner Schwester ging, schien er im Augenblick völlig zusammenzubrechen. Unruhig spielte er mit seiner Haarsträhne.

„Als ich fünfzehn war, begann ich mich beim Karate zu ertüchtigen, was meine innere Unruhe abbaute. Also brachte ich, wie Ruth da so höhnisch grinsend dastand und mich niedermachte, einen shuto uchi, einen Handkantenschlag gegen ihre Halsschlagader ins Ziel. Sie fiel um wie ein gefällter Baum. Können Sie mir noch einen Kaffee besorgen?"

Larsson schaute zu Simons. „Würdest du bitte die Kassette zum Schreiben bringen und auf dem Rückweg für uns alle Kaffee holen?"

Andresen nahm die Kassette aus dem Aufzeichnungsgerät und gab sie Simons, der sich auf den Weg machte.

Larsson wartete, bis Andresen die neue Kassette ins Gerät gelegt hatte, um das Verhör weiter aufnehmen zu können. „Sie landeten also einen shuto uchi, und sie fiel um. Was geschah weiter?" fragte er.

„Ich war außer mir. Sie hatte mich so tief in meinem Stolz getroffen, dass ich mein Messer nahm und ihre Halsschlagader öffnete. Ich sah zu, wie sie langsam verblutete."

„Nur die Halsschlagader?"

„Ich wollte sie bestrafen. Ich wollte dieses hungrige Miststück bestrafen", sagte Maybach laut.

„Wie haben Sie Ruth Schinaske bestraft?"

„Ich fühlte das Messer vaginal ein."

„Nicht nur das", sagte Larsson. „Ich verzichte darauf, es weiter auszuführen. Der Bericht der Rechtsmedizin in München sagt alles." Larsson dachte kurz nach. Wenn er dasselbe mit den

Mädchen gemacht hatte, so würde das die Rechtsmedizin in Greifswald möglicherweise bei dem Torso der Liisa Schröder-Holopainen, den sie aus dem Usedomer See geborgen hatten, nachweisen können. Bei dem Skelett, das sie in der Nähe von Zinnowitz fanden, wäre ein solcher Nachweis nicht mehr möglich gewesen, und der Torso der Chantal Koch konnte noch nicht komplett geborgen werden, so dass ein Nachweis unmöglich war. Er schrieb auf einem Zettel kurz seine Überlegung: Bitte in Greifswald nachfragen, ob der Torso Liisa Schröder-Holopainens spezielle Vaginalbeschädigungen aufwies, die mit einem Messer verursacht wurden. Er schob den Zettel zu Andresen. Andresen stand auf und verließ wortlos den Raum.

„Nun, wo wir fast alleine sind, frage ich Sie, ob Sie diese Art der Bestrafung einmalig gemacht haben."

„Selbstverständlich. Keine andere Frau hat mich später so beleidigt wie Ruth."

„Liisa Schröder-Holopainen?"

„Nein. Sie hatte nur Angst, und sie wollte nicht mit mir schlafen. Das hat mich zwar geärgert, aber sie hat nicht hochmütig auf mich herabgeschaut und mich auch nicht gedemütigt."

„Chantal Koch?"

„Sie war ein hübsches Mädchen. Ich hätte ihr kein Haar krümmen können."

„Deshalb brachten Sie das Mädchen ja auch um ..."

„Sie forderte Dinge ein, die so nicht zu erfüllen waren", sagte Maybach ruhig.

„Zum Beispiel?"

„Sie wollte, dass ich mich mit ihr ins Ausland absetze und sie heirate, wenn sie volljährig ist. Und sie tat das mit Nachdruck. Sie erpresste mich mit einem Kind."

„Und das konnten Sie nicht zulassen."

„Natürlich nicht. Wovon hätten wir denn leben sollen? Abgesehen davon, dass wir sicher Interpol auf dem Hals gehabt hätten. Aber ich habe vermieden, ihr weh zu tun."

„Sehen wir einmal von ihrer Schwester Hannah ab, war Ruth Schinaske Ihr erstes Mordopfer?“

Maybach nickte. „Ja.“

„Und wer kam danach?“

„Wenn ich richtig gezählt habe, habe ich mit Ruth elf Menschen umgebracht.“

Larsson war sich klar darüber, worauf Walter Maybach jetzt abheben würde. „In Afghanistan?“

„Die sieben Talibs, die zu den siebenundsiebzig Jungfrauen geschwebt sind, habe ich mit eingerechnet. An einen Scharfschützen hat man vorausgesetzt, dass er keine Skrupel hat, einen Talib umzulegen.“

„Wer war also der nächste Mensch in Deutschland, den sie ins Jenseits befördert haben, nach Ruth Schinaske?“

Noch bevor Maybach antworten konnte, ging die Tür auf, und Andresen kam zurück. Er schaute Larsson an und schüttelte den Kopf.

„Also?“ forderte Larsson Maybach auf, fortzufahren.

„Liisa.“

„Das glaube ich Ihnen nicht.“

Maybach hob unbeholfen die Schultern und schob die Unterlippe vor.

„Was ist mit dem 29. Januar diesen Jahres?“

„29. Januar?“

„Ein Samstag. Trassenheide.“

„Ein Samstag ...“

„Sigourney von Blumenschein. Klingelt es?“ Obwohl sie noch keinen Beweis dafür hatten, dass Maybach den Mord an dem Mädchen begangen hatte, ließ Larsson diesen Versuchsballon steigen.

„Sigourney, die hatte ich ganz vergessen.“

„Wo bleibt ihr vielgelobtes Gedächtnis?“ fragte Larsson mit leichtem Spott.

„Sigourney von Blumenschein. Sie war eine arrogante, adelige Schönheit, die von zu Hause ausbrechen wollte.“

„Um mit Ihnen fortzugehen?"

„Gott bewahre. Wo denken Sie hin." Wie ein Schleier tauchte Sigourney Gesicht vor ihm auf. „Sie war ein wirklich schönes, ein stolzes, aber auch ein überaus ambivalentes Mädchen gewesen; ein Mädchen, das die Liebe in allen Facetten erfahren wollte."

Als Maybach schwieg und still vor sich hin lächelte, fasste Larsson nach. „Und Sie konnten ihr geben, was sie sich in ihrer Fantasie ausgemalt hatte?"

„Ich hatte nach meiner Rückkehr aus Afghanistan Ärger mit meiner Freundin Sandra. Eigentlich wollte ich sie heiraten. Aber sie wollte nicht mehr. Es kam zum Streit, und wir trennten uns."

„So ohne Weiteres?" fragte Larsson.

„Es gab eine Gerichtsverfügung, wonach ich mich ihr nicht mehr als einhundert Meter nähern durfte."

„Weshalb?"

„Weil ich etwas grob geworden war. Die Zeit im Ausland hatte mich für sentimentale Gefühle unsensibel gemacht."

„Und das hielten Sie ein?"

„Es fiel mir zwar schwer, aber meine Tante überredete mich, Abstand zu schaffen. Und deshalb zog ich erst mal in ihr Haus nach Zirchow und wollte endlich studieren."

„Und dann lief Ihnen Sigourney von Blumenschein über den Weg."

„Als ich sie sah, dachte ich, Sigourney gegen Sandra als Geliebte auszutauschen. Aber wir sprachen nicht die gemeinsame Sprache, die nötig ist, wenn es einen gewissen Altersunterschied zwischen zwei Menschen gibt."

Larsson war klar, wie sich ein ausgehungerter, einsam fühlender Mann, der Einsamkeit und Enthaltsamkeit hasste, um eine Frau bemühte. Er hatte das selbst auch schon mehrfach durchgemacht. Bei Maybach war sicher die Gier nach der Macht über das Mädchen so groß, dass das gut erzogene, freiheitsliebende Mädchen Abstand suchte. Alles, was sie von diesem Mann wollte, war nach kurzer Zeit schon in Erfüllung gegangen. Sicher hatte sie den Wunsch, erwachsen zu werden, und Maybach machte sie wahrscheinlich zur Frau. Sigourney wiederum war sicher zu klug, um nicht zu sehen, dass mehr Gemeinsamkeiten nicht zu erwarten waren. Deshalb war sie vielleicht nicht bereit gewesen, weitere Annäherungen zu dulden.

„Ein zu großer Altersunterschied“, sagte Larsson lapidar.

„Das glaube ich weniger. Ich glaube eher, sie war zu schlau und zu berechnend, um sich an mich zu binden. Und sie hatte wahrscheinlich Standesdünkel, den sie mich deutlich spüren ließ.“

„Und das verletzte Sie so tief, dass Sie sie bestrafen mussten“ stellte Larsson fest.

„Sie hätte das niemals tun dürfen.“

„Was hätte sie niemals machen dürfen?“

„Sie hat sich über mich lustig gemacht. Maybach sei zwar wahrscheinlich eine große Automarke, aber nur nahezu gleichzusetzen mit Rolls Royce und Bentley. Für eine Sigourney von Blumenschein sei das als Familienname aber eher als merkwürdig zu betrachten, weil Maybach niemals den Stellenwert eines Rolls oder Bentleys haben würde.“

Sigourney von Blumenschein hatte an diesem Sonnabend, dem 29. Januar, eine Diskussion geführt, wie sie von allen heranwachsenden jungen Menschen, denen die ständige Gemeinschaft in der elterlichen Wohnung zu eng geworden war, geführt werden. Es hatte einen Streit gegeben, der nichtig gewesen war. Sie sollte ihr Zimmer aufräumen. Sigourney weigerte sich. Sie war der Meinung, ihrem Zimmer machen zu können, was immer sie wolle. Wenn sie den Eindruck hatte, an diesem Tag nicht aufräumen zu wollen, so würde es die Mutter gar nichts angehen.

Es hatte unschöne Worte gegeben. Valerie von Blumenschein machte ihre Tochter unmissverständlich darauf aufmerksam, dass, wenn sie der Meinung wäre, sich nicht an die Hausordnung zu gewöhnen, sie sich zu ihrem achtzehnten Geburtstag eine Wohnung suchen könne. Sie solle sich aber dann darauf gefasst machen, sie selbst bezahlen zu müssen.

Sigourney von Blumenschein wiederum war die Tochter ihrer Mutter und deshalb ebenso stur. Sie glaubte sich im Recht. Eine Rechtsbeugung, wie vermeintlich von ihrer Mutter gefordert, würde für sie nicht infrage kommen.

Sie stieß einen Fluch aus, als ihr vor der Nase der Bus wegfuhr. Das Wetter war alles andere als gemütlich die Temperatur im Grenzbereich, so dass dem Schnee ein Schneeregen gefolgt war, und der Wind war derart unangenehm, dass sie ihren Weggang von zu Hause verfluchte.

Sie sah den kleinen roten Wagen, als er auf sie zufuhr. Beherzt sie ihre rechte Hand. Das Fahrzeug war schon fast an ihr vorbeigefahren, als es scharf bremste und rückwärts fuhr bis zu dem Punkt, an dem sie stand. Das Fenster wurde heruntergelassen. Was sie sah, ließ sie alles Ungemach vergessen. Der Mann hinter dem Steuer war ein Traum.

„Was kann ich für Sie tun?“

Was für eine sympathische Stimme, dachte Sigourney. „Ich habe den Bus verpasst. Eigentlich wollte ich zu einer Freundin nach Wolgast.“

„Steigen Sie doch erst mal ein, damit Sie aus dem Wetter herauskommen.“

Die Tür wurde von innen geöffnet. Sigourney lächelte dem Fremden zu und stieg ein. Langsam setzte sich der Sportwagen wieder in Bewegung.

„Wenn ich schnell fahre“, sagte der Mann, „können wir den Bus noch einholen. Aber vielleicht kann ich Sie überreden, den Rest des Tages mit mir zu verbringen.“

Sigourney lachte auf. „Sie gehen aber ran.“

„Sie sollen sich nicht bedrängt fühlen. Es war nur ein Vorschlag."

Das Mädchen dachte einen Augenblick nach. Eigentlich wollte Sigourney gar nicht zu irgendeiner Freundin fahren. Sie hätte zwar bei Ulrike geklingelt, aber was hätte sie gemacht, wenn sie nicht da gewesen wäre?

„Wenn ich den Rest des Tages mit Ihnen verbringen würde ... ich sagte, würde ... es ist nur so eine spielerische Überlegung, was könnten Sie mir denn anbieten?"

Sie sah, wie er lächelte. „Verstehen Sie das nicht falsch."

„Ich habe Sie schon richtig verstanden. Vorschlagen könnte ich, dass wir erst einmal irgendwo schön essen gehen könnten."

Er sah wie sie unschlüssig zuerst aus dem Fenster, dann ihm ins Gesicht schaute. „Und sonst?"

Walter Maybach überlegte blitzschnell, wie er das Vertrauen des Mädchens gewinnen könne.

„Wir haben uns noch gar nicht gegenseitig vorgestellt. Ich denke, damit sollten wir beginnen. Mein Name ist Walter Maybach. Meine Freunde nennen mich Walt. Wenn Sie sich entschlössen, mich Walt zu nennen, würde mich das ehren."

„Maybach? Sind Sie mit dem Auto-Maybach verwandt?"

„Mein Urgroßvater, August Wilhelm Maybach, arbeitete als technischer Direktor der Daimler-Motoren-Gesellschaft", log Walter Maybach mit dem charmantesten Lächeln, das er je aufgebracht hatte. „Er hatte maßgeblichen Anteil an der Automobilentwicklung. 1904 entwickelte er den ersten Sechszylinder-Mercedesmotor mit 70 PS und 1906 konstruierte er einen zukunftsweisenden 120-PS-Rennmotor mit hängenden Ein- und Auslassventilen, obenliegender Nockenwelle und Doppelzündung."

„Wow. Eine Autodynastie, da müssen Sie reich sein."

„Ich bin nicht ganz arm, aber eben auch nicht wirklich reich. Die Maybach-Herstellung ist heute nur ein Teil bei Mercedes-Benz."

„Und für den Adel in Europa denke ich einmal“, sagte Sigourney etwas zu schnippisch, „ist Maybach nicht wirklich Verpflichtung. Dort fährt man Rolls Royce oder Bentley.“

„Aber für die Scheichs, also die richtig reichen Menschen dieser Welt, ist ein Maybach unersetzlich. Auch ein Rolls oder Bentley kann dort einen Maybach nicht ersetzen.“

Sie waren an der Kreuzung L264 zur B 111 angekommen. Rechts ging es nach Wolgast. Links ging es in Richtung Zinnowitz, Kaiserbäder, Swinemünde.

„Links oder rechts?“ fragte Walter Maybach.

„Essen gehen? Eigentlich habe ich dazu gar keine Lust“, maulte Sigourney.

Nicht weit vor ihnen fuhr der Bus, den Sigourney verpasst hatte. An der Einfahrt zu den Bannewitzer Stallungen und Reitplätzen, auf denen während des Sommers das große Pferdetheater stattfand, hielt Walter Maybach seinen Wagen an. Aus dem Lautsprecher des Autoradio kam leise das Vorspiel zum ersten Akt der Traviata.

Maybach wollte es abstellen, aber Sigourney hinderte ihn daran. „Ich dachte, junge Mädchen mögen eigentlich keine Opernmusik“, sagte er.

„Im Allgemeinen mag das schon stimmen. Meine Erziehung hat mich an die klassische Musik herangeführt, und mein Name verpflichtet.“

„Dabei fällt mir ein“, sagte Maybach, „dass ich mich schon vorgestellt hatte ...“

Sigourney lächelte. Sie streckte ihm ihre Hand entgegen. „Sigourney von Blumenschein“, stellte sie sich vor.

„Ein Pseudonym?“ fragte Maybach mit seinem bezaubernden Lächeln.

Das Mädchen nahm seinen Ausweis aus der Tasche und schlug ihn auf, so dass er sowohl das Bild sehen als auch den Namen lesen konnte.

„Ich bin überwältigt. Sigourney von Blumenschein. Wirklich ein toller Name. Sie wollen nicht mit mir essen gehen? Na schön. Wie wäre es damit? Wollen wir gemeinsam ein Gericht zubereiten?"

„Kochen?"

„Nur wenn Sie Lust haben."

„Können Sie das denn?"

„Ich habe doch Sie. Und Sie werden mir schon sagen, wenn ich etwas falsch mache."

„Ich ... ich eh ... ich kann gar nicht kochen. Bei uns macht das meine Mutter."

„Schade. Aber eigentlich macht das gar nichts, denn ich kann kochen, und wenn Sie sich dabei etwas abschauen, ist das ja nur von Vorteil."

Sigourney lachte auf. „Fahren Sie erst mal nach links in Richtung Zinnowitz."

Walter Maybach frohlockte. Die erste Runde hatte er für sich entschieden. Sie war bereit, den Bus nach Wolgast fahren zu lassen und mit ihm zu kommen. Das Weitere würde sich schon finden. Er setzte den Blinker und ließ den Wagen anziehen. „Es war eine kluge Entscheidung, die Sie getroffen haben, Sigourney", sagte er.

Kurz vor Zinnowitz kamen sie an Bines Fischraststätte vorbei.

„Es ist zwar nur eine Raststätte", sagte Maybach, „aber die Fischportionen sind akzeptabel und schmackhaft zubereitet."

„Sie wollen mich aber nicht etwa in diese Raststätte einladen?" fragte Sigourney, während sie auf das kleine Wäldchen schaute, dass der Raststätte gegenüber lag.

„Aber nein. Es war nur eine Feststellung."

Der Verkehr über die B111 ließ zu dieser Jahreszeit nicht erahnen, was sich über diese Straße im Sommer abspielte. Sie fuhren durch Zempin und Koserow. Maybach fragte sie geschickt nach ihren Lebensumständen aus, und Sigourney gab allzu viel preis von den Sehnsüchten und Wünschen, die ein Mädchen in ihrem Alter hat.

In Bansin, an der Kreuzung, die links runter zum Strand führte, stand die Ampel auf Rot, und sie mussten einen Augenblick stehen, um die Fahrzeuge, die aus Richtung Benz und Sallenthin kamen, passieren zu lassen.

Als die Ampel wieder auf Grün sprang, ließ er den Wagen anziehen. „Fisch oder Fleisch?“ fragte er.

„Fleisch.“

„Schwein oder Rind?“

„Wenn ich die Wahl hätte und Sie wirklich so kochen können, wie Sie es behaupten, dann würde ich gern ein Entrecôte Essen. Aber ob Sie das wirklich können?“

Walter Maybach lächelte überlegen. „Schauen wir mal.“

Inzwischen waren sie an der Feuerwache vorbeigekommen und hatten das Ortsschild zu Heringsdorf passiert. Linksseitig, an der Labahnstraße gelegen, kamen die beiden großen Lebensmittel merkte EDEKA und ALDI in Sicht. Obwohl es ein Sonnabend war, war der Parkplatz bei diesem Wetter nur mäßig besetzt. Maybach fand einen Parkplatz gleich in der ersten Reihe. Bevor er ausstieg, nahm er einen Zettel von der Ablage und einen Kugelschreiber und notierte: Entrecôte, Rosmarinnadeln, Butaris, vier große, mehlig kochende Kartoffeln, Sahne, Trüffelbutter, Suppengrün, Tomatenmark, braunen Zucker, Rosmarinzweig, Kreuzkümmel, Ingwer, Salbei, Vanillearoma, Portwein, trockener Weißwein. Die letzten beiden Wörter strich er durch, weil er wusste, dass er die Alkoholika zu Hause hatte. Er stieg aus und nickte Sigourney zu. Gemeinsam gingen sie im EDEKA-Laden zielstrebig zur Fleischabteilung. Dort kaufte Maybach ein großes Stück Entrecôte vom irischen Ochsen. Dann durchstreifen sie den Laden und kauften die Dinge ein, die er sich notiert hatte.

In Zirchow angekommen, bewunderte sie erst einmal das reetgedeckte Haus und lobte die Einrichtung. Eine halbe Stunde später, als sie gemeinsam in der Küche waren und Sigourney anerkennen musste, dass er überaus geschickt am Herd hantierte, zog der erste appetitanregende Duft durchs Haus. Maybach hatte das schöne Stück Fleisch mit Gewürzen versehen, in einem gusseisernen Topf scharf angebraten und es auf einem hitzebeständigen Glasteller in den 80° vorgeheizten Backofen gestellt. Dort würde es nun für die nächsten anderthalb Stunden reifen. In einem zweiten Topf erhitzte er ein wenig Butaris und gab das geputzte und kleingeschnittene Suppengemüse dazu. Er röstete es glasig, gab etwas Tomatenmark, dann braunen Zucker hinzu. Er löschte das Ganze mit Weißwein ab, goss etwas Portwein zu, würzte es leicht mit Salz und Pfeffer. Während der Zeit, die es brauchte, um einzureduzieren, gingen sie ins Wohnzimmer. Maybach stellte das Radio an. Aus dem Radio kamen die Stimmen von Isabelle Geffroy, die unter dem Pseudonym Zaz bekannt war, und Placido Domingo. Sie sangen im Duett ein Chanson.

„La chanson des vieux amants – das Lied der alten Liebenden", sagte Maybach. Er legte den Arm um ihre Schulter. Weil er Sigourney in der Küche mit seinen Kochkünsten beeindruckt hatte, kam sie ihm mit ihrem Mund entgegen, und sie küssten sich das erste Mal.

Dann versuchten sie, den Text mitzusingen: Bien sûr, nous eûmes des orages – Vingt ans d'amour, c'est l'amour fol – Mille fois tu pris ton bagage – Mille fois je pris mon envol – Et chaque meuble se souvient – Dans cette chambre sans berceau – Des éclats des vieilles tempêtes – Plus rien ne ressemblait à rien – Tu avais perdu le goût de l´eau – Et moi celui de la conquête ...

„Vorher kennst du den Text so genau?" fragte Sigourney.

„Es ist ein Brel-Chanson. Ich habe es im Original, und es heißt auf Deutsch ‚Natürlich hatten wir Stürme – Zwanzig Jahre der Liebe ist die Liebe verrückt'."

„Du musst es mir nicht übersetzen. In unseren Kreisen ist es üblich, sich mit der französischen Sprache zu beschäftigen."

Maybach ärgerte sich über den arroganten Ton, den sie plötzlich anschlug.

„Ihr solltet nicht so lausig arrogant sein, ihr deutschen Adeligen“, sagte er. „War deine Mutter von Anfang an adeligstämmig?“

„Nein.“

„Also eine angeheiratete Bürgerliche?“

Sigourney nickte.

„Das sind die Schlimmsten! Sie sind adeliger als der Hochadel. Und da ich noch nie in der Adelsliste den Namen von Blumenschein gelesen habe, wird er auch sicher von minderer Qualität sein“, bluffte er.

„Der Nachweis meiner Vorfahren geht bis ins elfte Jahrhundert zurück“, sagte Sigourney stolz. „Von Bergh ... mit H am Ende ... ein altes, offiziell erloschenes Grafengeschlecht, das von 1100 bis 1416 existent war. Der Letzte seiner Zunft, Adalbert von Bergh, hatte einen unehelichen Sohn, den er kurz vor seinem Tod zu dem Namen von Blumenschein verhalf. Soweit geht nicht einmal der Name Maybach zurück, mein kleiner Rolls-Royce-Verschnitt.“

Und genau das war der Ton, den Walter Maybach nicht vertragen konnte. Von oben herab, mit einer verletzenden Arroganz behandelt sie ihn plötzlich. Er hatte er das Gefühl, für sie Dreck zu sein. Von einer Sekunde zur anderen wechselte seine Einstellung von außergewöhnlicher Zuneigung zu tiefem Hass.

„Die KTU hat ein fünf Zentimeter breites, graues Klebeband mit Blutspuren festgestellt“, sagte Larsson. „Die Farbe an der Tasche mit den Leichenteilen, die wir an der B 111 gefunden haben, stimmt mit der Farbe des abstellt Schrankes im Schlafzimmer überein.“

„Und? Warum sagen Sie mir das jetzt noch? Sie haben mir doch längst die Tötungen der Mädchen nachgewiesen.“

„Dennoch sind Fragen offen.“

„Fragen Sie und halten Sie Augen und Ohren offen, denn ich werde alle Fragen beantworten, aber nichts, aber auch gar nichts von mir allein aus erzählen. Sie haben die Möglichkeit, durch Ihre Fragen Dinge zu erfahren, die sonst nie eine Menschenseele von mir erfahren hätte."

Es war warm in dem Vernehmungsraum. Obwohl er immer geschlossen war, hatte es die Hitze des Tages geschafft, die Außenmauern so weit aufzuheizen, dass ihnen der Schweiß herunter lief. Larsson wünschte sich das Ende des notwendigen Prozederes herbei und schwor sich, diesmal einzuhalten, was er Monika versprochen hatte. Er würde darauf bestehen, für einige Tage einen Urlaub wahrzunehmen, obwohl die Sommerzeit die Saison für kleinere und größere Verbrechen aller Art auf der Insel darstellte.

„Das graue Klebeband. Was haben Sie damit gemacht?"

Maybach lächelte süffisant. „Ich habe den Frauen den Mund zugeklebt, wenn ich sie am Bett fixiert hatte."

„Warum? Sie waren doch mit ihnen allein im Haus?" fragte Larsson.

„Ich wollte ihre Schreie nicht hören."

„Sie wollten schreien, weil sie vergewaltigt wurden?"

„Vielleicht auch."

In Larsson kam der Verdacht auf, dass die Ermordung der Mädchen weit über die sexuelle Handlung allein hinausging. Und was er noch herausfand, war, dass die jungen Frauen, die ihm im letzten halben Jahr zum Opfer gefallen waren, alle hier ansässig waren. Üblicherweise würde ein Mörder in jedem Fall versuchen, Inselbesucherinnen habhaft zu werden, weil diese Spur sehr viel schwerer zu verfolgen wäre. Hier war es anders, er bevorzugte einheimische Opfer. Die Frage ist nur, hatten sie wirklich alle Personen erfasst, die er umgebracht hatte?

„Wenn ich richtig gezählt habe", sagte Larsson, „haben wir nun einschließlich Ruth Schinaske und Sigourney von Blumenschein zwölf Menschen. Sieben, die Sie in Afghanistan getötet haben, und die fünf Frauen."

Larsson schaute Maybach fest an. Er sah, wie nervös der Mann wurde und weiterhin unablässig mit seiner Haarsträhne spielte. „Ist das alles? Sind das wirklich alle Opfer?“

„Was glauben Sie?“

„Es geht nicht wirklich darum, was ich glaube. Nur die Fakten zählen.“

„Ist nicht der richtige Ton, Hauptkommissar, um mich so milde zu stimmen, dass sich Ihnen noch einen weiteren Mord gestehe.“

Larsson zwang sich zu lachen. „Es gibt keinen weiteren Mord. Er existiert nur in Ihrer Fantasie, um mich aus der Reserve zu locken.“

„Gut, Hauptkommissar, wenn Sie das glauben. Dann lassen wir es einfach dabei, dass wir jetzt am Ende sind.“

Gerade als Larsson beschlossen hatte, das Thema zu wechseln und Maybachs Motive zu hinterfragen, um für sich eine richtige kriminologische Einschätzung herauszuarbeiten, da sagte Maybach einen Namen: „Joséfa Czerwionka.“

Er hatte das so leise gesagt, dass Larsson nachfassen musste. „Joséfa wer?“

„Joséfa Czerwionka.“

„Sie müssen es bitte etwas lauter sagen, sonst wird es nicht aufgezeichnet“, sagte Larsson.

Maybach wiederholte den Namen laut. „Fragen Sie bei Ihren polnischen Kollegen nach. Sie kam aus einem Außenbezirk von Świnoujście.“

Larsson nickte Simons zu. „Karl, sei so nett und bring auch diese Kassette zum Schreiben.“

Andresen mischte sich in das Gespräch ein. „Das werde ich übernehmen, Lasse. Ich muss ohnehin einmal raus.“

„Lass bitte gleich in Szczecin anfragen, ob dort eine Frau namens Joséfa Czerwionka als abgängig gemeldet ist.“

Simons wechselte die Kassetten und gab die bespielte Andresen, der der Raum verließ.

„Kommen wir zurück zu dem Klebeband. Sie benutzten es, um den Frauen den Mund zuzukleben, wenn Sie sie auf dem Bett fixiert hatten?"

„Ja."

„Aber Sie deuteten an, dass es nicht allein nur deshalb war", sagte Larsson, wohl vermutend, was jetzt kommen würde.

„Ich kann Ihre Gedanken förmlich lesen, Hauptkommissar. Sie glauben, ich hätte die Mädchen erstickt." Maybach hatte ins Schwarze getroffen.

„Es ist ein wichtiges Machtgefühl für einen Sadisten und absolut zwingend, beim Sterben dem Mädchen in die Augen sehen, um den Schrecken und die Todesqualen in ihrem Blick zu sehen", sagte Larsson langsam und leise, dabei schaute er Maybach fest in die Augen.

„Ich weiß worauf Sie hinauswollen. Bei der Motivsuche schrecken Sie nicht davor zurück, mich in die Schublade Psychosexueller Sadist aufgrund von Erlebnissen im Krieg einzuordnen. Aber ich kann Sie beruhigen. Es war nicht so. Ich habe sie nicht gefesselt und geknebelt, um ihren Tod kontrollieren zu können. Sondern nur ein wenig, um ihnen zu zeigen, dass man nicht ungestraft einen Mann wie mich beleidigt. Ich habe sie immer wieder losgebunden und später ebenso von einer Sekunde zur anderen ins Jenseits befördert wie die alte Frau in Netzelkow – mit einem Genickbruch."

Andresen kam zurück.

„Und?" fragte Larsson.

„Ich habe selbst mit den Kollegen in Stettin telefoniert. Es hat nur eine Minute gedauert, dann hatte ich die Bestätigung. Joséfa Czerwionka ist effektiv in Polen abgängig."

„Sie haben tatsächlich in der Heimat knapp ebenso viele Menschen um ihr Leben gebracht wie im Krieg in Afghanistan", stellte Larsson fest. „Nun, wo Sie so viel eingestanden haben, sollten Sie weitere Untaten zugeben, wenn noch etwas offen ist."

„Da muss ich Sie enttäuschen, Hauptkommissar. Wir sind nun bei der Zahl dreizehn angelangt. Und wenn nur jeder zwanzigste Mensch auf der Welt dreizehn Menschen ins Jenseits befördern würde, hätte die Welt wenigstens eine Chance, die nächsten tausend Jahre zu überleben.“

Larsson beendete die Vernehmung. Er nickte dem Beamten, der die ganze Zeit auf einem Stuhl neben dem Ausgang gesessen hatte, zu. „Bringen Sie ihn weg!“

Epilog

Als die Rundballen Stroh am Waldesrand in Flammen aufgingen und kurze Zeit später das erste Haus auf dem Lieper Winkel brannte, sah es aus, als handele es sich ausschließlich um Brandstiftung. Derartige Straftaten hatte es schon mehrfach auf Usedom gegeben. Doch dann, als das Mädchen Liisa Schröder-Holopainen verschwand und kurze Zeit später Teile ihres Körpers und weitere weibliche Leichen gefunden wurden, erwies sich der Jagdinstinkt und die Einschätzung Lasse Larssons, es könne sich um einen Serientäter handeln, als richtig.

„Das Internet ist sicher für den Großteil der Menschen ein Vorteil", sagte Larsson zu Monika Landris, während er sie zärtlich küsste, als sie ihn noch einmal auf die Aufklärung der grausamen Ereignisse ansprach. „Es gibt aber auch eine ganze Reihe Verlierer. Eine große Gruppe sind Kinder und Jugendliche."

„Dass man derartig exzessive Täter erst nach einer Reihe von Morden habhaft wird, macht doch sehr nachdenklich."

„Wer einen bissigen Hund hat, muss ihn an die Leine legen, Monika, sagt ein arabisches Sprichwort."

„Was meinst du damit?"

„Dass eine Reihe von Menschen versagt haben, die Gefährlichkeit dieses Mannes rechtzeitig zu erkennen."

Er wollte sie wieder küssen, aber sie drehte ihren Kopf weg. „Vielleicht sogar der psychologische Dienst der Bundeswehr. Und es gilt in jedem Fall zu klären, inwieweit die Verwandtschaft von der Gefährlichkeit des Mannes wusste. Was wussten die Eltern, die schon früh mit ihrem Sohn großen Ärger hatten? Und vor allem, was wusste die Tante, die immer zu ihrem Neffen gehalten hat? Ich habe das in meinem Bericht angesprochen. Hier liegt es an der Staatsanwaltschaft die Hintergründe zu klären." Er legte seinen Finger auf ihren Mund, um sie an weiteren Fragen zu dem Fall zu hindern. „Und nun will ich nichts mehr von der Arbeit wissen. Jetzt kommt etwas Erfreuliches." Larsson schaute in ihr fragendes Gesicht. „Ab morgen habe ich zwei Wochen Urlaub."

„Du hast Urlaub?" fragte sie entsetzt.

„Ja. Gott sei Dank hält mein Chef sein Versprechen ein und gewährt mir zehn Tage aus meinem Überstundenguthaben."

„Und was gedenkst du während deines Urlaubes zu machen?"

„Was schon? Ich werde endlich einmal verreisen, damit ich nicht erreichbar und einsetzbar bin."

„Du wirst verreisen? Darf man fragen wohin?" Monika Landris verbarg ihren Ärger nicht.

„In der Tat, das habe ich vor und werde nach Schweden fahren."

Sie machte sich von ihm los. „Findest du das besonders witzig? Wir haben doch bis jetzt alles versucht zusammen zu machen. Und jetzt willst du einfach alleine verreisen."

„Wer sagt dir, dass ich alleine verreise?"

„Du weißt genau, dass ich keinen Urlaub habe und arbeiten muss. Und jetzt möchte ich von dir wissen, mit wem du verweisen willst."

„Natürlich mit einer Frau."

„Und das sagst du mir so einfach ins Gesicht?"

Larsson hob die Schulter und sah sie lächelnd an. „Ich habe schon die Fähre Świnoujście Ystad gebucht. Nachtfahrt, Außenkabine, Pkw Stellplatz. Ab Świnoujście 23:15 Uhr Ankunft 6:15 Uhr in Ystad."

Monika Landris setzte sich auf einen Küchenstuhl und blies laut die Luft aus. Das tat sie immer, wenn etwas Ungewöhnliches auf sie zukam, das ihr nicht gefiel.

„Zehn Tage?" fragte sie. „Da frage ich mich nur, wer von uns beiden auszieht. Du glaubst nicht im Ernst, dass ich so etwas mitmache."

„Oh doch. Das glaube ich schon." Larsson ging zu seiner Tasche, die im Flur auf dem Garderobentisch stand. Dort entnahm er etwas und kam in die Küche zurück. „Das ist die Buchungsbestätigung für die Überfahrt."

Monika Landris las, Doppelkabine Herr und Frau Larsson.

„Herr und Frau Larsson? Langsam verstehe ich dich nicht mehr. Du fährst mit einer fremden Frau zehn Tage weg und trägst sie als deine Frau ein? Das reicht!“ Sie war außer sich vor Enttäuschung und Wut über den Mann, dem all ihre Liebe galt und der sie jetzt anlächelte, als wäre nichts geschehen.

„Ein wenig mehr Vertrauen könnte ich schon einfordern, findest du nicht?“ fragte Larsson langsam.

„Zu so einem? Vertrauen?“

„Immerhin hat dieser eine, zu dem du scheinbar kein Vertrauen hast, mit deinem Chef einen zehntägigen Urlaub für dich ausgehandelt. Wie du schon sagtest, wir machen alles zusammen.“

Als sie am Mittwochabend nach Swinemünde und wenig später auf die Fähre nach Ystad fuhren, wusste Monika Landris noch nicht, dass sich ihr Leben mit dieser Reise grundlegend verändern würde.